KB131349

신 보 라

웃음만이
우리를
구원하리라

〈개그콘서트〉 대표 개그맨 5인의 민낯 토크

웃음만이 우리를 구원하리라

박성호, 김준호, 김원효, 최효종, 신보라 지음 | 인터뷰와 글 위근우

예담

웃음의 본질을 치열하게 탐구하는 열정을 만나다

위근우_인터뷰어

낚였다, 라고 생각할지 모르지만 이 책은 개그맨은 무엇이라고 혹은 개그는 무엇이라고 정의해주는 책이 아니다. 오히려 이 영역에 대해 명확하게 정의내리고 잘 알고 있다 믿는 사람들의 조금은 성급한 선입견을 흔들어주는 이야기가 될 것 같다.

강호동이 종종 인용하는, "웃기는 사람이 되어야지 우스운 사람이 되어선 안 된다"던 이경규의 말처럼, 남을 웃기는 작업이 얼마나 프로페셔널한 일인지 개그맨 본인들의 입을 통해 확인하는 것이 처음의 기획의도였다. 실제로 엔터테인먼트 웹진 〈텐아시아〉에서 일하던 시절 인터뷰했던 개그맨들은 결코 우스운 사람들이 아니라 정말 치열하게 고민하는 사람들이었고, 이 책에서 인터뷰한 박성호, 김준호, 김원효, 최효종, 신보라 이 다섯 명의 인기 개그맨들 역시 그러하다. 하지만 자신들의 영역에서 정말 열심히 하고 있다는 그 태도만을 제외한다면 이들에게서 어떤 공통분모를 찾아내기란 쉬운 일이 아니었다.

개그 외적인 여러 영역에 촉수를 뻗어야 한다는 박성호, 웃음 에너지로 스스로를 충전하는 게 필요하다고 정의하는 김준호, 무엇보다 연기력이 중요하다고 말하는 김원효와 사람들이 공감할 수 있는 소재를 개발하는 데 열중하는 최효종, 그리고 노래라는, 어쩌면 개그 외적인 재능일 수도 있는 달란트를 통해 최고의 인기 개그우먼이 된 신보라. 이들은 분명 자신들이 스스로 경험하고 배우며 나름대로 웃음의 방정식을 만들었지만 그 해법은 제각각이다. 하여, 이 책은 직업인으로서의 개그맨의 열정, 그리고 웃음을 찾아가는 여정에 대해 말하고 있지만 결코 개그 버전의 '수학의 정석'이 아니다. 사람의 감정을 기계적으로 계측할 수 없다는 빤한 이야기처럼 들릴 수 있겠지만, 여기서 중요한 건 아직 정답이라 말할 걸 찾지 못했다는 게 아니다. 오히려 주식시장보다도 더 예측하기 어려운 영역에 뛰어들어 조금이라도 정답에 근접하고자 노력하는 사람들이 있노라고, 그리고 그들의 시도가 때로는 혹은 종종 의미 있는 결과로 이어졌노라고 말하려는 것이다.

이 책을 통해 개그맨들이 얼마나 노력하는 사람인지 알게 된다면, 그들만의 웃음 노하우를 배운 독자들에게 여전히 개그라는 영역이 쉽게 이해할 수 없는 것으로 느껴지면 좋겠다. 미처 책에서 말하지 못한 것들에 대한 변명을 하려는 게 아니다. 잘나가는 개그맨의 다양한 고민과 해법을 듣고서도 여전히 궁금증이 남고 이해되지 않는 그 미지의 크기야말로 개그맨이란 모험가들이 웃음의 신천지를 찾아 항해하는 바다의 크기이기 때문이다. 요컨대 여전히 이해되지 않는 것들, 궁금한 것들이 많아질수록 이 책에 실린 이들을 비롯해 개그맨이라는 직업인들이 더더욱 위대하게 느껴질 것이라 믿는다.

방송 외에도 다양한 활동을 하는 개그맨 다섯 명과의 만남이었던 만큼 처음 계획보다 인터뷰는 오래 걸렸고 그 때문에 인터뷰를 했던 시기와 지금, 그들의 〈개그콘서트〉 내 위상과 현재 사이에 어느 정도 온도차가 있을 수 있겠다. 코너에 대한 이야기도 글을 읽는 지금 가장 '핫'한 콘텐츠에 대한 것이 아닐지 모르겠다. 하지만 앞서 말한 것처럼 이 책이 보여주고자 하는 것은 그들의 지나가버린 업적에 대한 완결된 정리가 아닌, 여전히 앞을 향한 그들의 열정과 고민이기에 그 시간적 공백은 아주 중요하지 않으리라 위안해본다. 그들의 인기 코너가 종영되고 또다른 코너를 고민하는 순간에도 이들이 말한 웃음에 대한 실험들은 유효할 것이며 그 유효기간이 길수록 이 인터뷰들의 유효기간 역시 길어질 것이다.

거창하게 이야기했지만 결국 판단은, 여기 실린 목소리들의 유효기간을 설정해주는 건, 독자의 몫이다. 글이 의도했던 바는 분명히 있지만 그것을 독자에게 강요할 수는 없는 법이다. 그러니 우선은, 그저 재밌게 읽어주면 좋겠다.

차례

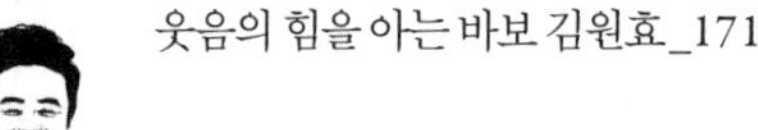

전성기를 기다리지 않는 리버럴리스트

희극지왕 박성호

연기 경력 15년차, 〈개그콘서트〉 서열 1위, 흥행 보증수표, 〈개콘〉 시청률의 견인차, 〈개콘〉의 혁명, 〈개콘〉의 체 게바라. 방영 한 회 만에 폐지되어버린 불운의 코너 '희극지왕 박성호'에서 박성호가 스스로를 수식하는 표현이다. 하지만 여기서의 진짜 포인트는 다음 멘트다. "여러분, 기대 안 하셔도 좋습니다."

말 그대로 프로그램의 살아 있는 역사라 할 수 있는 대선배가 자신의 이름을 걸고 야심차게 내놓은 코너가 한 회 만에 폐지되면 그것은 비극이다. 하지만 코너 안에서 어깨 힘 가득 들어간 타이틀을 스스로 무너뜨리고, 까마득한 후배들이 "은퇴해야겠죠? 밑바닥이 보이시죠?"라고 조롱하는 프로그램이 바로 다음주에 볼 수 없게 될 때, 그것은 일종의 상황극이 된다. 말하자면 과거 MBC 〈황금어장〉에서 '무릎팍도사' 김연아 편이 길어지자 '라디오스타'가 스스로를 희화화하며 방송 분량 5분을 받아들이는 그런 종류의 웃음.

물론 '희극지왕 박성호'가 그런 것까지 계산하며 의도적으로 폐지된 건 아닐 것이다. 중요한 건, 코너 폐지라는 현실이 결과적으로 개그라는 픽션의 한 축으로 흡수되는 기묘한 상황이다. '희극지왕 박성호'는 그래서 웃기지 못한 것과는 별개로 흥미롭다. 캐릭터가 아닌 스스로를 연기하는 개그맨은, 관객과 시청자에게 게임을 제안한다. 당신들이 예상하는 그 이하로 웃겨주겠노라고. 관객이 여기에 동참하는 순간, 잘 짜인 개그를 관객에게 보여주는 현실과 픽션의 이분법은 무너지고, 은퇴니 밑바닥이니 하는 자학적 멘트는 가상의 캐릭터가 아닌 진짜 박성호,

그리고 코너 자체를 수식하게 된다. 그 때문에 코너의 몰락은 그 자체로 코너의 마지막 에피소드 역할을 할 수 있다. 그리고 이것은 지금 이곳의 박성호에게만 가능한 무엇이다.

현재 〈개콘〉 안에서 최다 코너, 최다 캐릭터를 보유한 것으로 알려진 박성호의 개그 패턴을 한 가지 카테고리 안에 정리하기란 어려운 일이다. 지난해부터 꾸준히 인기를 얻고 있는 '멘붕스쿨'의 갸루상 캐릭터에게서 과거 '봉숭아 학당'에서 "감사합니다, 땡큐"라던 스테파니의 말투를 연상할 수도, 박성호 스스로 가장 여진이 강했다고 말했던 '남보원'의 강기갑 캐릭터가 "살림살이 좀 나아지셨습니까?"라고 외칠 때, 과거 운동권 학생이 "강철대오"를 외치던 모습을 떠올릴 수도 있다. 하지만 운동권 학생과 스테파니가 현실에서 볼 수 있는 캐릭터의 디테일을 박성호 특유의 표현력으로 과장해서 보여준 경우라면, 강기갑 캐릭터는 근엄한 비주얼과 뾰로롱 요술봉의 유치함이라는 예상치 못한 결합으로 웃음을 주었다. 갸루상은 단순히 비주얼과 여자 연기로 웃기기보다는 갸루족 특유의 무국적성에 접근해 엄마도 아빠도 한국인이지만 본인은 일본인이라거나, 남자도 여자도 사람도 아니라는 얼핏 막무가내 같지만 캐릭터 안에서 충분히 이해할 수 있는 멘트로 웃음을 주는 경우다. 심지어 그의 가장 대표적인 코너였던 '뮤직 토크'에서 그는 캐릭터 없이 오직 영어 가사만으로 웃음을 줬다. 하여 굉장히 다양한 방법론으로 웃음을 만들었다는 것만이 그의 지나온 개그 세계를 하나로 묶을 수 있는 정의일 것이다.

하지만 그토록 긴 시간 동안 다양한 캐릭터와 코너를 거치고 〈개콘〉 서열 1위가 되면서 어느 순간 박성호는 그 자체로 하나의 캐릭터가 될 수 있었다. 이상호, 이상민이 주축인 코너 '그땐 그랬지'에 단역으로 출연하며 "나 〈개콘〉의 전설, 박성호야!"라고 호기를 부리다가 코너가 없지 않느냐는 말에 바로 꼬리를 내리는 장면을 보여줄 수 있는 건 오직 그, 박성호뿐이다. '꽃미남 수사대'에서 그가 맡은 '쏘 인크레더블'은 그래서 상징적이다. 계급이 높을수록 늦게 등장하며 위엄을 내세우지만, 정작 개그적으로는 가장 망가지는 코너의 순서 안에서 '쏘 인크레더블'은 가장 늦게 등장하며 가장 말도 안 되는 패션을 보여준다. 이 캐릭터는 〈개콘〉 내 최고 서열이지만 그럼에도 불구하고 더 망가지고 희화화되길 원하는 개그맨 박성호를 통해 설정과 연기력만으로는 설명할 수 없는 좀더 현실적인 질감을 얻었다. 말하자면, '비상대책위원회' 첫 회에서 대통령 김준호의 등장만으로도 웃음이 터져 나오는 것처럼, 개그맨과 캐릭터가 하나가 되어 시너지를 발휘하는 순간이다. 갸루상은 그 자체로 걸작인 캐릭터지만 여전히 철들지 않은 40대 박성호가 여장 연기를 한다는 그 개그 외적인 사실 때문에 더 큰 웃음을 만들어낸다.

요컨대 현재의 박성호는, 지금의 자신이기에 가능한 박성호라는 캐릭터를 개그 연기 안에 덧씌우는 동시에, '희극지왕 박성호'에서 볼 수 있듯 코너 포맷 안에서 적극적으로 활용하려고까지 한다. 비록 1주 만에 폐지라는, 실패를 부른 무모한 도전이었지만 여기서 중요한 건 실패가 아닌 무모함과 도전이다. 끊임없이 다양한 방식으로 자신을 망가뜨리던 개그맨은 그것이 하나의 캐릭터가 되어버렸고,

그 캐릭터를 이용해 또다른 방식으로 망가지는 방법을 모색한다. 강한 놈이 오래가는 게 아니라 오래가는 놈이 강한 놈이라는 경구는, 그래서 지금 박성호를 설명하는 데 조금 부족하다. 이 말에는 그래서 이런 첨언이 필요하다. 오래됐으면서도 새로운 걸 추구하는 놈은 정말 강한 놈이라고.

끊임없이 관찰하고
빠르게 낚는 눈

아이디어 빨대, 혹은 흡혈귀. 〈해피투게더 3〉나 〈승승장구〉 같은 토크 쇼에 출연한 동료, 혹은 후배 개그맨들은 하나같이 현재 〈개콘〉의 최고참인 박성호의 생존 비법에 대해 그렇게 평가했다. 심지어 스스로도 1대 흡혈귀는 박준형, 2대 흡혈귀는 본인으로 이야기한 바 있다. 농담처럼 하는 그 이야기에 의외로 많은 이들이 고개를 끄덕이는 건, 그런 비법이 아니라면 〈개콘〉에서 박성호가 보여주고 있는 영생永生을 설명하기 어려워서이다. 하지만 〈개콘〉의 치열한 생태계를 조금이라도 아는 이들이라면 결코 이런 주장에 동의할 수 없을 것이다. 그런 얌체 짓이 용납되는 분위기에서 〈개콘〉의 개그맨들이 그토록 정열적으로 아이디어를 낼 수는 없는 일이다. 그래서다. 그 흔한 농담을 걷어내고 박성호라는 개그맨의 이야기를 좀더 진지하게 들어봐야 하는 건. 히트작 하나로 주연배우의 반열에 올라서면 적어도 몇 년은 그 밑으로 떨어지지 않고, 포토제닉한 외모면 광고를 통해 인기를 유지할 수 있는 영화나 드라마 스타들과는 달리 아무리 히트 코너를 가지고 있어도 코너에 물이 빠지고 시들해지는 순간부터 다음 코너를 걱정해야 하는 한국 개그맨의 세계에서 이 남자는 어떻게 살아왔을까.

서양화과 출신이라는 독특한 이력을 가지고 있는데요, 개그에는 어떻게 관심을 가지게 됐는지 궁금해요.

엄밀히 말하면 예체능 쪽에 소질이 있었죠. 저는 어릴 때 운동선수 한다고 했어요. 그런데 지금 생각해보면 운동선수 할 몸은 아니었던 거 같아요. 운동도 좋아하고 그림도 잘 그렸고, 개그맨이 되고 싶다는 생각도 막연하게는 있었어요. 하지만 개그맨이라는 건 성인이 되어야 할 수 있잖아요. 아역 배우는 있어도 아역 개그맨은 없잖아요. 그러다 그림 전공으로 대학에 갔는데 거기서도 장난을 참 많이 쳤어요. 학교 복도에 캐비닛이 있는데 지나가는 여학생들 놀라게 하려고 30분 동안 그 안에 숨어 있기도 했어요. '으악!' 하고 튀어나올 때 '으악!' 하고 놀라는 거 그거 한 번 보려고, 그 안에서 '니주('두 겹'을 뜻하는 일본어에서 온 속어로 남의 개그를 살리는 역할을 말함)'를 깐 거죠. 그러다 졸업을 앞두고 '이제 뭐 해먹고 살아야 하나' 이런 현실적 고민에 봉착하다보니 개그맨에 도전하게 된 거고요.

졸업 전에 개그맨 시험을 본 건가요?

학교 다니면서 사람들 몰래 MBC에서 한 번, SBS에서 한 번, 이렇게 두 번 시험을 봤어요. 떨어지면 창피하니까. 그러다 KBS 공고가 난 거예요. 아까 말했던 것처럼 내가 학교에서 또라이짓을 하고 다니니까 같은 학교 다니던 임혁필씨가 '너 나랑 개그맨 시험 안 볼래?'라고 해서 솔직히 이미 타 방송사에서 시험 봤다는 걸 털어놨죠. 그리고 그 두 번의 경험 때문에 합격할 수 있는 방법이 보이더라고요. 경험이 진짜 중요한 거 같아요.

수많은 개그맨 지망생들이 관심 가질 이야기인데요.

일단 튀어야 돼요. 심사위원들의 기억에 남아야 해요. 내가 뭘 잘하고 그런 게 중요한 게 아니라 이 무리 안에서 튀어야 하는 거죠. 그래서 지금 생각하면 좀 유치한데 임혁필씨랑 같이 마임을 소리 내서 하는 개그를 보여줬어요. 보통 시험을 보면 심사위원 앞 공간에서 연기를 하는데 우리는 공간을 많이 활용했어요. 막 돌아다니고 거울 앞에 서서 마임을 하기도 하고. 그렇게 우리의 존재를 각인시킨 거죠.

웃기고 싶은 욕심이랑 개그에 대한 관심은 조금 다를 수 있잖아요?

개그 프로그램을 엄청 좋아했죠. 예전에 주병진 선배님이 진행하던 〈일요일 일요일 밤에〉, 오재미 선배랑 이창훈 선배 나오던

'봉숭아 학당' 그런 걸 녹화한 테이프가 아직 우리 집에 있어요. 워낙 그런 걸 좋아했으니까요.

원래부터 웃기는 감도 있고, 개그도 좋아했는데 개그맨이 되기까지 상당히 우회를 한 거 아닐까요.

아니요. 저는 정말 적절한 시기에 개그맨이 됐다고 생각해요. 개그맨이라는 걸 떠나서 연예인이라는 것 자체가 너무 이른 나이에 하면 안 좋은 거 같아요. 유년 시절을 비롯해서 학교생활처럼 남들과 공통으로 가질 수 있는 기억이나 경험을 하지 못하면 나중에 어떤 일을 하더라도 별로 좋지 않을 거라는 생각이 들어요. 고등학교나 더 나아가서는 대학교, 그리고 남자는 군대, 이런 과정을 평범하게 경험하고, 기본 이상의 지식을 쌓아야 개그맨을 하더라도 도움이 많이 되는 것 같아요.

모든 사람이 자신이 정말 원하는 길을 찾아 전공을 고르는 건 아니다. 서양화 전공이라는 독특한 이력에도 불구하고 개그맨이라는 길을 택한 박성호의 우회는 그래서 특별하지는 않다. 특별한 건, 우회에 대해 그가 의미를 부여하는 방식이다. 적어도 어느 시기까지는 기본적인 인간관계에 필요한 경험과 지식을 쌓는 과정이 개그맨에 도움이 된다는 말은, 어쩌면 이 40대 현역 개그맨이 10년이 넘도록 이 세계에서 지탱해온 '비법'의 다른 표현일지 모르겠다. 많은 이들이 자신의 일에'만' 집중하라고 말하는 세상에서, 자기 일 바깥의 세상으로 눈을

돌리는 건 구체적으로 어떤 도움을 줄 수 있을까.

그러면 그림 그리는 게 본인의 개그에도 영향을 미쳤나요.

영향을 많이 미쳤죠. 그림이라는 게 아무것도 없는 캔버스에 내 생각을 붓으로 표현하는 거잖아요. 개그도 똑같은 거 같아요. 아무것도 없는 것에 내 아이디어를 연기나 말로 표현하잖아요. 무에서 유를 창조한다는 건 매우 유사하다고 보고요, 서양화나 설치미술 하는 사람들 보면 상당히 독특하고 재미있는 발상을 하는 경우가 많거든요. 그런 일상생활에 대한 반전이나 사고의 전환이라는 게 개그와 통한다고 봐요. 출발선이 같은 거죠.

그게 정확히 어떻게 개그로 이어질 수 있을까요.

결국 일상에서 쉽게 생각할 수 없는 어떤 독특한 것을 발견해내는 건데요, 예를 들어 어떤 술집에 갔는데 벨이 아니라 '뾰로롱' 하는 장난감 요술봉으로 주문을 하는 거예요. 그걸 본 순간 정말 재밌는 거예요, 그 발상이. 그때 이 아이템은 무조건 해야겠다고 생각했거든요. 그게 결국 '남보원' 코너에서 활용이 된 거죠.

그럼 앞서 말했듯이 미술을 비롯해서 개그 외의 것들을 많이 경험해야 할 텐데요.

저는 예능 프로는 사실 잘 안 봐요. 보는 건 〈황금어장〉 '라디오스타' 정도? 재미있게 보는 건 〈100분 토론〉 같은 시사 프로나 다큐멘터리 같은 거예요. 오히려 그런 것에서 개그 소재가 많이 나와요. 사실 예능 프로를 보는 건 결국 남이 만든 웃음을 보는 거잖아요. 결국 나만의 웃음을 만들 수 있는 소재가 필요한 건데, 다큐가 딱 그래요. 마치 낚시하는 기분이에요. 브라운관에 찌를 던져놓고 보고 있다가 걸렸다 싶으면 딱 손맛이 오는 거죠. 아까 '남보원' 요술봉 이야기도 했는데 강기갑씨 캐릭터를 패러디한 것도 YTN '돌발영상' 보고 입질이 온 거였죠.

그럼 '남보원' 코너 전에 강기갑 캐릭터와 요술봉 아이템이 준비되어 있던 건가요.

써먹겠다는 마음이 있었죠. 그러다 감독님이 (황)현희에게 이러이러한 걸 하면 좋겠다고 말씀하시고, 현희가 저한테 같이 하자고 했을 때 그 아이템들을 대입한 거죠. 딱 상황이 잘 맞은 경우예요.

'남보원'에서의 박성호는 여성들을 향해 '살림살이 좀 나아지셨습니까?'라고 일갈한다. 사실 이것은 강기갑의 말이 아닌 2002년 대선에서의 민주노동당 권영길 후보의 선거 문구였다. 하지만 어딘가 매력과 이미지가 뚜렷하지 않았던 권영길 후보로 캐릭터를 잡았다면 과연 강기갑이 된 박성호의 멘트가 그렇게 직관적으로 웃길 수 있었을까. '남보원'과 강기갑이 박성호의 말대로 딱 맞을 수 있었던 건, 그 웃음의 연결고리를 파악해낸 능력 때문이라고 할 수 있다. 낚시를 던져

넣고 기다리는 인내의 시간도 중요하지만, 그저 수많은 자료를 느슨하게 바라보는 것만으로는 대어를 낚을 수 없다. 언제나 목적의식과 긴장을 놓치지 않는 낚시꾼만이 빠른 손놀림으로 월척을 낚는다.

결국 동시대에 대한 관심을 놓치면 안 되겠네요.
저는 개그의 공식은 크게 변하지 않는다고 생각해요. 다만 그 소재가 바뀌는 거죠. 사실 '네가지' 같은 코너도 〈개콘〉 초창기 때 했던 방식이에요. 단상에 올라가서 '나, 그래, 개다! 너희들 다른 사람 욕할 때 내 아들 지칭하는데!' 외치는 거를 요즘 사람들이 공감할 이야기로 바꾼 거죠. 과거에 삐삐를 가지고 개그를 짰다면 얼마 전까지는 미니홈피 이야기를 하고 요즘 같으면 SNS 이야기를 하는 식이죠.

사실 나이 먹을수록 이런 건 쫓아가기 어렵잖아요.
그걸 쫓아가야죠. 쫓아가지 못하면 늙었다는 소리 듣는 거죠. 쫓아가지 못하고 '야, 그게 뭐가 재밌냐, 왜 그런 걸 하냐' 이렇게 말하면 그때부터는 지금 이곳에서의 웃음과 점점 멀어지는 거예요.

그렇게 준비한 것 중 아직 안 쓴 것도 있나요.
아직 안 쓴 게 많아요. 지금 스마트폰 메모장에도 적어놓은 게 있는데, 원래 아이디어 적는 수첩이 있어요. 거기에도 적어놓고. 이미 개그에 활용한 건 지우는데, 지금 남아 있는 건 30~40개 정도

되는 거 같아요. 언제 쓸지도 모르고 안 쓸 수도 있지만 우선은 가지고 있는 거죠. 생각만 하고 있으면 잊어버리잖아요. 얼마 전에 남해에 갔는데 거기에 새우 비슷하게 생긴 '쏙' 잡이 체험이 있더라고요. 체험장이 있고 관광객이 돈을 얼마 내면 잡아서 튀겨주는 건데, 이걸 하는 분들 대부분이 할머니예요. 그런데 이분들도 이 일을 하기 이전에는 한 사람의 여자인데 그런 코드를 이 상황과 연결하면 어떨까 싶은 생각이 드는 거예요. 나 이번에 '신상' 장화 샀다고 하든지, 손님이 나한테 눈길을 줬다는 식의 흔한 여대생 간의 대화를 여기에 넣으면 재밌지 않을까. 그런데 이런 건 〈개콘〉 같은 공개 코미디에 어울리는 방식이 아니니까 나중에 따로 활용할 때를 기다리는 거죠. 마찬가지로 KTX 타고 가다보면 정말 다양한 지방 문화 축제 광고를 하는데요, 정말 말도 안 되는 축제들, 가령 건달 축제 이런 게 실제로 있다는 식의 개그도 야외에서 찍으면 좋겠죠. 그런 아이디어들이 있어요.

애니메이션 〈쿵푸 팬더〉에는 '비법이 없는 게 비법'이라는 대사가 나온다. 사람들은 특별한 결과물이 있을 때 그 안에 남들이 모르는 비법이 있을 거라 상상하지만, 사실 특별한 결과물은 누구나 알 수 있는 방법 안에서 특별할 정도로 집중하고 노력할 때 나오는 것이다. 아이디어 흡혈에 대한 그 오래된 농담에 대해, 그래서 다시 질문했다.

토크쇼에서 남의 아이디어 갈취하는 선배라는 이야

기를 많이 들었는데요, 억울할 것 같아요.

예능에서 그렇게 몰아가면 대중 분들이 재미있어 하는데, 그 이미지가 좋지는 않은 거 같아요. 아이디어 빨대니 그런 얘기 많이 하시잖아요. 그런데 KBS 희극인실에 있는 스크랩북 보면 제 예전 별명이 '아이디어 뱅크'였어요. 〈가족오락관〉 같은 데 나가면 '신인 개그맨 아이디어 뱅크 박성호입니다' 이렇게 인사했었거든요. 제가 박준형처럼 특징이 있는 것도 아니고 그렇다고 잘생긴 것도 아니고 애매하잖아요. 그러니까 소재 찾고 이런 걸 열심히 했고 주위에서 그렇게 불렀죠.

'아이디어 빨대'라는 별명이 본인뿐 아니라 〈개콘〉 자체에도 모욕이 될 수 있는 게, 〈개콘〉이 그런 식으로 붙어 있을 수 있는 프로그램이 아니잖아요.

생각해보세요. 여기가 어떤 직장인데 부장이 부하직원이 낸 걸 자기가 했다고 하면 15년 동안 있을 수 있겠어요? 한동안은 가능하더라도 1년도 못 있을걸요? 오래 있으려면 노력도 하고 여러 사람과도 잘 어울려야죠.

나는 여전히 웃음의 법칙을 공부하고 배운다

카멜과 다이어 스트레이츠, 그리고 제이슨 므라즈. 한 포털 사이트의 음악 추천 코너에서 박성호는 이들을 비롯해 다양한 성격의 해외 뮤지션들을 추천했다. 동시대 음악에 조금이라도 관심이 있는 사람이 제이슨 므라즈를 추천하는 거야 신기할 것도 없는 일이지만, 영국 프로그레시브 록 신의 중요 밴드인 카멜이나 마크 노플러의 핑거링 주법이 빛을 발하는 다이어 스트레이츠의 곡을, 그것도 개그맨의 입을 통해 듣는다는 건 흥미로운 일이었다. 하지만 바로 그것, 뚜렷한 문화적 취향을 개그맨에게서 듣는 게 신기하다고 여기는 태도야말로 이 직업 혹은 '딴따라'에 대한 가장 오래된 편견이지 않을까. 박성호의 가장 대표적인 코너였던 '뮤직 토크'에 대한 이야기는 그래서 한 개그맨의 탄탄한 문화적 토대와 감성을 엿볼 수 있는 기회다.

개그를 짤 때 개그 외의 경험이 중요하다고 했는데, 박성호씨의 가장 대표 코너라 할 수 있는 '뮤직 토크' 이야기를 안 할 수 없을 것 같아요.

옛날부터 음악을 되게 좋아했어요. '뮤직 토크' 때문이기도 하지만 아는 동생이 운영하는 클럽인 홍대 우드스탁도 종종 가서 음악을 들어요. 제이슨 므라즈나 리오 세이어 내한공연 같은 것도 가려고 노력하는 편이고요.

하지만 '뮤직 토크' 같은 코너를 몇 년 동안 하려면 그 정도로는 부족했을 텐데요.

2000년부터 2002년까지 햇수로 3년 했죠. 중간에 6개월 정도 쉬었고요. 박세민 선배님이 원조인 이 음악 개그는 초등학교 때 정말 재미있게 봤어요. 그러다 개그맨이 되어서 내가 직접 해보면 어떨까 해서 자문을 구하려고 박세민 선배님 번호를 수소문해서 여쭤봤어요. '많이 듣는 수밖에 없다. 들어서 말을 만들어봐라' 하고 조언해주시더라고요. 그래서 그때부터 KBS 음반자료실에서 내내 3시간에서 5시간씩 들었어요. 무작위로.

그건 정말 맨땅에 헤딩이네요.

듣다보니 노하우가 생겼죠. 우선은 영어 발음이 미국식인 것보다는 영국식이나 다른 나라 영어 발음이 더 낫고요, 어떤 한 가수에게서 한국말처럼 들리는 게 많이 캐치되면 그 가수 노래를 집중적으로 들어요. 많이 들을 때는 음반 50장 정도 들었는데, 듣다가 아니다 싶으면 바로 집어넣고 이거다 싶으면 그 음반을 다 들었죠.

아직까지도 확실히 기억나는 장면. 그가 2002 월드컵에서 골을 넣은 황선홍에 대한 가사를 이탈리아 멜로딕 스피드 메탈 밴드였던 랩

소디의 노래에서 찾아낸 걸 보며 약간은 충격을 느낀 경험이 있다. 메탈 마니아가 아닌 이상 찾아 들을 만한 밴드도 아니었을 뿐더러, 가사를 캐치하기에는 반주가 너무 화려한 곡이었기 때문이다. 하지만 그는 '미국식 영어 발음인 것보다는' 이탈리아 영어 발음에서 귀신같이 당시 상황에 맞는 가사를 찾아냈다. 한국어처럼 들리는 가사를 찾기 위해 장르나 나라 구분 없이 얼마나 다양하게 들었는지 그 한 번의 에피소드만으로도 짐작할 수 있다.

그러면 그 안에서 한국어가 들리나요.

우리말이 딱 정해져 있는 건 아니에요. 우선 뭔가 나올 것 같으면 계속 반복해서 듣다가 우리말이랑 비슷한 발음을 한글로 수첩에 적어놔요. 그리고 또 반복해서 듣고. 그렇게 비슷한 말을 만들어 보는 거죠. 얼추 되게끔. 진짜 뭔가 파고들면 안 되는 게 없더라고요. 그러다 아까 말한 것처럼 6개월 정도 쉬고 나중에 다시 할 때 퀄리티가 더 높았어요. 시청자 게시판에서 의견을 받았는데 주옥 같은 아이템이 많았어요.

그게 또 시청자 귀에도 잘 들려야 하잖아요.

멜로디의 포인트가 있어요. 흔히 '사비'라고 하는 코러스 파트나 클라이맥스에서 찾아야 사람들이 들었을 때 임팩트가 있죠. 그냥 흥얼거리는 부분이면 가사가 아무리 재밌어도 사람들이 안 웃어요.

'뮤직 토크'의 주제가나 다름없던, 당시의 시청자들에게는 '오빠 만세'로 더 친숙한 셀린 디온의 〈올 바이 마이셀프All By My Self〉가 그가 말한 코러스 파트의 힘을 가장 잘 보여주는 사례다. 흔히 버스verse-코러스chorus로 구분되는 대중음악의 작법에서 코러스 파트는 버스의 멜로디로 차근차근 쌓아놓은 감정을 강한 후크와 함께 터뜨리는 경우가 많다. 귀에 쏙 들어오는 멜로디인 만큼 그 파트의 가사가 더 명료하게 들리는 건 당연한 일. '뮤직 토크'를 유지한 가장 큰 힘은 하루에 몇 십 장의 앨범을 듣는 노력이지만, 음악 자체에 대한 이해가 없었다면 그가 발굴한 가사들이 그만큼 강한 인상을 남기기는 어려웠을 것이다.

말하자면 박성호 개그의 효시인 셈인데 아직도 회자될 정도로 본인의 대표 코너가 있다는 건 어떤 의미인가요.

혼자 나와서 혼자 원 샷 받으면서 얼굴을 알린 코너잖아요. 엄청난 효도 코너죠. 그런데 지금 다시 '뮤직 토크'를 한다면 그렇게 안 할 것 같아요. 그때는 그냥 개그만을 생각했던 건데, 지휘자나 모차르트를 패러디한 모습으로 나와서 캐릭터까지 살렸다면 좋았겠죠. 그런데 이건 지금 생각이구요, 다 이렇게 배우는 게 있는 거 같아요.

아직도 개그에 대해 배우는 게 많이 있나요.

박성호

〈개콘〉 초반에는 뭐가 웃길까 단순하게 그것만 생각했는데 남들이 어떤 개그를 하고 거기에 사람들이 어떤 반응을 보이는지 따라가야 한다는 걸 3~4년 전부터 알게 된 거 같아요. 그래서 사람들이 어떤 개그를 좋아하면 그걸 내 개그에도 잘 활용하고. 지난 1~2년 최고 히트 코너인 '애정남'이나 '두분토론', '불편한 진실' 같은 게 말하자면 남녀 공감 개그인데 어떻게 보면 그 원조는 '남보원'이거든요. 사실 '남보원'을 할 때는 남녀 공감 개그가 없으니 이걸 해야겠다 생각해서 한 건 아니었는데 그게 성공하고 하나의 장르가 되니까 그런 코너가 쭉쭉 나오는 거죠. 일종의 유행처럼. 그런데 이제 그 사이클이 다 도니까 또 '꺾기도' 같은 코너가 나오는 거구요. 말장난하는 건 예전 '우비 삼남매'나 임하룡 선배님의 개그에서 많이 나오던 건데 돌고 도는 거죠. 그런 걸 보며 또 이런 개그를 해야 하겠구나 하면서 떠오르는 아이디어들이 있으면 적어놓고요.

그럼 이제 웃음의 법칙에 대해 뭔가 정리할 수 있을까요.

지금 이런 걸 하면 요 정도의 반응이 있을 것이다, 라는 십 몇 년의 노하우는 있어요. 그런데 그게 딱 맞아떨어지는 건 아니에요. 가령 '방송과의 전쟁'은 잘될 거라 생각했고 첫 반응은 좋았는데 바로 그 다음에 갈 방향을 잃어서 우왕좌왕했거든요. 개그란 게 알다가도 모르고 쉽다가도 어려워요. 웃어야 하는 대상은 대

중인데, 대중이란 하나의 단어로 묶이지만 그 안에는 다양한 사람들이 존재하잖아요. 법칙을 알았다기보다는 대중의 반응을 보고 코너의 방향을 돌릴 수 있는 연륜이 쌓인 거 같아요. '사마귀 유치원'의 경우 내용은 풍자지만 그 안에서 조지훈씨 캐릭터가 30~40대를 대상으로 한 개그를 하고, 최효종씨는 그 위, 저는 가장 아래 연령대에 맞는 개그를 하는데, 처음부터 우리가 타깃을 정하고 하는 건 아니거든요. 다만 코너를 올렸을 때 대중들이 여기서 무엇을 원하는지 피드백이 바로 오니까 거기에 맞춰가는 거죠. 일단 넓은 태평양에 배를 띄우고 미국이나 유럽을 가자고 하다가 동남아에서 좋아하면 배를 살짝 돌리는 거예요. 코너가 재미없으면 바로 가라앉는 거고.

그런 걸 파악하는 데는 성공만큼 실패의 경험도 중요할 거 같은데, 본인은 정말 좋다고 생각했지만 대중의 반응이 별로였던 코너는 뭐였나요.

'애드리브라더스'요. 〈개콘〉 시작하기 전에 관객들에게 종이를 나눠주고 쓰고 싶은 말 아무거나 쓰라고 한 다음에 우리의 시추에이션 중에 그 종이에 있는 말을 무작위로 뽑아 대사로 읽는 거죠. 가령 군대에서 '대장님이 특별 지시를 내렸다. 앞사람 머리는 무지 크다!' 이런 식으로. 정말 획기적이잖아요. 소극장에서 했을 때는 정말 난리가 났어요. 그래서 스스로 이건 개그계의 센세이션이다, 생각하고 방송 나오기도 전에 지적재산권을 등록했어요.

이걸로 〈난타〉를 능가하는 공연 브랜드가 되어서 매달 3,000만 원씩 가져가면 되겠구나. 그런데 반응이 좀 미지근하더라고요. 나쁘지는 않았는데 제 예상처럼 대박은 아니었죠.

그게 대중의 마음을 정말 모르겠다는 생각이 든 가장 큰 사건이었나요.

그건 '마빡이'죠. 전 그 코너의 경우 처음에 같이 연습도 했었어요. 그러다 중간에 빠졌죠. 내가 하는 노동과 힘에 비해 반응이 별로인 것 같다 싶어서. 그런데 첫 방송하고 다음날 인터넷에서 난리가 난 거예요. 밤에 잠이 안 오더라고요. 다른 사람이 나가라고 한 것도 아니고 스스로 안 한다고 빠졌는데 국민 코너가 되고.

만약 개그에 대해서도 평론가가 있다면, '애브리브라더스'는 정말 평론가들이 좋아할 만한 코너였다. 코미디에 관객 참여를 이용해 우연성을 가미하다니, 이것은 동시대 미술에서의 인터렉티브 아트에 비견할 만한 텍스트 아닌가. 비록 박성호의 기대치만큼은 아니었지만 코너의 인기도 괜찮은 편이었다. 하지만 몸으로 웃기는 개그로 분류될 '마빡이'는 이후 UCC를 통해 수많은 시청자들이 직접 자신만의 이마 때리기 기술을 선보이며 코너 바깥에서 대중의 참여를 이끌어냈다. 과연 누가 이런 결과를 예측할 수 있었을까. 하여 '마빡이'에서 빠진 박성호가 어리석은 게 아니라, 정말 대중의 마음은 합리적인 태도로도 계산하기 어렵다는 겸손한 인정이 이 에피소드의 교훈일 것이다.

'마빡이'에서 빠진 것도 그렇고, 과거 코너들을 보면 몸으로 하는 슬랩스틱은 별로 안 좋아하는 거 같아요.

공개 방송이 아닐 때는 저도 슬랩스틱을 했죠. 그런데 우선 슬랩스틱을 잘하려면 몸이 단련되어야 하거든요. 안 그러면 다칠 수도 있고. 그걸 잘하는 게 (김)병만이인데, '달인'은 좀 특별한 경우고 공개 코미디와 슬랩스틱이 잘 안 맞는 면도 있어요.

폭력성이나 그런 것 때문인가요.

그런 게 아니라 공개 코미디는 3분 안에 모든 걸 보여줘야 하는데, 넘어지거나 하는 슬랩스틱을 내용에 맞게 넣기에는 좀 부족한 부분이 있죠. 〈미스터 빈〉 같은 작품에서도 볼 수 있지만 영화관이나 도서관, 야유회, 이런 식으로 상황과 공간을 바꾸면서 그 안에서 벌어지는 일을 보여주잖아요. 그런데 가령 벤치를 이용한 슬랩스틱을 위해서 공개 무대 위에 벤치를 놓으면 분명히 관객은 그것으로 무언가 할 거라고 예상하겠죠. 즉 개그의 트릭을 들킨 상태에서 시작하게 되니까 공개 무대에서는 좀 불리해요.

일종의 공간적 제약인 건데요, 혹 공중파 방송이라는 심의에서의 제약이 웃음의 걸림돌이 될 때는 없나요.

만약 규제가 풀려서 육두문자와 비속어, 섹스 터치 같은 것을 하게 되는 경우를 상상해봤는데 그러면 지금도 그리 높지 않은 개그맨의 위상이 오히려 더 낮아질 거 같더라고요. 물론 더 쉽게 웃

길 수는 있겠죠. 방귀 얘기, 똥 얘기 하면 웃기잖아요. 다만 좀더 통쾌한 웃음이 안 나오겠죠. 소재에 한계가 있다고 하지만 여기서 못 찾으면 방송에 나가지 말아야죠.

박성호

〈개그콘서트〉라는 전설이 만들어지기까지

이미 수많은 사람들이 했던 평가에 한 줄 더 얹는 게 무의미할 수도 있지만, 21세기 한국 코미디의 역사에서 〈개그콘서트〉의 영향력은 정말 절대적이라고 할 수 있다. 개그에 콘서트라는 요소를 도입하며 공개 코미디의 장을 열었고, 타 방송사의 프로그램들이 피고 지는 속에서도 최강자의 자리를 내놓은 적이 없다. 1세대인 백재현, 심현섭 이후 박준형, 임혁필, 박성호, 김준호, 김대희, 유세윤, 강유미, 안영미, 박영진, 박성광, 황현희, 최효종 등등 정말 최고의 개그맨들을 길러냈으며, 그 중 정형돈과 유세윤, 김병만, 이수근 등은 예능계의 블루칩이 되어 유재석 세대 이후 가장 뛰어난 예능인 역할을 하고 있다. 일요일 밤 그리고 더 거시적으로는 한국 예능계를 지탱한 이 프로그램은 그래서 21세기 한국 엔터테인먼트의 마스터피스로 첫손에 꼽을 만하다. 박성호는, 10년을 훌쩍 넘긴 이 프로그램의 저력에 대해 어쩌면 가장 완벽한 사가史家일지 모른다. 박성호 영생의 비밀만큼이나 많은 이들이 궁금해 하던, 〈개콘〉의 노하우에 대하여.

개그를 위해 여러 사람과 어울리는 게 필요하다고 했는데 그게 코너를 짜는 데 어떤 의미가 있을까요.

(인터뷰를 하고 있는) 여기 개그맨 연구동에 후배나 동료들이 같이 있잖아요. 그런 사람들이랑 농담 나누다가, 누가 이런 아이디어를

던지면 '아, 이건 네가 더 잘하는데' 이렇게 어울리면서 새 코너를 만들고 갈아타는 경우가 많죠.

그런 인간관계가 코너 멤버를 구성할 때도 영향을 미칠까요.

글쎄요, (김)준호나 (김)대희 같은 경우에는 패밀리 개념으로 가는 걸 좋아하는 듯한데 저는 개인적인 성향이 강한 스타일이죠. 이 코너의 이 캐릭터에 딱 맞는 애가 있으면 싸가지가 있고 없고, 예의가 있고 없고, 성격이 어떻고 주위에서 얘를 싫어하든 말든 따지지 않고 쓰거든요. 내가 그 사람을 인간적으로 싫어해도 대중들은 그 사람이 이 역할을 맡았을 때 좋아해줄 수 있으니까요. 착한 사람이 와서 이 역을 맡는 게 아니라 잘하는 사람이 하는 게 정답이라고 생각합니다. 제가 어디에 소속되지 않는 것도 그런 이유예요. 한쪽에 소속되어 있으면 편향될까봐.

친하다고 생각했는데 코너에서 배제되면 그 후배가 서운해 할 수도 있잖아요.

그러면 같이 술 먹으면 안 되는 거죠. 개인적으로 술 자주 먹는 게 (황)현희인데 '남보원' 코너만 같이 했거든요. 술 마시며 이런저런 개그 얘기도 하지만 코너는 또 따로 짜죠. 그 친구 나름대로의 가치관이나 개그의 색깔이 있으니까.

개인주의와 이기주의는 다르다. 박성호가 말하는 개인주의는 자신의 이익을 위해 남을 이용하기보다는, 남들과의 막역한 관계 속에서도 자신의 원칙에 충실한 일종의 원칙주의에 가깝다. 그의 개인주의와 '준호 맥과이어' 김준호의 휴머니즘 중 무엇이 개그맨 커뮤니티에 필요한 것인지는 확언하기 어렵다. 하지만 적어도 이것만은 확실하게 말할 수 있겠다. 최고참이 이런 태도를 유지할 때, 누구도 쉽게 안일하게 어딘가에 묻어갈 생각은 할 수 없다는 것이다.

개인주의라고 말씀하셨지만, 최고참으로서 코너를 짤 때 어떤 흐름을 잡아줄 수도 있을 것 같은데요.

불필요한 것들을 뺄 수도 있는데 제가 할 수 있는 만큼의 권한이 있고 그럴 수 없는 건 감독님이나 작가님이 교정하니까 누구 한 사람이 책임을 지고 하는 건 아닌 거 같아요. 내가 생각한 것에 대해 감독님과 작가님이 못 받아들이면 다시 이야기하고, 그러다 제가 납득이 되면 무릎을 치며 바꾸겠다고 하는 거고요. 서로서로 머리를 맞대서 하나의 좋은 결과를 만드는 거죠.

사실 대한민국에서 제일 웃기는 사람들이 개그맨으로 모인 건데, 웃음에 대해 제작진의 의견을 경청하려면 그만큼 신뢰가 커야겠어요.

아직도 제가 보지 못하는 게 있다고 느껴요. 저는 단순히 제3자인 관객을 웃기는 것이 개그라고 생각해서 코너를 짜지만, 감독

님이나 작가들은 이 개그가 관객 말고 시청자들에게 어떤 파급 효과가 나올지 그걸 통해 어떤 이야기와 반응이 나올지 여러 가지를 생각하시더라고요. 지금 〈개콘〉 큐시트 상에 이 개그가 들어가는 게 옳을까 하는 것까지 제가 생각하고 개그를 짜려면 못 짜죠. 그 판단은 제작진의 몫이고 저는 우선 웃기는 걸 만들어야죠. 그러다 나름대로 웃기게 만들었는데도 제작진이 방송 못할 거 같다고 하면 저는 충분히 이유가 있겠거니 생각해요. 물론 아쉬울 때도 있지만 그걸 가지고 반기를 드는 건 연기자의 옳은 자세가 아닌 거 같아요.

하지만 연기자가 제작진을 설득할 필요도 있잖아요.

한두 번은 설득할 수 있죠. 한번 대학로 극장에 와서 관객 반응을 직접 보세요, 라고 말했던 코너도 있고. '같기도'가 그랬어요. 제작진은 재미없을 거 같다고 했는데 이상덕 작가님에게 소극장 와서 보시라고 했어요. 대박 난 코너는 아니지만 그래도 많은 시청자들이 좋아해주셨죠. 어쨌든 제작진이나 개그맨이나 목적은 하나예요. 잘돼서 웃음을 드리는 거. 제작진이 우리가 스타 되는 걸 방해하려고 코너 안 올리는 것도 아니고요.

조직에서의 신뢰라는 건, 저 사람이 거짓말을 하느냐 하지 않느냐는 차원의 신뢰가 아니다. 보통은 저 사람의 능력을 믿느냐 믿지 않느냐의 문제지만 또 그것만은 아니다. 이 사람들이 같은 목적을 위해 최선을 다하고 있다는 믿음, 그것이 조직 안에서 가장 중요한 직업윤리 차원의 믿음이다. 그리고 〈개콘〉은 그 믿음 위에 서 있다.

아마도 그런 신뢰가 〈개콘〉을 부동의 개그 프로그램으로 만들어주는 거겠죠.

코너가 올라가기까지의 과정에서 무엇보다 공정성을 기하고, 감독님도 깊이 고민하면서도 다른 작가들과 소통하며 코너를 완성하고 방송에 보내죠. 그런 것들이 체계적으로 탄탄히 잡혀 있어서 쉽게 안 무너지는 거 같아요. 또 개그맨들을 봐도 근성이 있어요. 코너를 통해 다이어트 하고 몸을 만드는 게 쉬운 게 아니잖아요. 그걸 해내는 걸 보면 확실히 노력을 열심히 해요. 그런 사람들이 모여 있으니 탄탄하게 유지되겠죠.

그런 면에서 〈개콘〉에 가장 오래 있던 개그맨의 시선이 궁금하기도 해요. 가령 각 감독님들의 성향이 이 프로그램을 어떻게 이끌었는지.

초창기 박중민 감독님 계실 때는 제가 신인이라 잘 모르겠고요, 그 다음에 오신 양기선 부장님은 카리스마로 압도하는 그런 분이셨어요. 장수로 따진다면 장비와 같은 용장勇將? 본인 생각대로 추진력 있게 밀어붙이는 타입이었어요. '봉숭아학당'을 만드셨는데 그 코너가 한동안 〈개콘〉의 메인 코너가 됐고 많은 신인 스타가 배출됐죠. 그리고 김영식 감독님은 덕장德將 스타일. 마음씨

좋고 개그맨들 따뜻하게 해주시는 그런 분이셨고요, 김석현 감독님 같은 경우는 본인이 개그를 좋아하고 개그에 대해 잘 아세요. 개그맨만큼 센스도 좋고. 지장智將이시죠. 지금 하고 있는 서수민 감독님은 이 모든 걸 다 합쳤다고 할까요. 카리스마 있으면서도 여성 특유의 포용력으로 따뜻하게 안아주는 면이 있고, 예술적인 감각도 좋으세요. 어쨌든 〈개콘〉 제2의 전성기를 연 감독님이잖아요.

그런 다양한 스타일 안에서도 감독님들의 공통점이 있나요?

개그맨들에 대한 믿음, 그건 다 가지고 계셨던 거 같아요. 개그맨 공채로 뽑혔다는 건 어느 정도 검증된 거라 생각하고 한 번 정도는 믿어주고 밀어주세요. 누구에게나 다. 편견을 가지고 기회를 안 주는 것도 아니고 잘나간다고 그 사람의 편의를 봐주는 것도 없어요. 그걸 연기자가 스스로 살리면 스타가 되는 거고 못 살리면 도태되는 거죠. 여기는 결과의 평등이 아니라 기회의 평등이 있는 곳이에요. 그런 것만큼은 감독님들이 잘하시고 연기자에 대한 배려가 있으신 거 같아요.

결과의 평등이 아닌 기회의 평등. 지금까지 〈개콘〉에서 수많은 개그맨들, 그것도 박성호를 비롯해 오랜 시간 인기를 끈 검증된 개그맨들도 피할 수 없는 것이 기회의 평등에 의한 경쟁 구도다. 신선한 아이디어로 좋은 코너를 짜지 못하면 도태된다. 어쩌면 잔인한 이 생태계는, 하지만 바로 그 평등함이라는 가치로 유지된다. 앞서 박성호가 말했던 자신의 개인주의는 아마 특혜도, 그렇다고 편견도 없는 〈개콘〉식 공정함의 개인적인 버전이라 할 수 있을 것이다.

혹 본인도 자신감이 떨어졌는데 감독님이 믿어주셔서 살아난 적이 있나요.

제가 2010년에 음주운전 때문에 방송 안 나가고 자숙하던 적이 있는데 먼저 전화를 주셔서 '후배들이랑 이런 코너를 짰는데 네가 들어가면 좋겠다' 해서 들어갔어요. 전 정말 고맙죠. 그 이후로도 개그를 계속하고 있으니까. 아마 제가 쉬다가 새 코너를 짜서 성과를 못 냈으면 그래도 한 번 정도는 기회를 주셨을 것 같긴 한데, 만약 그것도 못 살렸다면 스스로 〈개콘〉을 떠나거나 더는 못하게 됐을 거예요.

여전히 도태되는 게 두려우신가요.

이제는 무대에서 하는 것보다 제작진에게 검사받는 게 더 떨리더라고요. 오히려 무대에서는 관객들의 반응이 있고 서로 호흡이 왔다 갔다 하니까 기가 살거든요. 그런데 제작진에게는 개그를 평가받는 자리니까 더 떨려요. 또 검사 받을 때 다 똑같이 다른 개그맨들 앞에서 하거든요. 최고참이니까 후배들 안 보는 데서 감독님에게만 보여드리고 평가받겠습니다, 이런 게 선배의 자세

는 아니라고 봐요. (김)준호도, (김)대희도 다 그렇게 생각하고. 우리가 절대 대접 받고 혜택 받는 게 아니라 똑같은 입장에서 한다는 걸 보여줘야 하니까. 그래서 검사 받다가 까인 적도 많고.

검사에서 통과 못 하면 아직도 씁쓸하세요?

창피하죠. 선배로서 창피하죠. 개그맨으로서 코너를 완성하기까지 까이는 건 당연한 거고 그러다 통과될 수도 있는 건데 선배로서는 창피해요. 그래서 더더욱 검사 맡는 것에 신중을 기하고.

최고의 무대에 오르기 위해서인 건데, 그 치열함 때문에 피곤할 때는 없나요.

그만한 보상이 있으니까요. 야구에서도 메이저리그에서 연봉을 더 많이 받듯, 그만한 인기와 부, 명예를 얻을 수 있잖아요. 그러니까 더 열심히 하려고 하는 거고요.

내가 재미없는 일은 **절대 하지 않는다**

보통 1년을 넘기면 장수 코너로 꼽히는 〈개콘〉 안에서 박성호는 정말 수많은 코너를 거쳤고 수많은 캐릭터를 연기했다. 초기 인기 코너였던 '로보캅'과 '뮤직 토크', '청년백서'에서 '제3세계', '남보원', '꽃미남 수사대' 등을 거쳐 '사마귀 유치원', '멘붕스쿨'까지 히트 코너와 범작을 오가며 그는 〈개콘〉 안에서 자신의 존재 이유를 끊임없이 증명했다. 스스로는 대중을 잘 모르겠다고, 하면 할수록 개그는 어려운 것 같다고 말하지만, 지금까지 쌓아온 그의 데이터가 궁금한 건 그런 이유다. 코너에서 중요한 건 시의성일까, 시기를 타지 않는 보편성일까. 반짝이는 총기가 중요할까, 학구적 연구가 필요할까. 물론 이것은 결코 답이 아니다. 다만 개그 코너 구성의 답이라는 것이 만약 있다면, 지금까지 박성호가 쌓아온 데이터는 가장 중요한 자료 중 하나일 것이다.

아직도 개그에 대해 잘 모르겠다고 하셨는데 그래도 경험적으로 느낀 것들이 있을 거 같아요. 오래 붙잡을수록 코너가 좋아지는지, 딱 오는 영감이 중요한지.

정말 잘되는 코너, 좋은 코너는요, 쉽게 바로바로 나와요. 바로바로 잘 터지고. 그래서 코너 짜다가 안 된다 싶으면 회의를 아예 안 하든가 해야지, 이게 사법고시처럼 공부해서 되는 게 아니에요.

어떤 코너가 그랬나요.

육봉달 캐릭터가 나왔던 '제3세계' 같은 게 하루 만에 갑자기 나온 코너예요. 전날 아이디어를 짜서 다음날 검사 받았는데 재미있다고 해서 바로 녹화 떴어요. 제 코너는 아니지만 '꺾기도'도 아마 쉽게쉽게 짰을 거예요.

'꺾기도'가 쉽게 통과됐나요? 조금 의외네요.

맞아요. 개그맨이 보기에는 재미없고 유치하다 싶었거든요. 그런데 제작진이 봤을 때는 잘하면 통할 수 있겠다 싶었던 거고, 실제로 통했죠.

그와 달리 고민이 많이 필요한 코너도 있지 않을까요. 가령 '방송과의 전쟁' 같은 경우 종편(종합편성채널)이라는 너무 시의성 강한 주제에 밀착되어 있어서 짜기 어려울 거 같은데요.

언제라도 할 수 있는 게 있고, 지금이 아니면 할 수 없는 아이템이 있거든요. '방송과의 전쟁'은 후자의 아이템이었기 때문에 한 거지, 이번에 대박 코너를 해야겠다고 하며 짠 건 아니에요. 대박 코너가 나오면 감사하지만 늘 그걸 기대하며 짤 수는 없죠.

영화 〈범죄와의 전쟁〉을 염두에 두고 시작했을 텐데요.

영화를 보고 저걸 어떻게 활용하면 좋을까 싶어서 여러 가지를 넣어봤는데 잘 안 돼서 시행착오를 많이 겪었죠. 보통 코너를 짤 때 파일럿처럼 대학로에 먼저 올려보는데 포장은 건달로 가되 이런저런 주제로 해봤거든요. 그런데 사람들이 별로 공감대가 느껴지지 않는다고 해서 지금의 주제로 후다닥 바꿨죠.

엔터테인먼트 업계에서 간혹 끈기라는 말은 크게 왜곡되어 사용되는데, 끈기란 결코 남이 자신의 방법을 납득할 때까지 무작정 시간을 들여 들이미는 것이 아니다. 남이 납득할 만한 무언가가 나올 때까지 스스로 변화하는 시간과 노력을 아까워하지 않는 것이 끈기다. 그 때문에 정말 끈기 있는 엔터테이너는 자신이 감동이나 웃음을 주려는 대상과의 피드백에 결코 소홀하지 않는다. 자신의 방식을 될 때까지 무작정 밀어붙이는 건 우직한 게 아니라 자기만족적인 고집에 가깝다.

대학로 무대의 피드백은 유용한 편인가요?

관객들의 연령대나 개그를 받아들이는 포인트 같은 것들이 〈개콘〉에 오는 관객층과 유사한 부분이 있어요. 85~90퍼센트는 느낌이 비슷해요. 그래서 대학로에서 관객들이 많이 웃었다 싶으면 이건 〈개콘〉에서도 통할 코너겠다 느낌이 오죠. 그래서 새로운 코너를 실험할 때 가장 선호하는 방식이기도 하고요.

앞서 지금 아니면 안 될 코너가 있다고 했는데 그건 지

금이 지나면 수명이 다할 수 있다는 뜻이기도 합니다.

그런데 그것까지 고민하게 되면 한도 끝도 없어요. 어떤 코너든 어떻게 될지 모르고 일단은 한 주 한 주 최선을 다해서 짜는 게 중요한 거죠. 이게 3개월짜리다, 이건 6개월이면 끝난다는 생각을 갖고 있으면 개그를 짤 의욕이 안 나요. 코너를 내리고 말고는 누구보다 연기하는 사람들이 하면서 느끼는 거니까 굳이 처음부터 예상할 필요는 없죠.

그럼 스스로 내려야겠다는 생각이 언제 가장 강하게 드나요.

내가 하기 싫을 때. 가장 무서운 것이기도 해요.

단순히 지치는 것과는 다를 거 같은데요.

코너는 우선 짤 때 재미있어야 해요. 연기를 하는 것도 재미있어야 하고, 〈개콘〉에 오는 관객들의 반응도 있어야 하죠. 이 중 하나라도 있으면 코너에 대한 애착이 있는데 반응도 부족하고, 하면서 재미도 없으면 내려야겠다는 생각이 들죠.

독일 국가대표 골키퍼이자 2002년 월드컵 4강에서 한국의 공격을 신들린 선방으로 막아내며 국내에서도 친숙한 올리버 칸은 언젠가 이렇게 말했다. "나는 얼마나 많은 사람들이 좋아하지도 않고, 잘할 수도 없는 일에 매달리고 있는지 놀랄 때가 한두 번이 아닙니다." 물론 모

든 사람이 자신이 하고 싶은 일만 하기란 어렵다. 또 때로는 하고 싶지 않은 일에서도 제대로 된 결과물을 만들어내는 것이 진정한 프로페셔널일 수도 있다. 열정과 책임감 중 무엇이 더 큰 동력인지, 누구도 쉽게 말할 수는 없다. 중요한 건, 자신을 이끄는 가장 큰 동기가 무엇인지 아는 것이다. 그래야 그것이 흔들릴 때 위험 신호를 감지할 수 있다.

하기 싫다는 생각이 들 때도 있나요.

어느 순간 하기 싫었던 게 '남보원'이었죠. 처음에는 정말 열심히 했어요. 연기에 에너지를 담고 대사를 할 때도 카메라를 쳐다봤는데 나중에 시간이 지나고 코너 막바지가 되니까 마치 제가 국어책을 읽고 있는 것 같더라고요.

그럼 더 하고 싶은데 끝난 경우는요.

'꽃미남 수사대'가 그랬어요. 그건 더 하고 싶었는데 제작진에서 내린 경우에요. 하지만 제작진의 생각을 존중하니까 받아들이는 거죠.

하기 싫어서 그만두는 경우에는 좀 휴식이 필요할까요.

아뇨. 바로 갈아타야죠. 영화배우나 이런 분들은 작품 하나 끝나면 다음 작품까지 휴식기를 갖잖아요. 그런데 〈개콘〉은 그런 게 어려워요. 코너가 어느 정도 인기가 올라가서 정점을 친 다음에 내려오는 기간이 있잖아요. 그 기간에 다른 코너도 준비하는 방법이 있죠.

사람들에게 빨리 잊히는 직업이기 때문일까요.

그보다는 이 안에서 개그맨 동료들이랑 이야기 많이 하고 어울려야 아이템이 나오는데, 코너 하나 끝내고 쉬었다 들어오려면 그게 어려워요. 다시 코너를 하는 게 어렵다기보다 이 안에 다시 들어와서 어울리기가 어렵다는 거죠.

그럼 10년이 넘는 동안 제대로 휴식을 즐기기 어려웠겠어요.

저도 코너 하나 끝나면 머리도 식힐 겸 여행 좀 다녀와야지 생각하지만 그건 정말 이상일 뿐이에요. 〈개콘〉을 아예 그만두고 떠나지 않는 한 힘들어요. 아니면 아예 이건 정말 냈다 하면 무조건 녹화까지 간다, 할 수 있는 확실한 아이템이 있거나. 그런데 제가 정말 〈개콘〉 생활 14년 만에 그 아이템이 하나 생겼어요, 처음으로. 이걸 가지고 있으니 언제 한 번 쉴 수 있을지도 모르죠. 하지만 개그맨은 쉬고 싶은 마음만큼 이 재미있고 새로운 아이템을 빨리 동료나 제작진, 시청자에게 보여주고 싶은 욕심이 있거든요. 웃기고 싶은 본능이죠. 그것 때문에 쉬기 어려운 것도 있어요. 내 인기, 내 개그맨 생명의 유지와는 별개로.

영원히 철들지 않기를 **바라는 이유**

과거란 그 자체로서도 의미 있는 것이지만 그 시간들이 누적된 현재가 되기 위해서는 동시대 안에서 의미를 가져야 한다. 박성호에게 〈개콘〉 막내 시절부터 10년 넘도록 다양한 코너를 경험하며 오른 최고참이라는 타이틀이 그동안 누적된 시간들이라면, 이제 선배 없이 후배들만 대해야 하는 상황은 그가 살아야 하는 현재다. 그에게도 자신을 개그로 이끈 전설적 선배들이 있지만 이제는 자신을 보고 〈개콘〉에 합류한 후배들과 '사마귀 유치원' 같은 코너를 짜야 하고, 때로는 대세인 후배의 병풍 역할을 위해 익숙하지 않은 버라이어티 프로그램에 나가 안절부절 하는 모습을 보여주기도 한다. 지금 이곳에서 그가 함께하고 서로 자극을 주고받아야 하는 후배들, 그리고 〈개콘〉이 처음 등장했을 때와는 달라진 예능 환경 등 박성호가 살아가야 하는 동시대는 어떤 의미일까.

〈개콘〉의 최고참이지만 계속해서 도태되지 않으려면 후배들에게서도 자극을 받아야 할 거 같아요.

정말 열심히 하고 나보다 어떤 능력이 뛰어난 후배를 봤을 때는 자극보다 존경심이 생기죠. 내가 가지고 있지 못한 걸 가지고 있는 그런 후배라면. 대부분의 경우에는 그럴 때가 없어요. 개그를 봐도 '다 나보다는 한 수 아래'라는 생각을 하는데 딱 두 명의 후배에게 존경심을 느꼈어요. 김병만과 유세윤. 그 외에는 솔직히 아무도 인정하고 싶지 않고요. 물론 선배 중에는 심형래 선배님, 김국진 선배님 등 존경하는 분이 엄청나게 많지만요.

김병만과 유세윤, 두 사람은 굉장히 다른 타입인데요.

개그감이나 개그를 짜는 능력, 엔터테이너로서의 자기 관리 등 여러 장점을 종합해봤을 때 인정하는 두 사람이에요. 우선 병만이는 근성과 끈기. 그건 모든 후배들이 배워야 해요. 열심히 하고 밤새워서 뭘 만드는 타입이에요. 본인이 그러니까 남들이 그만큼 못 하면 왜 그러냐고도 하는데, 한창 '달인' 할 때 혼자 철사로 뭔가 만드는 걸 보면 저는 못할 거 같더라고요. 정말 개그맨뿐 아니라 모든 국민이 병만이의 근성을 닮으면 우리나라가 세계 초일류 강대국이 될 거예요.

만약 '하면 된다'라는 그 오래된 경구로 사람을 빚는다면 그건 아마 김병만일 것이다. 키도 작고, 무대 울렁증이 있어 개그맨 공채 시험에서 수도 없이 떨어지던 시골 청년은 어느 순간 〈개콘〉 최장수 코너의 주인공으로서 세 번이나 연예대상 후보에 올랐고, 현재는 자신의 이름을 건 공중파 리얼 버라이어티에서 활약하고 있다. 하지만 여기서 중요한 건, 박성호가 김병만의 끈기를 인정하되 자신은 갈 수 없는 영역이라고 선을 긋는다는 점이다. 남의 본받을 만한 장점을 인정하는 것과 그것을 자기 것으로 꼭 가져가는 건 다른 일이다. 그리고 박성

호는 자신에게 없는 걸 찾느라 힘겨워하기보다는 자신이 할 수 있는 걸 찾는 데 힘을 기울이는 타입이다.

그럼 유세윤씨는요.

굉장히 똑똑한 친구 같아요. 전체적으로 판을 보는 게요. 사실 연기를 잘하기도 하지만 그건 개그맨들이 다 거기서 거기거든요. 그런데 좀 '오버' 해야 할 때 '오버' 하고, 안 해야 할 때 안 하고, 잔머리를 굴려야 할 때나 좀더 크게 봐야 할 때, 그런 사리판단을 잘하는 거 같아요. 사실 개그맨들이 그걸 잘 못하는 경우가 많은데, 너무 진지해도 안 되지만 너무 까불어도 안 되는 그 적정선을 세윤이는 잘 유지해요. 가끔은 얌체 같지만, 그런 면이 부럽고 인정하게 되는 거죠.

우연일 수 있지만 두 사람 모두 〈개콘〉을 떠나 방금 말한 그 장점을 극대화한 활동을 하고 있잖아요. 혹 한 사람의 엔터테이너로서 그런 게 부러울 때는 없나요.

두 가지예요. 그쪽 방면에 욕심이 없는 건 아닌데, 제가 〈개콘〉 생활에 젖어 있고 생활 패턴이 딱 여기에 맞춰져 있으니까 다른 곳에 나가서 무언가를 하는 게 사실 쉽지 않아요. 다른 곳은 녹화 시간도 오래 걸리고. 또 가더라도 잘 모르는 사람들이랑 방송을 해야 하는데 옆 사람이 안 웃긴 얘기를 해도 웃어줘야 하는 게 어렵기도 하고요. 이런 패턴에 적응도 하고 스스로를 깨나가야 예능도 하는 건데 막상 감수해보겠느냐고 물으면 조금 더 생각을 해봐야 할 거 같아요. 이러니저러니 해도 전 여기서 개그 검사 퇴짜를 맞고, 새벽 두세 시까지 개그를 짜더라도 이게 더 마음이 편해요. 좀 젖어 있는 게 있어요.

다른 개그맨들과 함께 〈해피투게더 3〉 '최고 개그맨 결정전'에 나온 걸 재미있게 본 기억이 있는데 그렇게 개그맨들의 센스를 버라이어티에서 자주 보고 싶어 하는 사람들도 많아요.

그걸 제대로 하려면 포기하고 감수해야 하는 게 생겨요. 일단 제 시간이 없어져요. 〈개콘〉을 하면서도 사생활이 그리 넉넉하게 있는 건 아닌데 다른 프로그램까지 하면 자기가 즐기고 싶은 걸 못하게 되니까 정신적으로 피폐해질 거 같아요. 그리고 버라이어티를 하기 위해서는 소속사가 있어야 해요. 그래야 그쪽으로 진입할 영역이 확대되는데, 소속사가 생기면 구속되잖아요. 저는 또 그런 스타일이 아니라서요.

하지만 〈개콘〉이 완전히 보장된 평생직장이 아닌 이상 보험처럼 다른 영역을 개발할 수도 있잖아요.

앞날은 모르는 거니까요. 나중에 후회할 수도 있겠죠. 안주하지 말고 2~3년 고생하더라도 새로운 길을 접해보는 것이 좋지 않았을까, 라고. 그런데 사람 앞날을 누가 알겠어요. 그냥 운명에 맡기

는 거죠. 제가 그냥 쭉 하던 대로 하는 것도 운명이라고 생각해요.

예능이 아니더라도 다른 방식으로 개그를 확장하는 데는 관심이 있는 것 같은데요.

그런 건 또 하고 싶어요. 제가 tvN 〈롤러코스터 2〉에도 출연했는데 '푸른거탑'이라고 군대 상황에 〈하얀거탑〉의 의사 말투를 이용한 코너거든요. 그런 설정이 재미있잖아요. 공개 코미디에서 할 수 없는 걸 건드리는 게 있어요.

현재 스토리에서는 '최코디' 최종훈이 그의 캐릭터를 대신하고 있지만, 박성호가 장난기 심한 말년 병장 캐릭터를 연기한 '푸른거탑'은 근래 등장한 시추에이션 코미디 중 가장 흥미로운 작품이다. 말년 병장과 분대장급 병장, 실세인 상병 등 소대 내 권력 구도를 〈하얀거탑〉의 대사 톤으로 풀어낸 이 작품은, 박성호가 여성 장교로도 출연했던 '신 동작그만'과 달리 공간과 시간적 연출에서 자유롭다. 김병욱 감독의 작품을 비롯한 많은 시트콤이 드라마에 많이 기울어져 있다면, '푸른거탑'은 코미디의 영역을 확장한 작품이라 할 수 있다. 요컨대, 새롭다.

tvN에는 〈개콘〉과 다른 방식으로 공개 코미디를 실험하는 〈코미디 빅리그〉도 있죠.

저는 코미디 프로그램은 거의 봐요. SBS 〈개그 투나잇〉도 다시보기로 보고, 종편에서 하는 것도 웬만하면 다 보고, 〈코미디 빅리그〉도 보고요. 보면서 아, 재네는 저렇게 짜고 있구나 하고. 사실 내가 이해가 안 가는 개그도 있는데 사람들이 좋아하고 따라하면 왜 그럴까, 그 이유에 대해 스스로 생각하고 연구해봐야죠.

어떤 게 잘 이해되지 않던가요.

조으다, 시르다 하는 거 있잖아요. '라이또'.

게임 폐인이라는 소재가 쉽게 이해하기 어려울 수도 있고요.

그렇죠. 저는 게임을 안 하니까 더 모를 수도 있는데, 사람들이 좋아한다는 말이죠. 그럼 분명 이유가 있어요. 개그맨들이라면 '아, 뭐야, 나는 게임도 모르고 재미없어' 하고 말 게 아니라 사람들이 왜 좋아하는지 이유를 알아야 해요. 그래야 제가 나중에 또 그런 코너를 짤 수 있으니까요. 사실 '라이또'에 대해서는 아직 답이 안 나왔지만 계속 연구하고 있어요.

자신에게 재미없는 것에 대해 다수가 웃을 때, 의외로 많은 사람들은 자신의 센스를 점검하기보다는 그 다수를 비웃는다. 영리하고 경험이 많아질수록, 다시 말해 자신에 대한 믿음이 강해질수록. 삶의 태도에서 '리버럴리스트'에 가까운 박성호와 좋은 개그맨 박성호는 이 지점에서 연결된다. 선배라는 이름에 부여되는 한 줌 권위에 집착하

기보다는 유연하게 현상을 바라볼 줄 아는 그가 아니었다면, 마이너 문화라 할 수 있는 갸루족을 캐릭터로 살린 '멘붕스쿨'의 갸루상이 나올 수 있었을까.

개그를 짜는 태도도 그렇고, 삶의 태도가 유연하다는 느낌을 자주 받아요.

제 짧은 생각으로는, 개그를 잘하려면 철이 안 들어야 해요. 그리고 사람 말을 잘 들어야 하구요. 후배나 동료들이랑 회의를 할 때, 나랑 생각이 안 맞거나 내가 싫어하는 거라도 귀담아듣고 거기서 뭔가 더 발전시킬 수 있는 방법이 없을까 하는, 그런 귀가 틔어 있어야 해요. '그거 재미없으니까 하지 마'라거나 '야, 그거 안 돼, 옛날 거야'라고 하는 게 아니라 주위 사람 말을 잘 들어야죠. 안 그랬으면 이 생활을 이렇게 오래하지 못했을 거예요. 그렇다고 계산적으로 그런 태도를 유지할 수 있는 것도 아니고요. 의식적으로 '아, 내가 무조건 얘 말을 귀담아들어야지' 이런 게 아니라 그냥 자연적으로 후배들과도 허물없이 친하게 지내는 거죠. 개그란 어차피 농담이나 장난에서 출발하는 거니까요.

그게 앞서 말한 철이 안 드는 것과 일맥상통하는 거 같네요.

어떤 방법론처럼 말했지만 그냥 저는 철이 안 들었어요, 아직. 예전에 소품으로 쓰려고 천으로 만든 인형을 가져온 적이 있었는데, 저기 연구동 옥상에서 '으악!' 하고 던지면 멀리서 사람이 떨어진 줄 알고 놀라요. 그럼 후배들한테 주어 오라고 해서 또 하고. 그렇게 사는 건 철이 없는 거죠. 물론 집에서 아내한테 그럴 수는 없지만.

이 커뮤니티 안에서 개그맨 박성호로 사는 게 즐거운 거 같아요.

즐겁죠. 행복의 기준이 뭔지는 모르겠지만 자기가 하고 싶은 일 즐기면서 그게 또 돈이 된다면 얼마나 좋겠어요. 동료들이랑 어울리면서 즐겁게 회의도 하고 내가 가지고 있는 본능을 충족할 수도 있고.

후배에게 권위적으로 하는 타입은 아니시죠?

네, 전 그렇지는 않은 것 같아요. 싫은 소리 하는 것도 원래 체질상 안 맞고. 군대 있을 때도 그랬어요. 제가 후임일 때도 맞았으면 맞았지, 선임이 되어서는 그냥 후임한테는 재밌게 하는 거 좋아하고.

그런데 지금은 최고참이라 그렇지만, 개그맨 커뮤니티라는 게 좀 권위적이라 힘든 것도 있잖아요.

사실 신인 때는 여기에 내가 맞고 안 맞고 그런 게 없었죠. 거의 군대랑 비슷하게 통제하니까. 그래도 낙오될 수는 없으니까 열

심히 했죠. 시키면 시키는 대로 하고 아이템 짜라고 하면 열심히 짜고. 그런데 그 와중에도 철없는 본성은 계속 나왔어요. 제가 신인이었을 때 겨울에 회의를 하는 거예요. 어느 날 제가 늦었는데 회의실 들어가면 혼날 게 뻔하잖아요. 어떻게 위기를 모면할까 궁리하다가 파카에 달린 모자를 떼어서 그 모자만 쓴 다음에 노크 하고 회의실 문 열고 머리만 쏙 들이밀었어요. '선배님 죄송합니다' 하니까 '야, 이 새끼야 빨리 안 와!' 이러는데 제가 옷은 다 벗고 모자만 쓰고 고개를 내민 거였거든요. 알몸으로 모자만 쓰고 '죄송합니다' 하고 들어가니까 빵 터졌죠.

철들지 않고 계산적이지 않은 게 박성호 장수의 비결이라 봐도 될까요.

아니, 철들지 않는 것과 계산적이지 않은 건 또 달라요. 저는 결혼했는데 아내와 자식을 먹여 살리는 입장에서 돈이 필요하잖아요. 그냥 마냥 철부지면 돈이 들어오지 않아요. 돈이란 게 그렇잖아요. 어떻게 보면 남의 돈을 내 것으로 빼앗아 오는 건데 그런 계산적인 자아가 없으면 안 되죠. 개그를 짜는 철없는 나와 그 직업으로 돈을 벌고 인정받는 나는 좀 달라야 해요.

행복한 리버럴리스트로 살아가기

〈개그콘서트〉에서 가장 오래 남은 개그맨. 박성호의 가장 명예로운 이 타이틀은 하지만 결국 과거에 기대어 현재를 말하는 수식이다. 그리고 꿈은, 과거부터 지금까지가 아닌 지금 이곳부터 미래를 향한 방향으로 이야기를 만들어간다. 항상 과거를 중심으로 이야기를 해온 박성호는 어떤 미래를 꿈꾸고 있는가. 이제 타 방송사의 개그 프로그램이 아닌, 버라이어티라는 21세기 대세 예능에 맞서 전통 코미디를 사수하는 보루인 〈개콘〉의 아이콘 중 하나로서 그는 어떤 꿈을 꾸고 있을까. 이것은 한 개그맨의 미래에 대한 이야기인 동시에 가장 오래 이 영역을 지켜온 이가 앞으로 써나갈 새로운 역사에 대한 이야기다.

최고참으로서 오래 남는 비결에 대해 이야기했는데 중간에 떠나는 사람들은 어떤 이유가 있을까요.

여러 가지 있죠. 이 조직이 마음에 안 들어서 떠나기도 하고, 여기서 더는 얻을 게 없다는 생각으로 떠나기도 하고. 또 조직에서 필요로 하지 않아서 떠밀려 나가는 경우도 있고. 여러 경우가 있는데, 그래도 나는 아직까지 여기서 필요로 하는 거 같고 또 내가 하면서 재미가 있고 또 잘할 수 있으니까요.

오래 남아 있었지만 앞으로 더 오래 남고 싶다는 마음

이 있나요.

지금 예능에서 가장 고참은 이경규 선배님이잖아요. 그분이 한 주 한 주 방송을 하면 그게 고스란히 역사로 기록되는 건데, 지금 코미디에서 〈개콘〉 역시 하나의 문화이자 대명사가 됐거든요. 그리고 저는 이 프로그램의 초반부터 시작했고. 그렇다면 제가 〈개콘〉 안에서 개그맨으로서 오래하고 있어야 개그를 바라보는 친구들이 절 볼 거 아니에요. '아, 저 선배처럼 열심히 하면 여기서도 오래할 수 있겠구나' 하면서. 그런 사명감이 있기 때문에 더 오래 해야겠다는 생각, 책임감이 드는 거 같아요. 박성호 선배는 쉰 살까지 했으니까 나도 쉰 살까지 할 수 있는 거 아니냐 할 수 있잖아요. 제가 지금 그만두면 개그는 마흔 넘어가면 못한다는 말이 나오고, 그러면 지금 젊은 친구들의 꿈도 줄어들 수 있죠.

즉 이경규 씨처럼 본인의 발자국이 하나의 역사가 되면 좋겠다는 욕심인 건가요.

네. 그러니 예능을 해도 좋겠지만 그냥 한 길을 파서 어떤 한 자취를 남기는 것도 나쁘지 않을 거 같아요.

반짝 스타와 꾸준한 스타의 가장 큰 차이는 뭘까요.

자기관리를 하는 거죠. 운동선수처럼. 인기 있다고 박지성 선수가 술 먹으러 다니고 그라운드에 나가서 부진하면 인기가 유지되겠어요? 항상 축구에 대한 배고픔과 목표의식이 뚜렷하니까

노력하는 거고 그러니까 인기가 계속되는 거죠. 개그맨을 비롯한 연예인도 마찬가지예요. 목표의식을 꾸준하게 지켜야죠. 안 그러고 거만 떠는 애들은 금방 가더라고요.

겸손이 미덕이라는 그 빤한 유교적 프레임으로 이해하지 않았으면 좋겠다. 술을 마시고 놀고 거만 떠는 게 잘못이 아니라, 거기에 취해 지금 하고 있는 일에 대한 목표의식을 잃는 게 문제인 것이다. 죄는 아니다. 윤리적 잘못도 아니다. 만약 그 때문에 성적이나 인기가 떨어진다면 그건 그대로 받아들이면 될 일이다. 다만 자신의 분야에서 여전히 위치를 지키고 싶다면, 내가 왜 이 길을 원했는지 잊지 않아야 한다. 그것만이 알 수 없는 앞날을 비추는 유일한 빛이 되어준다.

일종의 동기부여인데 혹 그런 게 떨어져본 적은 없나요.

그런 적은 없는 거 같아요. 아, 다른 길을 생각해본 적은 있어요. 신인 시절 때는 내게 주어진 역할도 한계가 있고 스스로를 펼쳐 보일 기회가 많이 안 주어지잖아요. 그런데 내가 나름대로 회의를 하고 대본 쓰는 걸 보면서 주위의 몇몇이 개그맨 말고 차라리 작가를 해보라는 얘기를 한 적이 있었거든요. 그때 심각하게, 살짝 47분 정도 고민해본 적이 있어요. 개그 작가를 해볼까.

개그맨 박성호가 물론 좋지만 작가도 잘했을 거 같기는 하네요.

오히려 너는 그게 더 맞는 거 같다, 작가 하면 성공할 수 있을 거다, 그런 얘기까지 들었죠. 그런가, 싶기도 했고.

그 47분 고민했던 적 말고는 항상 이게 본인의 길이라는 확신이 있었던 건가요.

저는 데뷔하자마자 바로 얼굴이 알려진 게 아니라 정말 스텝 바이 스텝이었어요. 계단식도 아니고 정말 완만한 비탈길. 그렇게 조금씩 올라가며 새로운 목표나 방향이 생겼던 거죠.

그럼 그 비탈길을 오르던 중 본인의 정점은 어디라고 보세요?

저는 아직 전성기가 없었던 것 같아요. 지금도 아니고요. '남보원' 할 때 살짝 흔들리는 여진이 왔는데, 아직 그 정도는 아닌 거 같아요. 아마 모든 개그맨이 '마빡이'처럼 모두가 그 얘기만 하는 대박 코너에 대한 욕심이 있을 거예요. 그런데 그게 없더라도 그냥 〈개콘〉을 하고 있다는 것 자체가 중요한 거 같아요.

이 분야에서 이토록 오래 살아남은 개그맨이 스스로에 대해 정점이 없었다고 말하는 건 겸손일까, 냉정한 현실 분석일까. 어쩌면 둘 다 아닐지도 모른다. 완만한 비탈길을 오르며 새로운 목표가 생긴다는 그에게 전성기란 '아직' 오지 않은, 어쩌면 그 완만한 상승 곡선 중에 결코 닿지 못할 무엇일 수 있다. 대박 코너가 나오지 않을 거라는 뜻이

아니다. 상승 곡선은 정점을 찍고 나서 하강하며 포물선을 그린다. 박성호가 말하는 전성기 없는 삶이란 결국 〈개콘〉을 계속할 수 있는, 하강하지 않는 궤적에 대한 바람이지 않을까. 물론 바람만으로 가능한 일은 아니다. 나이를 먹을수록 떨어지는 총기, 새롭게 등장하는 얼굴들과의 경쟁 속에서 그는 어떻게 조금씩 그 비탈을 넘을 수 있을 것인가. 중장년은 현실적인 나이라고 하지만 새로운 미래를 꿈꾸는 건 청춘만의 특권은 아니다.

〈개콘〉을 한다는 것, 오래 남는다는 것이 의미 있으려면 그것이 결국 자력으로 남는 것이어야 하잖아요. 궁극적으로는 노력하는 건데, 나이를 먹어서 좋은 게 있고 나쁜 게 있어요. 나쁜 건, 신선하지가 않아요. 개그의 생명 중 하나는 신선함이잖아요. 잘생긴 남자 연예인만 봐도 김수현씨가 갑자기 나타나니까 스타가 돼서 사람들이 열광하잖아요. 〈개콘〉도 가만 보면 새로운 인물들이 계속 나와서 스타가 됐고, 또 그 힘으로 프로그램이 지금까지 흘러왔죠. 그런 공식을 따져보면 사실 저는 거기에 부합되지 않는 인물이에요. 그런데 가만히 생각해보니까 저만 할 수 있는 개그가 있겠더라고요. 나이가 들고 아빠가 됐으니까 아기 아빠들이 좋아하는 개그를 할 수 있겠구나. 신인이 아빠 연기를 하면 어색할 수 있지만 제가 하면 어색하지 않을 수 있잖아요. 사람들도 이해해주고. 그래서 나이가 들어가며 그 나이, 그 연령대만 할 수 있는 개그를 만들 수 있는 게 현재의 장점이 되겠더라고요. 유행도 좋지만.

진짜 그런 코너를 봐도 좋겠어요.

사실 (김)준호, (김)대희랑 준비했었어요. '리얼 좋은 아빠 되기 프로젝트' 같은. 그건 우리밖에 못하니까. 연기 잘하고 인기가 많다고 무조건 할 수 있는 게 아니잖아요. 비록 불발로 끝나긴 했는데 언젠가 같이 할 수 있을 거라 생각해요.

김준호, 김대희씨 이야기를 했는데 앞으로 오래 개그맨을 하고 싶은 입장에서 그들과의 유대감도 중요할 거 같아요.

암묵적으로는 서로에게 경쟁심이 있을 수도 있지만 넓게 보면 저 혼자 있으면 외롭고 여기까지 오기 어려웠을 거예요. 그런데 세 명이 있으니까 안정적인 피라미드 구조가 형성됐죠. 대희랑은 그런 얘기 많이 해요. 오래해야 한다고. 서로서로 돕고 잘 뭉치고 그러려고 하죠.

오래하는 것만큼 선배로서 이 커뮤니티를 잘 이끄는 것도 필요하지 않을까요.

개그 프로그램에서 중요한 건, 좋은 신인을 계속 육성하는 건데 그러려면 결국 그 사람이 자기가 돋보이는 코너를 만들어와야죠. 장기를 선보이거나 자신이 터뜨릴 수 있는 코너를 만드는 건

사실 혼자 하기 힘들어요. 선배들이 저 후배가 뭘 잘하는지 지켜 보고 정말 사심 없이 그 친구를 위해 코너를 만들고 같이 해주는 거죠. 친구들이랑 만들 때보다 선배랑 같이 할 때 제작진도 믿음을 가져주는 게 있고요. 예전에는 그런 역할을 '봉숭아 학당'이라는 코너가 했다면 지금은 선배인 저나 대희, 준호 같은 선배들이 해야 하는 거죠.

진짜 리버럴리스트는 남이야 어찌 되든 자기 혼자 잘하는 걸로 만족하는 사람이 아니다. 그건 무책임한 것이므로. 자기가 자유롭게 하고 싶은 일을 할 수 있는 토대를 지탱하기 위해 책임감을 가질 수 있는 게 진짜 리버럴리스트의 태도다. 〈개콘〉 안에서 선배로서의 역할과 책임을 말하는 박성호가 반가운 건 그래서다. 50세가 될 때까지 현역 개그맨이기 위해서는 〈개콘〉 역시 과거의 전설이 아닌 현역의 활력을 가진 프로그램이 되어야 한다. 이 인과관계를 때때로 사람들은 잊고 산다.

김준호 씨는 코코엔터테인먼트 같은 회사도 만들면서 개그맨을 위한 판을 키우고 있는데 그런 것에 대해서는 어떻게 생각하세요.

그건 개인 성향의 차이인 거 같아요. 리더가 되어서 후배들을 좋은 방향으로 이끌고 싶어 하는 사람들이 있는 거고, 저는 그런 타입은 아니고. 하지만 그 모습에 대해 존중해주죠.

좋은 선배, 좋은 개그맨이기에 앞서 자유로운 사람이고 싶어 하는 거 같네요.

저는 제가 하고 싶은 것만 하고 하기 싫은 건 안 하거든요. 그런 부분에서는 아주 행복하죠. 언젠가 방송에서 내 소망이라고 말하기도 했는데 만약에 50세까지 이 일을 할 수 있게 해준다면 그만큼의 행복은 없을 거예요. 그럼 예능 안 해도 돼요. 사실 모든 개그맨의 꿈은 유재석 선배지, 김준호나 김대희, 박성호가 아니거든요. 그래도 이 일을 계속 할 수 있으면, 저는 상관없어요.

스스로
비전이 되고 싶은
이 시대 딴따라
김준호

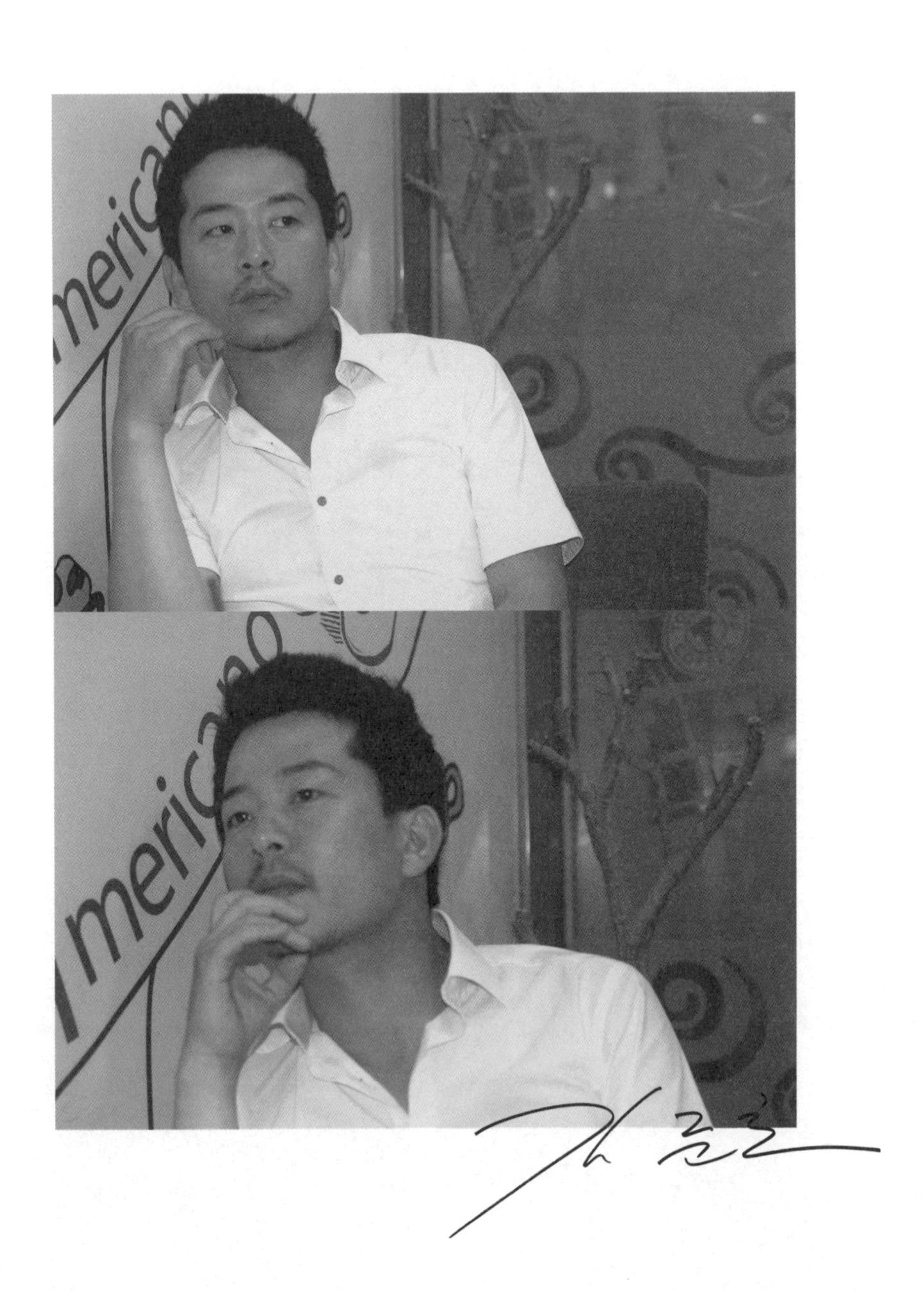

휴머니즘. MBC 〈라디오스타〉에 개그맨 동료들과 함께 나온 김준호는 연예 소속사 대표로서 자신의 신조에 대해 이렇게 말했다. 물론 영화 〈제리 맥과이어〉를 빗댄 자칭 '준호 맥과이어'라는 별명처럼, 웃기기 위한 설정일 수 있다. 〈남자의 자격〉 합류가 확실시되던 김준현에게 "이게 매니지먼트야"라고 말했다가 정작 본인이 섭외된 이야기도 휴머니즘 영화보다는 개그 소재에 더 어울려 보인다. 3사 개그맨들과 함께 클럽에서 벌였던 쇼 〈더 코미디〉는 스스로 인정하듯 실패에 가까웠다. 하지만 어떤가. 〈제리 맥과이어〉에서도 주인공 제리의 고객인 로드가 활약을 펼치고 에이전트로서 제리가 성공적인 계약을 따내는 장면은 영화 막판 20여 분 정도에 불과하다. 중요한 건, 에이전트가 운동선수를 돈 버는 기계로 보지 않고 가장 절친한 친구이자 조언자로서 더 밝은 미래를 향해 한 발 한 발 나아가는 과정이다. 개그맨 김준호에 대해 이야기하기 위해 코코엔터테인먼트 대표 김준호에 대해 이야기해야 하는 이유다.

〈개콘〉에 가장 오래 남은 개그맨 중 하나로서 제법 큰 소속사 대표가 됐다는 현재의 포지션 때문만은 아니다. 그의 현재 서열은 다시 말해 그가 〈개콘〉을 지켜오고 그 안에서 쌓아온 시간이다. 이것은 동시에 동료, 후배들과 만들어온 관계망의 총합이기도 하다. 김준호가 그동안 코너 안에서 관계를 맺은 개그맨의 수는 상당한데, 그저 시간과 비례해서 그렇게 되었다고 말하기는 어렵다. 김대희라는 영원한 짝패가 있긴 하지만 김준호는 제법 다양한 개그맨, 그것도 아직 잠재력을 미처 발휘하지 못한 후배들과 새 코너를 들고 오는 경우가 많았다. 홍인규의 동안을 하나의 캐릭터로 확립했던 '집으로'가 그랬고, 쌍둥이 이상민 이상호 형제의 합을 맞춘 댄스를 부각시켜준 '같기도'가 그러했으며, '선생 김봉투'는 귀여운 이미지만 있던 허민에게서 새로운 면모를 끌어냈고, '감수성'이 아니었다면 내시 역할의 김영민이 이토록 빨리 〈개콘〉의 주역이 되지는 못했을 것이다. 이 모든 것이 '준호 맥과이어'의 작품이라고 말하려는 건 아니다. 다만 흔히 이야기되는 것처럼 김대희가 받쳐주고 김준호가 열매를 따먹는 패턴이 김준호의 전부인 것처럼 말하는 것 역시 성급한 태도가 아닐까. 오히려 받쳐주는 개그의 달인인 유상무는 '씁쓸한 인생'을 통해 비로소 받쳐주면서도 웃길 수 있는 '유상무상무상' 캐릭터를 얻을 수 있었다. 〈개콘〉 역사 안에서 가장 뛰어난 연기력을 지닌 김준호는 그 능력을 전면에 내세우기보다는 코너의 전체 메커니즘 안에서 활용할 줄 아는 개그맨이다.

터프한 토끼 형님을 연기했던 '동물원' 이후 김준호의 개그를 설명하는 '형님 개그'라는 수식어는 그래서 의미심장하다. 실제로 '가문이 영~광', '씁쓸한 인생', '감수성'에서도 형님 혹은 왕 역할을 하지만, 그보다 중요한 건 〈개콘〉 최고참인 그가 후배들과 만들어내는 연계 플레이다. '형님'은 단순히 많은 나이가 아닌, 동생들을 보살피는 책임감에 따라 붙는 말이다. 실제로 '선생 김봉투'와 '악성 바이러스'의 김준호는 '봉숭아 학당'의 선생님처럼, 각 캐릭터들의 개인기를 한 코너 안에서 무리 없이 연결시켜주는 징검다리 역할을 했다. 많은 이들이 '씁쓸한 인생'을 김준호가 주축이 된 코너처럼 기억하지만, 사실 매번 유상무에게 당하면서도 “씁쓸하구먼”이라 읊조리는 김준호야말로 나머지 후배들의 캐릭터를 살려주는 일종의 ‘니주’ 역할에 가까웠다. 앞서 언급한 〈라디오스타〉 출연 당시, 코코엔터 소속이자 그날의 언더독이었던 홍인규를 위해 계속 멍석을 깔아주던 김준호 대표의 모습은 그렇게 오버랩 된다. 즉 그가 형님이자 대표일 수 있는 힘은 권력이 아닌 권위에서 나온다. 그것도 인간적인 냄새를 풍기는 권위.

75 대 15퍼센트라는 연기자 대 소속사 수익 배분의 수치에서도 상당히 명확하게 드러나지만, 김준호가 코코엔터의 대표로서 하고 있는 다양한 실험들은 휴머니즘의 맥락에서 파악해야 한다. 가령 앞서 말한 〈더 코미디〉나 케이블 방송사인 CU미디어와 함께한 〈크게 될 별〉처럼 〈개콘〉 외의 영역에서 다수 개그맨이 설 수 있는 플랫폼을 모색하는 것, 혹은 ‘한일 코미디 페스티벌’처럼 코미디 콘텐츠를 해외 시장에 유통하기 위한 길을 다져나가는 것은 결국 회사나 대표가 아닌, 개그맨들 모두가 잘 될 수 있는 환경을 만드는 것이다. 물론 아직 열리지 않은 ‘한일 코미디 페스티벌’을 제외하면 이들 실험은 다수 실패로 돌아갔다. 그리고 다시 말하지만 〈제리 맥과이어〉 역시 후반 20여 분을 남겨둘 때까지는 주인공의 실패담일 뿐이다. 그 대신 제리는, 그리고 김준호는 그 실패를 통해 배울 줄 안다. 도쿄 한인 문화원에서 일본인을 상대로 ‘감수성’을 보여줬다가 실패했기 때문에, 일본어를 이용한 말장난 혹은 말이 필요 없이 몸으로 웃길 수 있는 개그가 필요하다는 깨달음을 얻었고, 개그 콘텐츠를 제작해 병원에 유통하겠다는 계획이 도박 사건 이미지 때문에 난항을 겪으며 성실한 이미지의 중요성도 알게 됐

다. 이 정도의 배움으로 바로 성공할 수 있다는 보장은 없다. 다만, 전보다는 분명 나을 것이다.

〈개콘〉의 최고참 축에 속하고, 그동안 다양한 코너에서 탁월한 실력을 보여줬음에도 개그맨 김준호 최고의 시절에 대해서는 미래형으로 기대해야 하는 건 그 때문이다. SBS 공채 시절, 하늘 같은 선배들의 방송 권력을 눈으로 확인하고, 〈개콘〉에서 자신이 쓴 대본을 통째로 다른 사람에게 줘야 했던 막내는, 조금씩 자신의 코미디 연기를 확립하는 동시에 새로운 후배들과 교유하며 인기 코너를 만드는 '형님'이 됐고, 그 '형님'은 이제 〈개콘〉을 넘어 개그맨 다수가 창작자로서 존중받을 수 있는 환경을 궁리하는 '큰형님'이 됐다. 과연 '큰형님'은 자신들의 패밀리로 한 시대를 정복할 '대부'가 될 수 있을까. 그럴 수 있다면 그, 아니 개그맨들의 인생은 결코 씁쓸하지 않을 것이다.

여성분들 가장 좋은 성형은
웃는거래요^^ 많이 웃고 공짜 성형하세요!

돈 벌면 좋은 외제차도 사고 싶고 **골프도 치고 싶어요**

저 단국대학교 나왔습니다, 연극영화학과. 〈라디오스타〉에서 무식한 걸로 유명하다는 이야기를 들었다는 MC 김국진의 질문에 김준호는 당당하게 대답했다. 기분 나쁜 학벌 자랑과는 거리가 먼, 상황에 맞는 코믹한 대응이었지만 실제로 그의 학력은 개그맨 커뮤니티 안에서도 돋보이는 수준이다. 의외로 유명한 학과를 나왔다는 뜻만은 아니다. 이화여대에서 수학을 전공한 곽현화가 개그맨으로서는 의외의 고학력이라면, 김준호는 개그맨으로서 가장 엘리트 코스에 가까운 고학력이다. 연기 베이스가 가장 중요한 〈개콘〉 안에서도 최고의 연기력을 가진 개그맨으로 꼽히는 그가 정통 연기의 명문 출신이란 건 우연이 아니다. 요컨대 〈남자의 자격〉에서 동기 유지태와의 인연을 웃음으로 소비하는 것 정도로 무시할 수 있는 배경이 아니란 뜻이다. 사소한 일본어 대사도 야쿠자 보스의 그것처럼 분위기 있게 내뱉는 사소한 개인기에서도 그의 출중한 연기력은 돋보인다. 방송에서 장난처럼 말하던 그 학벌 자랑을 제대로 듣고 싶었던 건 그 때문이다.

언젠가 토크쇼에서 장난처럼 말했지만 실제로 개그맨으로서 엘리트 코스를 밟은 케이스인 거 같아요.

고등학교 때부터 연극한 선배님들이 많은 충남고등학교 연극반 기획팀 부장으로 있으면서 연기자 꿈을 키우다가 백제예술대학에 진학했고, 1년 다니다 자퇴해서 단국대 연극영화과에 가고, 거기서 SBS 공채 개그맨으로 뽑혔다가, 마지막에는 개그맨의 꿈인 〈개콘〉에 들어갔으니까 진짜 엘리트 코스죠. (웃음) 그렇다고 제가 연극영화과 나왔다고 잘난 척한 적은 없어요. 연극영화과 출신 중에 개그맨 시험 보는 사람부터 별로 없으니까.

처음부터 연기자를 꿈꿨던 건가요.

꿈이 단순했어요. 초등학교 땐 대통령이었다가 중학교 때 파일럿이었다가 고등학교 때는 연예인이 되어야겠다, 이 정도. 고등학교 땐 그냥 학교에서 까불고 웃기는 애였죠. 끼가 많았던 거 같아요. 초등학교 때부터 고등학교까지 항상 오락부장을 했고, 고 1 때는 아예 수학여행에서 전교 사회를 맡았으니까. 사람들 웃기는 게 좋았던 거 같아요. 매일 애들 어떻게 웃길까 궁리하면

서 등교했죠. 고무신을 신고 가거나 머리를 빡빡 밀고 간 적도 있고, 엄마 옷을 입고 간 적도 있어요. 그러면 뜬금없으니까 애들이 웃죠. 어떤 아이들은 제가 뭘 하고 올지 기대하기도 하고.

그럼 언제쯤 그런 끼를 연기로 구체화할 생각을 했나요.

고 2 때 학교 40주년 연극을 한다고 해서 제가 기획자로서 '봉숭아 학당'을 각색해서 무대에 올렸죠. 각 반에서 춤 잘 추는 애들, 웃기는 애들 추려서 〈여명의 눈동자〉의 최대치나 서태지처럼 당시 트렌디한 캐릭터로 만들고 나올 때마다 드라마 유행어 같은 걸 하게 했죠. 기획부터 연출까지 제가 한 건데 재밌더라고요. 생각한 대로 맞아 떨어지니까. 전에 그런 걸 해본 적은 없지만 결국 코미디라는 게 장난을 잘 포장하는 것이거든요. 어떻게 보면 아침마다 애들 웃기려고 소품을 준비한 것도 기획의 시작이죠. 그게 아주 작은 단위인 건데 시간이랑 무대의 크기가 커지면 한 시간짜리 코너가 되는 거죠. 아무튼 그 '봉숭아 학당'이 외부 여학교 학생들에게도 반응이 좋았어요. 전 최대치 역할이었는데 정말 미팅이 100건은 들어왔을 거예요. 골라서 미팅할 정도였으니까. 그때 열심히 짜서 동료들과 무대에 올렸을 때의 뿌듯함과 그에 동반하는 인기 모두를 느낄 수 있었죠.

학교뿐 아니라 지역에서도 아주 유명인이었을 거

같은데요.

대전에서는 유명했죠. 연기학원에 다녔는데 EBS 생물 시간에 학교 교복 입고 출연한 적도 있는데, 그걸 본 여학생들은 공부 잘하는 연극부장이려니 착각했죠. 그냥 학원에서 보낸 건데. 반대로 웬 에로 영화에 나이트클럽에서 춤추는 애로 잠깐 출연하기도 했고. 그런 게 재미있었어요. 연기 말고도, 다른 학교에서 잘하는 친구들을 모아 나르시스라는 밴드로도 활동했어요. 우리 음악에 스스로 반해서 죽는다는 그런 이름이죠. 메탈리카의 〈엔터 샌드맨Enter Sandman〉 이런 거 카피하고. 목소리도 그때 굵고 걸걸해졌죠. 그때까지는 연기자라기보다는 스타가 되고 싶었던 거 같아요.

그런 친구들이 있다. 재치가 넘치고, 남 흉내도 잘 내고, 노래도 잘 부르는, 한마디로 정말 잘 노는 애들. 그것은 다재다능하다기보다는 '끼' 혹은 '무대 체질'이라는 어떤 에너지가 다양한 분야로 드러나는 것이라고 보는 게 더 적당할 것이다. 사람들의 시선에서 즐거움을 느끼고 그 위에서 200퍼센트로 놀 수 있는 능력. 그 단어 안에 숨은 폄하의 의미만 제거한다면, 과거 연예인을 부르던 '딴따라'라는 말은 그래서 적확하다. 학교 명물 수준이 아닌 지역 명물이었던 김준호는 말하자면 타고난 '딴따라'다. 그리고 타고난 것에 대해 우리는 부러워할 뿐 배울 수 있는 건 별로 없다. 김준호라는 한 개인이 가진 삶의 태도를 가늠할 수 있는 건 타고난 능력이 아니라, 타고난 걸 어떻게 구체화

하고 자신의 인생 안에서 실현시키느냐다.

그럼 스타에서 코미디언으로 꿈이 좁혀진 건 언제쯤인가요.

대학교 1학년 때 코미디언이 되고 싶다고 생각했어요. 전에는 연기자도 하고 싶고 좀 다양한 꿈이 있어서 스무 살까지는 탤런트 시험도 봤는데, 같은 학교의 유지태처럼 잘생기고 연기 잘하는 애들이 너무 많은 거예요. 또 학교에서 공부해보니까 제가 남 웃기는 걸 좋아하고 희극을 할 때도 다른 사람 자극하는 걸 잘하고. 그걸 깨닫고 나서는 개그맨 시험만 봤어요. 나 정도의 연기력이면 코미디 영화에서 대성하겠지 하면서. 그래서 SBS 공채 개그맨 붙었을 때는 여기서 코미디를 배우고 영화 시장에 가야겠다고 생각했는데 지금까지 하게 될 줄은 꿈에도 몰랐죠.

사업에서나 나올 만한 '선택과 집중'이라는 말을 굳이 인생의 명제처럼 제시하고 싶진 않다. 다재다능한 사람이 욕심을 부려 그 능력을 모두 발현한다면 그것만큼 대단한 일도 없지 않을까. 다만 자신이 좋아하는 것, 했을 때 기쁨을 느끼는 것을 빨리 깨닫는 일은 분명 중요하다. 그래야 그 분야에서 대성하기 때문은 아니다. 크게 성공하지 못하더라도 만족할 수 있는 확률이 그나마 높기 때문이다. 김준호의 선택은, 그래서 옳다.

스타가 되고 싶었던 젊은이가 볼 때 당시 개그맨의 위상은 어땠나요.

최고였죠. 고등학교 때 보던 〈쇼 비디오자키〉의 시청률이 40퍼센트였으니까. SBS에서 신인으로 활동할 때도 고참 선배님들은 PD보다 힘이 셌어요. 그분들이 하는 프로그램에서 파생되는 여러 가지 일이 후배들 몇 년 치 먹고살 걸 만들어줬죠. 경제력만큼 능력도 있어서 프로그램에 꽂아줄 수도 있고. 따지고 보면 매니지먼트의 일종이었던 건데 그러니 선배님들이 하늘이었죠. 그래서 신인 때는 긴장을 많이 했어요. 사실 굉장히 재밌는 분들이었는데. 가령 최양락 선배님은 괜히 우리 불러서 '이거 외제차야, 만져봐' 이렇게 장난을 치셨거든요. 그런데도 너무 긴장해서 연기가 안 나와 1년 정도 헤매기도 했죠. 지금 KBS의 경우는 공채 신인이 들어오면 3~4개월 동안 아무것도 안 시키고 선배들 보고 트레이닝 하는 기간을 주는데 그게 좋은 거 같아요.

그럼 SBS에서 〈개콘〉으로 옮겼을 때는 어느 정도 페이스를 찾았던 것 같나요.

〈개콘〉에 간 것 자체는 운이 좋았죠. 군 제대하고 4개월 만에 만들어졌는데 (김)미화 누나랑 SBS 때 콩트 같이 한 인연으로 입성

했거든요. 그런데 거기서 또 1년을 헤맸어요. 김영철, 심현섭은 개인기 특출하지, 김대희는 잘생기고 미화 누나가 밀어주지, 나는 캐릭터가 없었어요. 생긴 것도 잘생기지도 막 웃기게 생기지도 않고, 개인기도 최민수, 김인문 선생님 성대모사 정도고, 아이디어도 좋지도 나쁘지도 않고. 그럴수록 파이팅을 했죠. 최고가 되겠다는 마음으로 매일 새벽 4시까지 집에도 안 가고 (김)대희 형이랑 개그를 짰어요. 다른 건 안 하고 〈개콘〉에만 집중했죠. 그렇게 시간과 노력에 비례해서 숙성이 되는 거 같아요. 요즘 〈개콘〉이 잘 되는 이유는, 다른 게 아니라 신보라, 정태호, 허경환, 이런 애들이 완전히 숙성이 된 덕이거든요. 이제 버라이어티 쪽으로 숙성을 하고 있는 시기인데 바로 애들이 잘하길 바라면 안 될 거 같아요.

이후에도 김준호는 인터뷰 종종 숙성의 중요성과 떴다고 으쓱대지 않는 태도의 필요에 대해 언급했다. 본인부터가 초기 〈개콘〉에서 주목받지 못해서일지도 모르겠다. 그의 영원한 짝패 김대희만 해도 당시에 '이쁜 대희'라는 캐릭터로 유명했지만, '바보삼대' 이전의 김준호는 솔직히 잘 떠오르지 않는다. 하지만 '바보삼대'에서 엄한 할아버지와 바보 캐릭터를 빠르게 오가며 자신의 연기력을 보여준 이후 그는 조금씩 익숙한 얼굴이 되어갔고, 어느 순간 김준호표라고 할 수 있는 형님 개그를 보여주는 유일무이한 개그맨이 되었다. 최근의 인기 코너였던 '감수성'은 말하자면 그 모든 시간과 기다림과 숙성이 누적된 결과물인 셈이다. 노력은 과연 우리를 배신하지 않을까? 잘 모르겠다. 다만 김준호라면, 그렇게 말해도 될 것 같다.

현재 〈개콘〉 개그맨 중 버라이어티에 가장 성공적으로 안착한 개그맨이라면 본인일 텐데 스스로 봐도 그런가요.

(유)재석이 형이 조언해준 게 그거예요. 급하게 생각하지 말고 기다리라고, 기회가 온다고. 〈개콘〉 출신 중 버라이어티에서 가장 성공한 (정)형돈이도 〈스펀지〉에서 패널을 하는 트레이닝 기간이 있었고, (윤)형빈이도 술집에서 5, 6년 진행을 하면서 사람을 쥐락펴락 하는 노하우를 습득하고 왕비호로 터뜨린 거거든요. 그렇게 단계가 있어요, 개그든 버라이어티든.

이 판에 오래 남아야 그런 숙성도 가능할 텐데요.

예전에 김병조 선배님께서 이런 말씀을 하셨어요. 어찌 됐건 착한 사람에게 더 좋은 기회가 많이 오니까 덜 웃겨도 착하게 사는 게 낫다고. 못되게 살면 수명이 짧다고. 맞는 말이에요. 여기도 사람 사는 곳이니까요. 솔직히 그때는 이해를 못했죠. 난 빨리빨리 남들을 웃기고 인정을 받아야 하는데. 하지만 인성이 별로면 결국 그게 드러나고 남들과 같이 이 일을 하기 어려운 거 같아요. 잠깐은 속일 수 있겠지만 몇 년 지나면 결국 선배, 동료 들에게 다 들키죠. 그럼 누가 같이 개그를 짜려고 하겠어요.

원래 꿈꾸던 스타로서의 화려한 삶과는 좀 멀 수도 있겠는데요.

전 굳이 겸손하게 살고 싶진 않아요. (유)재석이 형처럼 국민 MC로서의 모범적인 삶은 못 살 거예요. 할 수만 있다면 술도 먹고 싶고, 돈 벌면 좋은 외제차도 사고 싶고, 골프도 치고 싶어요. 버는 것 이상으로 사치하겠다는 건 아니고 많이 벌고 많이 쓰고 싶은 거죠. 물론 좋은 일에 환원도 하겠지만 굳이 버스를 탈 필요는 못 느끼겠어요. 어떤 면에서 우리 코미디언들도 성공하면 이렇게 잘살 수 있다는 걸 보여주고 싶은 거 같아요. 가령 언젠가 주성치, 짐 캐리와 함께 한중일 코미디언 회동을 하면 한국의 정말 좋은 음식을 먹이고 좋은 호텔에서 재워주고 싶어요. 그래야 제가 그 나라에 가면 다시 그렇게 대우해줄 거고요. 짐 캐리가 검소한 사람이라 미국까지 온 저를 모텔에 재우는 건 싫잖아요.

솔직히 말하겠다. 만약 그가 '지금에 만족하고 성실하고 모범적으로 사는 게 중요하죠'라고 말했다면 실망하거나 믿지 않았을 것이다. 〈개콘〉 속 김준호의 모습을 실제 그에게서 기대했던 건 아니다. 코미디 프로그램이 한 방송사에 몇 개씩 있고, 그 중 몇몇은 시청률이 40퍼센트를 찍으며 개그맨 선배들이 방송가에서 엄청난 힘을 발휘하던 시기에 대해 말하던 그에게선 강한 향수가 느껴졌다. 그런 사람이 〈개콘〉이라는 프로그램 하나의 인기에 만족하고 욕심 없는 대답을 했다면 거짓말이거나 모순일 게다. 그는 자신의 욕심 혹은 욕망을 숨기지 않는다. 지금까지 〈개콘〉이라는 코미디의 마지막 보루를 지켜온 그는, 하지만 파이를 키우고 싶어 하는 타입이다. 코코엔터테인먼트라는 매니지먼트 회사를 세우고 다양한 플랫폼을 고민하는 사업가 김준호는 그렇게 등장한다.

혼자 할 수 있는 일은 **아무것도 없다**

김준호가 대표로 있는 코코엔터테인먼트 홈페이지에서 사업 분야 설명을 읽는다면, 아마 다들 놀랄 것이다. 방송에서 그가 회사의 매니지먼트 철학을 휴머니즘이라 눙칠 때, 대부분 주먹구구식으로 운영되는, 이미 다른 개그계 선배들이 실패한 모델을 떠올렸을 것이다. 하지만 소속 스타 연기자의 인기를 활용한 MD 상품 개발이나 독특한 캐릭터를 가진 연기자들의 이미지와 연계한 프랜차이즈 산업, 구청에서 청소년 선도 공연을 진행하는 '조이풀 콘서트' 등 그들의 사업 계획은 무척이나 다양하고 체계적이다. 웃기는 사람들을 잔뜩 모아놓았지만 결코 우습지는 않은 미래에의 계획. 후배들이 몇 년 동안 먹고살 기반을 마련해주던 1990년대 초중반의 대선배들에 대해 이야기하던 그는, 스스로 후배들에게 그러한 기반을 마련해줄 수 있을까. 인기 개그맨들이 연말 시상식에서 자사 혹은 타사 사장님에게 코미디 프로그램의 부활을 부탁할 정도로 〈개콘〉 외에는 개그 프로그램 시장이 척박할 정도로 무너진 이 시대에.

주성치, 짐 캐리 이야기를 하기도 했는데 그들은 영화라는 큰 시장 덕에 그만큼 대스타가 되고 많이 버는 게 있잖아요. 그런 면에서 본인은 상당히 정극을 많이 한 개그맨인데요.

여섯 개 정도 했을 거예요. 탤런트가 되고 싶어 드라마를 한 건 아니고 나중에 시나리오가 탄탄한 코미디 영화를 하려면 다른 매체를 알아야겠더라고요. 투샷으로 들어올 때, 쓰리샷으로 들어올 때, 또 눈빛으로 카메라를 보는 테크닉도 알아야 하는데 매번 풀샷으로 나오는 공개 코미디만 하면 잘 모르니까. 말하자면 연기로서의 코미디를 하고 싶어서 드라마에 간 거죠. 그래서 재미있는 카메오를 요청했는데 의외로 감독님이 진지한 역할을 주셔서 좀 많이 나왔지만 정극에는 욕심 없어요.

공개 코미디만 해서 잘 모른다고 했는데 과거 〈가족오락관〉 같은 프로그램에서는 개그맨이라기보다는 희극배우라고 소개했거든요. 오히려 요즘 개그맨의 활동 영역이 좁아진 건 아닐까요.

서영춘 선생님 아들인 서동균 선배가 〈개콘〉 할 때, 같이 서영춘 선생님 추모 영화제에 간 적이 있거든요. 그런데 정말 당대의 내로라하는 여자 배우들과 함께 주연으로 영화를 찍으셨더라고요. 〈영구와 땡칠이〉처럼 아이들 대상으로 하는 코미디 영화가 아니라 짐 캐리 영화 같은 휴먼 코미디 정도의 느낌으로요. 그런 작품이 굉장히 많은데 어느 순간 개그맨들이 영화나 드라마에서 손을 놓았어요. 근 10년간 무대 코미디만 하고 있죠. 사실 예전 〈쇼비디오자키〉 시절만 해도 그냥 코미디대상이었는데, 지금은 연예대상 안에 코미디상을 넣잖아요. MC와 개그맨의 영역이 분리

되어버린 거죠. 영역이 좁아졌어요.

1994년 한 일간지에 실린 흥미로운 기사 하나. MBC 〈일요일 일요일 밤에〉 등장 이후 코미디 프로그램이 매거진 버라이어티화되면서 정통 코미디 프로그램이 줄어들고 있다는 일종의 위기 분석 기사인데, 내용도 현재의 코미디 시장에 시사하는 바가 많지만 더 흥미로운 건 코미디언과 신세대 개그맨을 분리해서 말한다는 것이다. 즉 심형래, 이봉원, 김미화 세대가 희극 연기자로서의 코미디언이라면 이후 등장한 신동엽이나 김국진, 틴틴파이브 등은 재치 있게 웃음을 주는 개그맨으로 분리한 것이다. 현재 〈개콘〉에서 좋은 연기를 보여주는 개그맨들, 혹은 과거 신동엽이 〈남자 셋 여자 셋〉에서 보여준 연기력 등을 떠올리면 이런 분류가 온당한 것인지는 모르겠다. 하지만 어쨌든 어느 순간부터 웃음의 호흡은 짧아졌고, 코미디언 혹은 개그맨들이 영화에 등장하는 일은 줄어들었다. 그 영역을 그들은 다시 확보할 수 있을까.

분명 개그맨은 지금도 인기 있는 연예인이지만 과거 같은 대스타 느낌은 아닌 거 같아요.

선배님들께서 당시에 잘해주시고 터도 닦아놓은 게 있지만 어떤 면에서 지금 현장에서 뛰는 분은 별로 많지 않잖아요. 개그맨의 힘이 상당히 강한 상황에서 미리 권리들을 쟁취하지 못했을까, 좀 아쉬운 건 있죠. 분명 지금보다 더 좋은 조건이었을 텐데 당시

에 콘텐츠 저작권이나 출연료 문제에 신경 쓰고 권위를 더 올렸다면 선배님들도 지금 더 좋은 대우를 받았을 텐데. 이제 우리 세대의 숙제가 된 거 같아요.

이젠 라디오 진행자로 더 유명해진 김미화나 아예 정극으로 선회한 임하룡, 감독의 꿈에 도전했던 심형래 정도를 제외하고 현역에서 웃음을 주는 정통 코미디언 세대는 이경규, 박미선 정도밖에 없다. 그 나이대의 정극 배우들은 주연이 아니더라도 여전히 드라마에서 활약하고 있는 걸 떠올리면 아쉬운 일이다. 웃음을 주는 직업 자체가 트렌드를 좇아야 하는 짧은 수명의 직업이기 때문일 수도 있지만, 코미디 시장이 과거 그들의 전성기만큼 살아 있었더라면 고참 연기자들의 수명 역시 좀더 연장될 수 있지 않았을까. 어쨌든 이것은 과거에 대한 아쉬움이다. 그리고 우리는 앞으로에 대해 이야기해야 한다.

말하자면 현역 최고참 수준인 김준호씨 세대의 역할이 커졌군요.

2013년 부산국제코미디 페스티벌을 준비하는 게 그것 때문이에요. 이걸 하려면 사단법인도 내고 문화체육관광부도 만나야 하고 부산 시장도 만나고 일본 요시모토 군단이랑 미팅도 해야 해요. 예산 편성하려면 기업들에 기획서 내서 투자도 받아야 하고. 그러니 몸은 두 개라도 모자란데 정말 재밌어요. 안 하던 일이라 재밌고, 또 과거 선배들이 안 했던 걸 하니까 책임감도 생기고. 몇

몇 선배들은 저 보고 너무 많은 일을 한다고, 개그 콘텐츠에만 집중하라고 하는데 아직 나를 포함한 개그맨 수명이 너무 짧아요. 그런데 이런 유의 기획은 나중에 작가 영역으로 갈 수도 있고, 영화로 이어질 수도 있죠. 제가 알기로는 뮤지컬 〈난타〉도 코미디 디렉터가 개그 '시바이('연극'을 뜻하는 일본어. 개그에서 웃음을 주기 위한 인위적 연출을 뜻하는 속어로 쓰임)'를 짜준다고 해요. 이렇게 코미디라는 게, 웃음에 대한 소스를 모아 체계화해서 상황에 맞게 디렉팅하는 게 가능한 분야예요. 요즘 개그맨을 보면 항상 〈개콘〉 하고 버라이어티 잠깐 하다가 망가지는 경우가 많은데 생명 연장의 비밀을 더 연구해야 돼요. 가령 다운로드 저작권 같은 것도 우리의 콘텐츠 안에서 어떻게 확보할 수 있는지 연구해야죠. 그러면 음악 저작권료처럼 가만히 앉아 있어도 입금이 될 거 아니에요. 그런 인프라를 고민하고 있어요. (김)대희 형이랑 (임)혁필이 형이랑 오래된 지망생들이랑 회의도 하고, 코미디 페스티벌은 최대웅 작가님 도움도 받고. 혼자 할 수 있는 일은 아니죠.

말하자면 수익 모델의 다양화이군요.

전에 의료기관과 연계할 아이템을 구상한 적이 있어요. 병원에서 환자들이 대기할 때 재미있게 볼 영상물을 제작해서 병원이랑 한의원 1만 개 업소에 200만 원씩 팔면 그게 얼마냐 하고. 그래서 프레젠테이션을 했는데 도박 이미지 때문에 아무도 안 하려고 하더라고요. (웃음) 그런 식으로 다양한 아이디어를 내요. 모

제과업체에서 새 브랜드 만드는 데 조언을 해달라고 해서 우리 회사의 아이템 잘 내는 애들 데려가서 회의하고 아이디어를 브랜드 런칭에 반영했어요. 회의비도 많이 받았죠. 상당히 기수가 높으신 KBS 코미디언 김민석 회장님 같은 경우는 주민등록증 인증하는 자판기부터 영화관에 있는 메달 게임 같은 걸 개발해서 성공을 거두신 걸로 알아요. 그런 것들도 가능하겠죠.

분명 그가 말한 사업 아이디어들은 흥미롭다. 하지만 한 사람의 훌륭한 아이디어라는 건, 그 사람이 없는 시기를 보장해주지 않는다. 스티브 잡스는 뛰어난 사업가지만, 만약 그의 사후에 애플이 무너진다면 과연 그가 회사를 반석 위에 올렸다고 말할 수 있을까. 한 사람 혹은 몇 사람의 천재성보다 중요한 건 탄탄한 시스템이다. 개그맨의 생명 연장에 대해 고민하는 고참 개그맨 김준호보다 코코엔터테인먼트 대표로서의 김준호가 궁금한 이유다.

개그 매니지먼트 회사 코코엔터테인먼트 대표로서 할 일도 있을 것 같은데요.

거창하게 들릴지 몰라도 아예 플랫폼 만드는 걸 중요하게 생각해요. 우린 지망생이라는 말보다는 인턴이라는 표현을 쓰는데, 인턴 애들을 잘 관리해서 개그맨으로 올리는 단계에 놓고, 지금 〈개콘〉 개그맨들은 버라이어티로 보내는 단계죠. 저 외에도 매니저가 열 몇 명 있고, 마케팅팀도 있고 시간이 지나면 좀더 세팅이 될 거예요. 이 매니지먼트라는 게 꼭 프로그램에 넣어주는 게 아니에요. 그건 자기들이 열심히 하면 꽂히는 거죠. 가령 연기자로서 (김)준현이를 보면 얘가 어딜 일부러 들어가려 하면 오히려 마이너스일 거예요. 지금처럼 잘하면 가만히 있어도 들어오게 돼요. 상품을 사람들이 찾아야지, 이걸 오히려 팔려고 들이밀면 '쌈마이'가 되잖아요. 우리 회사가 매니지먼트사로서 노력하는 건 소속 연기자 마인드를 챙기는 거예요. 코미디에 대한 진정성도 있어야 하고 직업으로서 열심히 해야겠다는 마음이 있어야지. 그저 부와 명예를 위한 수단으로만 생각하면 안 되죠.

인재를 키우는 것도 중요한 일인데 그런 면에서 회사의 트레이닝 시스템이 궁금해요.

우리 인턴이 스물세 명 정도 있어요. 오디션을 봐서 실력이 있거나 가능성이 보이는 애들을 뽑아 인턴 6개월 과정을 거치는데, 매달 마지막 주 월요일마다 호서대 학생들과 함께 대학로 극장에서 오디션을 봐요. 객석에서 50점, 우리 심사위원이 50점을 줘서 평점 좋은 애들은 계약을 하고 평점이 별로면 귀가 조치하죠. 이 시스템을 잘 가져가면 앞으로 모든 개그맨 지망생은 우리 오디션에 오지 않을까 싶어요. 자기가 짠 개그를 무대에 올려보거나 제대로 평가받을 기회라는 게 거의 없으니까요.

굉장히 체계화되어 있다는 느낌이에요.

제일 이상적으로 생각하는 게 일본 요시모토 시스템이에요. 그쪽은 소속 개그맨이 1,800명에, 일주일에 프로그램 50개를 외주 제작해요. 그럼 매출이 상당할 수밖에 없죠. 왜 NHK 같은 방송사가 외주를 그쪽에 주느냐. 방송을 제작할 때 연기자 캐스팅 비용이 제일 비싼데, 요시모토에선 연기자가 보통 1,000 받을 걸 500만 받아요. 연기자 비용이 낮게 책정되니까 영상이나 소품에 돈이 더 들어가고 프로그램이 더 고급스러워지죠. 그렇게 방영해서 시청률이 20퍼센트 대박이 나면 MD 상품을 통해 소속 연기자가 500 덜 받았던 걸 5,000으로 보상해줘요. 물론 이런 시스템이 정착하기까지 오랜 시간이 걸렸죠. 20년, 30년 전에는 소송도 있고 실패도 있었지만 이젠 완전히 시스템이 갖춰진 거예요. 가령 그 회사에 소프트뱅크, 야후 재팬 지분이 조금씩 있는데 저는 그 지분이 행사로 보이거든요. 그 많은 회사의 행사를 이쪽 연기자들이 할 거라고요. 그럼 공급과 수요가 다 가능하죠. 만약 우리 회사가 예를 들어 금융권 하나, KBS 같은 방송사, 삼성 같은 대기업이랑 계약을 하면 행사는 다 충족되잖아요. 돌잔치부터 팔순잔치, 워크숍, 망년회, 그렇게 해서 먹고살 거예요. 그러려면 결국 요시모토처럼 오랜 기간 견실한 이미지를 만들어야 되겠죠. 송해 선생님께서 기업은행 모델이 되시고 나서 거기 매출이 엄청 올라갔다고 하더라고요. 송해 선생님이라는 한 사람의 장인 이미지가 회사 이미지까지 올려준 거죠. 우리도 마찬가지로 당장은 매출이 크지 않더라도 소속 연기자들이 하나하나 콘텐츠

장인이 된다면 그 이미지가 돈으로 환산될 수 있을 거예요. 그게 앞서 말했던 연기자의 마인드를 챙기는 거겠죠. 그래서 장기적으로 같이 성장할 생각 없이 물 흐리는 미꾸라지들은 그냥 나가라고 해요.

시스템에 대한 이야기에서 개인 인성의 문제로. 이걸 단순히 공적 관계에도 예의범절을 중시하는 고루한 관점으로 볼 수는 없다. 시스템이라는 건 여러 가지 요소가 짜임새 있게 맞물려 돌아가는 구조지만, 그 요소라는 건 규격화된 톱니바퀴가 아닌 사람이다. 잘못된 판단도 하고 욕심도 내고 심지어 악의까지 품을 수 있는 사람. 요컨대 정밀하게 잘 만든 시스템이라 해도 그 요소요소를 이루는 사람의 인성에 문제가 생기면, 부품에 녹이 슨 기계처럼 일종의 균열이 생긴다. 제대로 된 회사 시스템을 고민하는 김준호가 걱정하는 것은 그런 균열이지 않을까.

인성 관리라고 할 수 있겠는데요.

술, 여자, 담배, 도박, 게임 등 중독성 있는 건 다 조심하라고 해요. 전에는 남자라면 꼭 한 번쯤은 해봐야 한다고 말했던 건데, 지금은 조심하라고 해요. 도박은 아예 끊고.

그런 시스템과 인성에 대한 고민이 이 시장을 키울 수 있다는 건 알겠는데, 새로운 연기자가 계속 나오는 상

황에서 어떻게 선배 개그맨의 수명을 연장할 수 있을까요.

사실 개그 쪽은 트렌드에 뒤처지는 선배가 할 수 있는 게 없어요. 가수나 탤런트에 비해 오래가기 어렵죠. 그런데 요시모토의 경우 아카데미 시절부터 예절 교육을 받으면서 선배에게 90도로 인사해요. 나쁜 문화라고 생각하지 않아요. 선배들이 닦아놓은 길에서 또 자기들이 먹고사는 거니까. 그러면서 우리나라로 치면 전유성 선배님 정도 연배의 대선배에게는 소속 연기자들이 일정 퍼센티지를 모아서 월급처럼 드려요. 우리도 좀 그래야 하지 않을까요. 지금 개그맨은 복지가 없잖아요.

자신이 현재 먹고사는 시장을 미리 개척한 선배에 대한 리스펙트는 분명 본받을 만하다. 하지만 이런 예의를 의무라고도 할 수는 없다. 단지 이렇게 말할 수 있지 않을까. 그들을 위해 만든 복지 시스템이 미래의 나를 위해 쓰일 것이라고. 성공한 사람들이 광고에서 말하는 '미래의 나에게 투자하라'는 말에는 고개를 끄덕이면서 미래의 내 모습일지도 모를 현재의 누군가에게 무관심한 태도는 잘 이해되지 않는다.

결국 그것 역시 시장의 외연을 넓히는 건데, 그 와중에 〈개콘〉은 일종의 베이스캠프가 될 수 있지 않을까요.

전에는 코너 하나 뜨면 버라이어티에서 잠깐 찾다 말았는데 확실히 요즘은 행사나 CF처럼 돈으로도 많이 이어지고, 버라이어티에서도 좀 장기적으로 활용하려는 게 있어요. 서수민 감독님이 브랜드 관리를 잘한 거죠. 예전 〈개콘〉은 30~40대 시청자가 없었는데 지금은 10대부터 40대까지 다 보는 프로그램이거든요. 전체 문화 속에서 〈개콘〉 자체가 하나의 트렌드가 됐잖아요. 마치 사람들이 다들 걸그룹 얘기만 하던 것처럼 언젠가부터 〈개콘〉 코너랑 유행어 얘기만 하고. 그런 걸 유지하기 위해 끊임없이 코너를 개편하는 거겠죠.

정말 그랬다. 2011년부터 〈개콘〉은 코미디의 마지막 보루뿐 아니라 최고의 예능 프로그램의 위치에 올랐다. 최효종, 신보라, 김원효, 김준현 등 〈개콘〉 에이스들의 CF 출연은 과거 선배들의 그것과는 비교가 되지 않는 수준이다. 변화는 시작됐다. 중요한 건 이 바람을 계속 타는 거다. 김준호와 코코엔터테인먼트의 연기자들은 여기서 중추적인 역할을 할 수 있을까. 어쨌든 그들도 개그 시장 확대를 위한 알파와 오메가 중 〈개콘〉을 지키는 것이 알파라는 점을 알고 있다.

이 베이스캠프와 다른 매체 혹은 플랫폼을 잘 병행하는 게 중요하겠네요.

KBS 개그맨 공채 19기의 유세윤, 장동민, 황현희, 강유미, 이 친구들이 열심히 능력을 쌓다가 뻥 터뜨렸는데 다른 스케줄이 많아지면서 〈개콘〉을 떠났잖아요. 병행이 쉽지 않거든요. 저도 드라마 할 때는 〈개콘〉 때문에 드라마 스케줄이 안 나오니까 역할

이 줄어들더라고요. 세윤이 정도가 버라이어티랑 〈개콘〉을 병행했죠. 그런데 지금 19기만큼 빵 터진 게 최효종, 정범균, 김준현, 허경환 등 22기인데 애들이 그럼 버라이어티로 빠져서 〈개콘〉을 그만두느냐면, 그게 아닌 게 이젠 KBS에서 두 가지를 병행할 환경을 만들어주거든요. 지금 이런 환경에서 열심히 하면 준현이나 정경미 같은 애들은 나처럼 충분히 10년, 20년 〈개콘〉에서 활동할 수 있을 거예요.

김준호

함께 성장하는 미래를 위한 **큰형님의 리더십**

꼭 코코엔터테인먼트 소속이냐 아니냐를 떠나서 많은 개그맨들, 가령 유세윤, 장동민 등은 스스로 김준호, 김대희 라인이라고 밝힌다. 박성호와 더불어 가장 오랜 기간 〈개콘〉을 지키며 KBS 코미디의 토대를 다져온 그들의 위상은 그만큼 높고 인맥은 넓다. 하지만 우리의 일상에서도 경험할 수 있듯, 오래 일한 모두가 후배들의 지지를 받는 것은 아니다. 인간적 매력이든, 부정할 수 없는 업적이든, 아니면 하다못해 후배에게 돈을 잘 쓰는 버릇이라도 있어야 어떤 커뮤니티의 좌장 역할을 할 수 있는 법이다. 과연 김준호라는 개그맨이 가지고 있는 것은 무엇일까.

〈개콘〉 초반 멤버로서 지금까지 정말 많은 코너를 짰는데요, 개그를 구성하는 데 가장 중요하게 여기는 건 무엇인가요.

장난을 많이 치는 편이에요. 그러면서 소재가 나오고 그걸 코너로 발전시킬 때가 있어요. 아니면 아예 하나의 이미지를 잡고서 그 안에서 새롭게 만드는 것도 있고요. 전자는 '꺾기도'나 '같기도' 같은 거겠죠. '이건 남자도 아니고 여자도 아니고 뭐냐' 이런 장난을 치다가 '이것도 아니고 저것도 아니여' 같은 대사가 나오는 거죠. '꺾기도'는 우리가 문자 주고받을 때 어색한 사이끼리

는 해봤자 끝에 ^^ 이런 이모티콘 정도 붙이잖아요. 그걸 좀 어떻게 재밌게 할 수 있을까 고민하다가 '안녕하십니까' 같은 무미건조한 말에 '안녕하십니까부리, 반갑습니다람쥐, 그래요르레이' 같은 걸 넣는 거예요. 그와 달리 처음부터 중심을 잡고 시작하는 경우는 바보 코미디를 하자고 했을 때 그에 맞는 키워드를 쭉 생각하거나, '씁쓸한 인생'처럼 정색하고 웃기는 코너를 어떨까 해서 만드는 거구요. 당시 남자가 멋있게 나오는 영화가 〈달콤한 인생〉이니까 그걸 패러디해서. 멤버도 〈개콘〉에서 제일 잘생기고 멋진 애들, 송병철, 유상무랑 몸 좋은 이승윤이랑 이상민, 이상호 형제를 데려왔죠.

그렇게 코너에 맞는 인원을 구성하는 것도 중요한 요소일 것 같은데요.

제가 오래 개그할 수 있는 원동력은 선후배와 친하게 지내는 거예요. 콩트는 혼자 하는 게 아니기 때문에 여럿이 짜야 하고 누군가 웃기려면 누군가는 받쳐주는 역할을 해야 돼요. 사실 다 웃기고 싶죠. 누가 받쳐주고 싶겠어요. 그래도 누군가 아이디어를 더 잘 살리는 에너지가 있으면 그 사람을 살려줘야죠. 후배들과 친하게 지내야 후배들도 그런 제 성향을 알고, 저 역시 후배들이 어떻게 받아들일지 예상하며 그런 식으로 코너 안의 역할을 분배할 수 있죠. 안 그러면 웃긴 역할 안 준다고 삐치기만 할 거예요. 코너에서 제 역할도 혼자 웃기기보다는 웃음을 다른 연기자에게 분배하는 코너가 많아요. '씁쓸한 인생'도 그렇고 '감수성'도 '시바이' 하나씩 따먹는 거고.

최고참으로서 후배를 대하는 태도가 가장 상반되는 건 인간적인 끈끈함을 강조하는 김준호와 합리적 개인주의자에 가까운 박성호일 것이다. 하지만 이 둘 모두 공유하는 것은 권위주의적으로 선배의 '가오'를 잡기보다는 같이 웃고 장난치며 후배들에게 스스럼없이 구는 태도다. 나이 혹은 기수를 벼슬 삼아 권위를 세우는 리더십도 카리스마가 있다면 어느 정도 효과를 발휘할 수는 있다. 하지만 자신을 따르게 할 수는 있을지언정 평등한 상태에서 원활하게 소통하는 건 불가능하다. 카리스마를 이용해 '왕 놀이'를 하는 것도 리더십이라고 할 수 있겠지만, 조직원 개개인의 능력을 백 퍼센트로 가동해 최상의 결과물을 만드는 리더십은 소통을 이용한 리더십일 것이다.

개그라는 것 자체가 협업이 중요한 작업이기 때문이겠죠.

개그는 함께 짜는 거예요. 누가 어떤 아이템을 가져오면 서너 명이 모여 그걸 포장을 해서 감독님에게 보여주고 코너가 완성되니까. 다만 여기서 억울할 수 있는 건, 코너에서 제일 웃긴 사람이 마치 혼자 다 짠 것처럼 보일 수 있다는 거죠. 아쉽게도 코너를 잘 짜는 애들 중 잘 살리는 애는 흔치 않거든요. 어쨌든 그 고마움을 아니까 코너를 함께 하는 거죠. 예를 들어 (양)선일이가 그런 타입

이에요. 아이디어를 잘 짜고 연기도 잘하는 편이긴 한데 직접 주연을 하면 실패하거든요. 그러니까 잘 살리는 (정)태호랑 '발레리노'를 같이 한 거죠. 이런 친구가 〈개콘〉만 보면 왠지 '쭈구리' 같지만 사실 자기 코너의 연출을 맡는 거거든요. 장기적으로 보면 더 비전이 있을지 몰라요. 백재현 선배처럼 뮤지컬을 만들 수도 있는 거고.

물을 쏟아내는 건 수도꼭지지만 그 모든 걸 만들어내기 위해선 상수도관을 비롯한 거대한 메커니즘이 필요하다. 무엇이나 눈에 보이는 게 전부는 아니다. 개그 역시 그렇다. 김준호의 말대로 시청자가 보기에는 비중이 크지 않게 보이는 개그맨이 실은 코너의 일등 공신인 경우가 적지 않다. 물론 우리가 세수를 하고 샤워를 할 때마다 상수도관의 존재를 떠올릴 필요가 없는 것처럼, 우선 코너를 보고 웃는 게 중요하지 그들의 숨은 노고까지 치하할 필요까지는 없을 것이다. 그저 수도꼭지만 떼서 사막에서 물을 마실 수 없는 걸 아는 정도만, 이 웃음은 그냥 튼다고 콸콸 나오는 게 아니라는 것 정도만 기억하자.

본인은 어떤 타입 같나요.
잘 살리는 타입이죠. 잘하는 역할이 있어요. 어릴 때부터 건달이나 노인역, '오야붕' 성향의 역할을 해서 그런지 그런 걸 상당히 잘하죠. '꺾기도'의 단장이나 '감수성'의 왕도 그런 거겠죠. 어떤 점쟁이가 그러더라고요. 개그맨 안 됐으면 양아치 됐을 거라고.

제가 봐도 개그맨이 안 됐으면 한량 됐을 거예요.

말한 것처럼 '형님 개그'의 달인이기도 한데 이젠 정말 코코엔터테인먼트라는 패밀리의 형님이 됐잖아요. 그 원동력은 리더십일까요 인품일까요.

(김)대희 형을 비롯해 나를 따르는 열 몇 명이 있었어요. 그 친구들과 회사를 만들어보자고 했죠. 개그맨 크리스천 모임에 있는 권재관에게 착한 회사 만들 테니 착한 친구 몇 명 좀 데려오면 좋겠다고 했더니 그런 친구들로 데려왔어요. 허민, 정경미, 이런 친구들. 물론 또 반대 성향의 술친구 모임도 우리 회사에 있는데 다들 성격이 좋은 사람들이에요. 나야 이렇게 착한 친구들 오면 좋죠. 잘하는 연기자 위주로 회사를 짜야 한다고 하는데 어차피 〈개콘〉 하는 애들은 다 잘하는 연기자거든요. 지금 당장 빵 터지는 친구는 없다고 해도 내공이 쌓이면 조만간 터뜨릴 거예요. 윤형빈처럼 스타가 된 친구도 왕비호 전에는 이렇다 할 캐릭터가 없었잖아요. 아직은 눈에 안 띌지 모르지만 우리 회사가 킬러 콘텐츠를 많이 가지고 있는 거죠.

그 많은 연기자들에게 어떤 비전을 보여줬나요.

저란 사람이 바로 비전이에요. 희한할 게 없어요. 회사를 만들 거고 좋은 돈을 벌자, 그게 비전이에요. 사탕발림한 적도 없고 그냥 서로 믿고 한번 해보자. 그래서 6개월 동안의 유예기간이 있었어요. 별로다 싶으면 언제든 나가도 된다고. 그 대신 6개월 안에 뭐든 보여주겠다고. 그렇게 좀 집단의 힘을 만들고 좋은 쪽으로 가고 있어요. 회사의 틀을 갖추려고 시무식도 하고 분기별 중간 평가도 하고. 뷔페 빌려서 그런 걸 하니 후배들은 있어 보인다고 하죠. 어쨌든 회사 직원과 대표 사이인데 제가 신뢰를 줘야 하잖아요. 그래서 (김)준현이나 (김)원효처럼 돈 벌어다주는 우수 사원에게는 뭐든 해주려고 하고요. 2만 원짜리 배즙이라도.

제가 비전이에요. 이건 입지전적 인물이 자신을 롤모델로 삼으라는 그런 말이 아니다. 흑심 없이 모두가 힘을 합쳐 좀더 좋은 미래를 만들어보자고 말하는 사람에 대한 믿음이다. 개그계의 큰형님 김준호와 코코엔터테인먼트 대표 김준호는 그렇게 겹쳐진다. 마찬가지로 패밀리와 회사 역시 겹쳐진다. 그것은 상반되는 것이 아니다. 패밀리가 더 오래 더 안정적으로 존속하기 위해 회사의 체계적인 시스템이 필요하고, 회사가 미래를 공유하기 위해서는 패밀리의 상호 신뢰가 필요하다. 지금 김준호가 만들고 있는 것은 안철수가 그러했듯, 기업의 영혼일지도 모르겠다.

혹 개그맨 김준호와 코코엔터테인먼트 대표 김준호 사이에서 갈등할 때는 없나요.

딜레마가 있어요. 대표적인 게, 〈남자의 자격〉에 (김)준현이 대신 제가 들어가게 된 일이죠. 그럴 때마다 내가 회사 대표냐, 연기자

냐 고민하는데, 중요한 건 준현이나 우리 식구들은 이해해준다는 거죠. 내가 잘되면 후배들과 같이할 걸 아니까 오히려 박수를 쳐주죠. 누군가는 버라이어티에서 커서 자리를 잡아야 해요. 그게 준현이가 됐건 (김)원효가 됐건 우리 사무실 소속이 아닌 허경환이 됐건, 누군가 거기 나가 있으면 어느 순간 같이하게 돼요. 사실 지금 그쪽에 자리 잡은 게 아무도 없는데 시기 질투하는 건 도움이 안 되죠.

웃음과 코미디는 **결코 책에서 배울 수 없다**

김준호는 자타가 공인하는 〈개콘〉 최고의 연기자이자 역시 자타가 공인하는 연기 명문 출신이다. 정극에도 몇 번 제법 비중 있는 조연으로 출연했던 경력까지 더해 그의 개그를 연기라는 큰 줄기에서 해석하는 건 그래서 당연한 일이다. 마찬가지로 이제는 수많은 학교의 연극학과 졸업생들이 〈개콘〉 무대를 꿈꾼다. 하지만 그가 아무리 남자다운 딕션과 다채로운 캐릭터를 소화하는 능력을 가졌다고 해도 김명민 같은 배우가 되긴 어려운 것처럼, 아무리 연기를 탁월하게 잘하는, 심지어 코믹 연기에 강한 류승범이나 김수로가 김준호만큼 웃음을 주기는 어려울 것이다. 다시 말해 정통 연기라는 뿌리가 중요한 만큼 그와는 다른 웃음 연기만의 디테일 역시 중요하다. 개그 센스라는 것이 사회생활에서도 중요한 미덕이 된 시대에, 개그 연기의 달인인 그에게 과외를 받는 심정으로 그만의 웃음 공식에 대해 물었다.

개그맨은 결국 웃기는 사람인 건데, 어릴 때부터 오락부장을 도맡아했던 사람으로서 웃음의 기술이 있다고 보나요.

고등학교 땐 아무래도 남자애들끼리 있으니까 소재가 야한 얘기, 선생님이랑 친구들 흉보는 얘기, 더럽거나 욕 섞어서 하는 얘기였죠. 다만 우리처럼 개그 쪽으로 오려는 친구들은 촉이 좀 빨

라요. 다들 장난은 치죠. 다만 우리는 같은 상황에서 이건 웃긴데 왜 웃겼을까 분석하면서 그런 상황을 또 만들려고 하죠. 일종의 대본화 작업인 건데 저도 그랬던 거 같아요. 왜 웃길까 생각하고, 그런 상황을 다시 연출하기 위해 분위기를 잡거나 멘트를 하죠. 그러니까 우리가 선수인 거예요. 시트콤이든 외국 코미디 영화든 청문회 상황이든 그걸 보다가 웃긴 게 하나만 있으면 고민을 하거든요. 왜 웃었지? 고민하면 해답이 나와요. 이런 공식 때문에 웃었구나. 그렇다면 그 공식을 다르게 활용해보자. 지금 마치 제품 설명하듯 말했지만 사실 우리는 다 감으로 하죠.

그게 개그맨의 재능이라면, 개그맨으로서 웃기기 위한 노력은 어떤 게 있을까요.

후배들에게 많이 하는 얘기가, 웃긴 영화나 웃긴 만화처럼 웃긴 에너지가 있는 것들에 대해 고민하면 소재를 찾게 된다는 거예요. 무엇보다 소재가 많아야 해요. 그래야 아이디어가 나오죠. 내가 본 만화나 일상의 웃긴 상황을 아이디어 회의 때 서로 계속 내뱉어야 진행이 되지, 아니면 그냥 모여 있는 것에 지나지 않거든요. 그래서 아무것도 아닌 말이라도 내뱉어야 하는 거예요. 회의 때 생각만 있고 말로 안 하는 애들이 있어요. 자신이 없는 거죠. 얘기 꺼냈다가 반응 별로면 괜히 무안해지고. 그런데 그럴 필요가 없는 게, 여기는 프로페셔널한 동네이기 때문에 계속 해봐야 감이 잡히거든요. 그걸 주눅 들어서 안 하는 애들도 있고, 생각이 너무 많아 말을 못하는 애들도 있고, 아이디어는 좋은데 표현력이 안 좋아서 재미없게 말하는 애들도 있고 그렇죠.

박성호나 최효종은 개그 콘텐츠 외적인 영역, 가령 시사나 문화 등의 카테고리에서 소재를 찾는 게 중요하다 말했다. 그에 반해 김준호는 웃긴 콘텐츠를 자주 접하는 것이 중요하다고 말한다. 이건 상반된 관점이 아닐 것이다. 사회의 다양한 이슈까지 훑어보며 소재를 찾는 것만큼, 스스로 재미있는 콘텐츠를 자주 접하며 김준호가 말한 웃음 에너지로 동기화하는 것 역시 프로페셔널한 개그맨으로서 필요한 태도다. 웃음을 좋아하지 않는 사람이 남을 웃긴다는 건 어불성설이다.

그런 걸 끌어주는 게 선배 역할이겠죠.

그래서 술자리를 좋아해요. 사실 술자리에서 일 얘기 하는 거 제일 싫어하는데 거기서 아이디어가 나오는 경우도 많아요. 몸이고 머리고 이완이 되니까. 재미있는 얘기가 나오다가 뭔가 꽂히면 술 먹다 말고 아이디어 회의를 하는 거죠. 다만 새벽 4~6시에 나온 아이디어는 위험한 게, 다음날 세수하다가 소름이 끼쳐요. 너무 유치해서. 술 먹을 땐 사실 다 웃기니까요. 그렇기 때문에 술자리의 가벼움과 맨 정신의 진지함, 그 사이를 유지하면 좋겠죠. 약간 흥분한 상태에서 장난도 잘 치고 그러면서 조사도 해오는 후배가 최고일 텐데 그게 어렵기는 해요.

이런 웃음의 탄생 과정이 궁금한 게, 개그맨이 아니더라도 재미있는 사람이 사회에서도 인기가 많잖아요.

개인적으로 코미디는 책으로 배우기 어렵다고 생각해요. 신상훈 작가님이나 이런 분들 책을 보면 좋은 내용이 많은데, 거기서 결국 가장 도움이 되는 건 어떤 공식이 아니라 '실험을 하라'는 얘기인 것 같아요. 시도를 계속 해보고 감을 익혀야죠. 웃긴 농담이 떠올랐으면 먼저 가족에게 실험을 해보세요. 가족이니까 재미없다고 때리진 않겠죠. 직장 동료나 별로 안 친한 사람에게 했다가 반응 안 좋으면 또라이 같은 놈이라는 얘기를 들을 리스크가 생기니까요. 그런 노력을 해야 감이 생기죠. 다만 별로 안 웃기던 사람이 갑자기 웃길 때가 있어요. 바로 검증된 개그를 외워서 하는 거죠. 가령 개그맨 중에도 행사라면 치를 떠는 애들이 있는데, 그럴 땐 선배들의 행사 멘트 같은 걸 외우고 모니터를 해보라고 해요. 행사에선 중간에 웃음을 주는 포인트가 있거든요. 시상을 할 때, 'S전자에서 제공하는 48인치 컬러 줄자를 드립니다', '원할머니 보쌈에서 원할머니를 드립니다' 이런 상황에 관련한 멘트를 열 개만 외워두면 5분, 10분 금방이거든요. 그러다가 사실은 사장님께서 직원들 노고를 치하하려고 이런 좋은 선물을 준비하셨다고 하면 행사가 확 살죠. 그 외에 시선을 끄는 방법도 있어요. 언젠가 김국진 선배님이 〈개그스타〉에 나오셔서 말한 건데, 자기는 인사를 바로 안 한다고 하더라고요. 마치 공기 반 소리 반처럼 호흡을 한 번 살짝 먹고 '안녕하세요?'라고 하는 거죠. 그럼 확 집중이 되는 거죠. (이)수근이의 '안녕하소' 같은 것도 그렇고. 첫 인사부터 웃기면 자신에게 집중이 되거든요. 일반인들도 이런 검증된 멘트나 공식을 수학 공부하듯 외워서 쓰면 일상에서 웃길 수 있지 않을까요.

《뇌의 왈츠》를 쓴 대니얼 레비틴이 제기한 '1만 시간의 법칙'은 여러 자기계발서에도 종종 등장하는 이론이다. 그의 이론을 거칠게 요약하자면 이렇다. 흔히 천재적 재능이라고 말하는 것은 과대평가되었으며, 평균적인 지능을 가진 사람이라면 1만 시간 동안 열심히 노력해 한 분야의 전문가가 될 수 있다는 것이다. 분명 평균 이상의 뛰어난 재능이라는 것은 있다. 하지만 아무리 학교와 지역에서 날고 기던 사람도 공채 개그맨이 된 뒤 〈개콘〉 무대에서 웃기기 위해선 치열한 트레이닝이 필요한 것처럼, 노력의 결실이란 건 웃음에서도 결코 간과될 수 없는 부분이다.

공부도 정 안 되면 암기로 점수를 높일 수 있잖아요. 혹 이렇게 웃음 공식을 암기하는 걸로도 프로페셔널한 수준까지 될 수 있을까요.

그 수준까지 올라갈 수는 있는데 상황별로 써먹을 수 있어야 하죠. 그게 감이에요. 극단적으로 말해서 장례식장에서 그런 개그하면 안 되잖아요. 일반인들은 그렇게 말도 안 되는 상황에서 개그를 시도했다가 무안해지는 경우가 많이 있을 거예요. 그리고

아마추어가 가장 많이 하는 실수가 '이번에 제가 웃겨드리겠습니다' 이런 거예요. 우리가 제일 금기시하는 거거든요. 그런 식으로 시작하면 기대치가 높아지고 사람들이 실망하죠. 그럴 필요가 없는 거예요. 그냥 아무렇지 않게 마치 있었던 일을 말하는 것처럼 시작해야 웃기죠. 소위 뺑을 치더라도 어차피 웃기는 게 목적이지 진정성이 목적은 아니잖아요.

가령 '씁쓸한 인생' 같은 코너가 그렇게 멋있는 척 시작하다가 갑자기 허를 찌르는 것처럼 말이죠.

흔히 '니주'를 깐다고 하잖아요. 개그가 공감대로 웃음을 줄 때도 있지만 결국은 반전이거든요. 의외성이 있어야 하는데, 그래서 제가 '집으로'나 '씁쓸한 인생' 같은 영화 '니주'를 좋아해요. 슬픈 연기든 건달 연기든 그런 걸로 속였다가 바보 연기를 보여줘야 재미있거든요. 처음부터 바보면 재미가 없어요. 할머니면 완전히 할머니로 인지할 정도의 연기를 빨리 보여주고 나서 내레이터 모델이나 여가수 패러디를 해야 뜬금없다는 의외성, 즉 반전이 생기는 거예요. 그래서 '니주'가 중요한 거고. 제가 뉴스 '니주'를 좋아하고 계속 시도하는 것도 그런 거예요. '언저리 뉴스'는 내가 만들어놓고 〈웃찾사〉에 가버렸고, 샘 해밍턴을 데리고 '월드 뉴스'를 했는데 크게 성공을 못했고, '뜬금 뉴스'는 후배들이 NG를 너무 많이 내서 코너가 폐지됐어요. 〈개콘〉 초창기에 '동물 뉴스'라고 있었는데 그건 제가 대본을 직접 다 써 왔지만

제작진에서 (심)현섭이가 더 어울리겠다고 해서 대본을 통째로 준 적도 있어요. 그래서 뉴스에 한이 좀 있죠. 뉴스가 진짜 좋은 '니주'거든요. 정색하고 발음과 좋은 목소리로 '시청자 여러분 안녕하십니까'라고 한 다음에 뜬금없는 짓으로 웃길 수 있으니까.

웃음을 위해선 반전이 필요하다. 반전을 위해선 속임수가 필요하다. 속이기 위해선 연기력이 필요하다. 김준호의 개그 구조를 요약하자면 이렇다. 물론 공식은 다른 수많은 경우의 수를 제거한 것이고, 그래서 말만큼 쉽진 않다. 그리고 그만큼 여러 경우의 수에서 하나의 공식을 깔끔하게 정리하기도 쉬운 일은 아니다. 김준호의 공식은 개그에 관심 있는 사람들이 우선 외워두면 좋을 정리로서도 의미가 있지만, 김준호라는 개그맨이 얼마나 자신의 일에 대해 많은 성찰을 했는지 증명한다는 점에서 더욱 의미 있다. 의외로 많은 사람들이 자신이 무엇을 하고 있는지 모른 채 무언가를 하고 있다는 점에서 더더욱.

그런데 〈개콘〉을 보는 시청자는 결국 이 코너가 웃길 거라는 걸 예상하고 보는 거니 웬만한 '니주'로는 속이기 어려울 거 같아요.

그래서 영화 패러디를 비롯해 속이는 방법을 고민하는 건데, 개그는 결국 질려요. 6개월이냐, 1년이냐, 아니면 '달인'처럼 몇 년을 가느냐. '달인'의 경우 (김)병만이가 정말 각고의 노력으로 이어간 코너인데 어쨌든 아이템이 계속 바뀌잖아요. 그런데 '감수성'이나 '집으로'는 고정된 포맷 안에서 레퍼토리를 바꿔야 하니 어렵죠. 그래서 '감수성'이 시간이 지나서 좀 힘들어졌던 거고. 게스트로 공백을 메울 때는 좋았지만 그게 빠져나가는 순간부터 코너가 비어 보이잖아요. 그나마 '생활의 발견' 같은 경우는 현대극이라 요즘 연예인들이 나오기 좋은데 '감수성'은 사극이라 활용하기 쉽지 않거든요. 걸그룹한테 '너희 홍보하러 나왔지' 이러는 것도 한두 번이고. 사람들도 게스트들에 대해 '쟤들 코미디 프로에 생각 없이 왔다'는 식으로 질려 하죠. 우리도 기왕이면 연기자 게스트가 오면 좋은데 '생활의 발견' 쪽에 많이 뺏긴 게 있어요. 김영철 선배 같은 경우 궁예 '시바이' 하면 좋았을 텐데.

앞서 하던 얘기의 연장인데, 그래도 '니주'로 사람을 속이기 위해서는 연기 베이스가 중요한 거잖아요.

〈개콘〉은 특히 연기력이 중요해요. 〈개콘〉 개그맨들이 다른 프로그램보다 영향력이 있고 오래갈 수 있는 생명연장의 비밀은 연기예요. 그러니까 지금 말한 것처럼 속임수가 가능하구요. 연기가 가벼우면 사람들이 빤히 알거든요. 읽히지 않으려면 연기를 잘해야 돼요. 〈개콘〉은 하나의 극단으로 보면 돼요. 시스템이 있어요. 지금 막내들 중 무대에 서는 애가 거의 없어요. 들어온 지 6개월이 됐는데도 트레이닝 중이죠. 그렇게 상비군으로 오래 있으니 기회가 왔을 때 얼마나 열정적으로 하겠어요. 현장 실습을 엄청 오래 하면서 아이디어 짜는 법이나 선배 연기를 계속 모니터하

니 실력이 늘죠. 신인 때 코너 하나 인기를 좀 끌면 겉멋 든 애들은 자기가 잘한다고 으스대고 배우랑 가수랑 만나고 연예인 놀이 하는데 그러면 수명이 짧아져요. 그건 말하자면 개인이 리스크 관리를 못하는 거고, 제대로 된 시스템이 없는 건데 〈개콘〉은 그런 시스템 역할을 해줘요. 후배들이 초반에 잘나가도 선배들이 조언해주고 관리를 해주고.

개그맨은 개그만 열심히 하고, 피겨 선수는 피겨만 열심히 해야 한다는 한국 사회 특유의 편협한 강요는 아니다. 게으름을 피우고 말고는 본인의 선택이다. 다만 수많은 부수적인 돈이나 명예, 재미있는 일이란 것들이 본래 하고 있던 일의 성공으로부터 파생됐다는 걸 잊으면 그 결과가 종종 실망스러워진다는 것이다. 만약 개그 무대에서 더는 웃기지 못하더라도 본인의 상품적 가치가 떨어지지 않을 수 있다면 모르지만, 대부분의 경우 아니 사실 언제나 그건 아니라는 게 밝혀졌다. 개그맨으로서의 본분에 충실하기 위해 부수적인 즐거움을 포기하라는 것이 아니라, 그 부수적인 즐거움들이 계속 따라오길 바란다면 본분에 충실한 게 좋을 거란 이야기다.

말하자면 헝그리 정신인가요.

그런 게 있어야죠. 더 정확히 말하면 초심. 지금 잘되는 애들도 보면 초심을 잃지 않으려고 해요. 헝그리 정신이라고 하면 배고파야 한다는 건데, 굳이 배고프지 않더라도 노력한 만큼 돈으로 인기로 돌아온다는 걸 아는 애들이 있어요. 그런 친구들이 잘되는 거고, 초심을 잃고 조금 잘나간다고 노는 애들은 형장의 이슬로 사라지는 거죠. (박)영진이나 (김)원효, (김)준현이가 초심을 잘 지키는 친구들이에요. 원효나 준현이는 〈폭소클럽〉 때부터 10년을 해온 건데, 지금 와서 뜬다는 건 그동안 스펀지처럼 흡수한 것을 이제 터뜨렸다는 거죠. 아이디어 짜는 법이나 대인 관계 등을 10년 동안 쌓은 거예요. 그렇게 내공을 잘 쌓은 애들은 오래가죠. 이 둘은 회사 차원에서 버라이어티 쪽으로 키우려고요. 길게는 5년, 짧게는 2~3년 바라보고. 준현이도 연기를 하고 싶어 하긴 하는데 MC가 좋은 시장이잖아요. 사실 근 10년 동안 버라이어티 MC가 다 똑같았는데 원효나 준현이는 좋은 MC가 될 거 같아요.

〈개콘〉의 에이스라고 꼭 버라이어티에서 잘하리라는 보장은 없는데요.

10년 전에도 마찬가지에요. 〈개콘〉에 설 만큼의 애들은 아니라고 생각했는데 어느새 〈개콘〉의 가장 중요한 연기자가 됐잖아요. 버라이어티도 해봐야 늘죠. 1~2년 열심히 트레이닝 하고 3~4년 차에 터뜨리고. 물론 본인들이 각고의 노력을 해야죠.

아직 건드리지 않은 **새로운 영역이 많다**

우린 의무감만으로 움직일 수 있을까. 혹은 미래에 대한 비전만을 보고 움직일 수 있을까. 우리를 앞으로 끄는, 혹은 뒤에서 미는 수많은 감정적 동력이 있지만 그 중 가장 현재적인 가치는 재미일 것이다. 꼭 도래할 미래를 그리지 않더라도 지금 이것을 하는 것만으로 즐거운 그런 감정. 개그 시장의 미래에 대해 고민하고 다양한 실험을 준비 중인 김준호에게 스스로의 개그 취향에 대해 물은 건 그 때문이다. 하고 싶은 일과 해야 할 일, 재미있는 일과 의미 있는 일, 그 여러 동기의 알력 안에서 비로소 한 사람의 선택이 결정되는 법이다. 우리는 그 선택의 흐름을 종합해 흔히 정체성이라 말한다. 김준호의 정체성을 알기 위한 또 하나의 조각.

개그맨이 활약할 플랫폼에 대한 고민을 이야기했는데, 사실 버라이어티 같은 타 장르 말고 개그 플랫폼은 〈개콘〉 외에 없는 거 같아요.

〈타짱〉이나 〈코미디쇼 희희낙락〉의 '김준호 쇼' 같은 시도를 많이 했는데 시청률이 잘 안 나오더라고요. 우선 다운로드를 너무 많이 받아 봐요. 〈개콘〉 같은 경우는 시간대 자체가 다들 집에서 TV 보는 일요일 저녁이라 그럴 일이 별로 없는데 평일 콘텐츠는 PC방에서 많이 보니까요. 〈타짱〉은 재미도 있고 독특하고 재미

있었는데, 그런 것 때문에 시청률 손해를 좀 봤을 거예요. 또 단순 코미디라 홀대 받은 것도 있죠. 〈개콘〉은 가족 코미디, 〈폭소클럽〉은 시사 코미디인데 〈타짱〉은 그냥 하드코어라고 의미 없다고 생각해서 없애버렸죠.

사실 하드코어는 장르의 하나지 급이 떨어지는 개그가 아니잖아요.

그때 KBS에 좀 서운했죠. 웃음의 종류가 다르고 사람마다 웃는 포인트가 다른 건데, 단순한 코미디로 그냥 웃기면 그만인데. 만약 시사적인 게 필요하다면 과거 김형곤 선배처럼 제대로 공부하고 고민하고 생각해서 연기를 해야지, '독도는 우리땅이다' 해서 박수 받고, '정치인 거짓말쟁이'라고 외치는 수준의 수박 겉핥기식의 정치 풍자는 우리가 할 일은 아닌 거 같아요. 하려면 제대로 더 깊이 파서 풍자를 하든지. 사람들이 민감해 하는 걸 얕게 살짝 건드려서 가는 건 오히려 별로예요.

지금은 CJ로 간 김석현 감독도 〈타짱〉 끝난 것에 대해선 아쉬워하더라고요.

그 형이랑 나랑 코드가 맞아요. 하드코어. 그때 (김)석현이 형도 많이 불려 다녔죠. 제일 먼저 경고 받은 게, 윤성호 머리 위에 고기 큰 거 하나 붙인 일. 정말 웃겼는데 사람 머리에 고기를 붙였다고 시민단체의 경고를 먹었죠. 우리가 생각해도 심한 게 있긴 해

요. 케이블 채널에서 하는 〈기막힌 외출〉 같은 건 남자 중요 부위에 물 쏟아 붓고 그러니까. 그런 면에서 시청자 제한이 필요해요. 19금으로 하면 되겠죠. 밤에는 성인 시간대에 성인 개그를 보고, 가족 시간대에는 가족 코미디를 보는 문화가 성립되면 좋겠어요. 미국이나 일본은 단순히 독한 게 아니라 어떤 리얼리티가 있어요. 부부 성생활 문제나 블랙코미디 같은 걸 높은 수위에서 진행하는데 우리는 못하죠. 너무 돌려서 얘기하고.

코미디 페스티벌이나 코코엔터테인먼트에서 시도하는 파생 상품 사업 등이 코미디 시장과 수익 모델을 더 넓혀서 개그맨의 생존권을 더 확실히 보장해주는 차원이라면, 〈타짱〉이나 성인 개그 같은 조금 금기시된 개그를 살리는 건 문화의 종 다양성을 살리는 차원의 일이다. 그것이 누군가에게 피해를 주거나 허위 사실을 유포하는 것이 아닌 이상, 표현의 자유, 그리고 그것을 누릴 자유는 보장되어야 한다. 야한 개그는 〈개콘〉과 다른 개그인 거지, 〈개콘〉보다 저급한 개그가 아니다. 단순히 의식주만으로는 채울 수 없는 걸 채워주는 게 문화의 목적이자 의무라면, 우리는 개그에 대한 잣대를 좀더 유연하게 사용할 필요가 있다. 이건 전적으로, 우리를 위한 일이다.

오히려 고故 김형곤 씨 같은 경우는 그런 걸 했던 걸로 기억하는데요.

그렇죠. 옛날 선배님들 보면 음담패설 카세트테이프도 냈는데,

김형곤 선배님의 인체와 섹스의 비례 관계 같은 것들은 지금 들어도 재밌어요. 그땐 코미디 프로그램 시청률도 잘 나오고 하니까 더 적극적으로 시도한 게 있죠. 시청률이 안 나오면 심의도 더 많이 걸리고 그래요. 그래도 지금 〈개콘〉 시청률이 잘 나오면서 심의가 좀 완화됐을 거예요.

하드코어 쪽이 본인에게 맞는 코드 같나요?

어릴 때부터 그랬어요. 할머니 치마 들추고. 나중에 버라이어티 가서 리얼로 하라고 하니까 그때도 독한 얘기부터 했죠. 그게 너무 세서 각광 못 받았지만 나중엔 다 반응할걸요. 요즘은 정말 리얼리티의 시대잖아요. MC가 대본대로 진행하는 방식도 아니고. 말도 안 되는 말도 막 날리고 그걸 편집해서 재밌게 만드는 시대니까 우리 같은 하드코어들이 잘할 수 있죠. 장동민, 유세윤, (박)명수 형이 저랑 비슷한 하드코어 타입 같아요.

독한 방송용 콘텐츠로는 케이블에서 〈크게 될 별〉을 시도해보기도 했는데요.

그냥 좋은 경험 한번 해봤다 정도? 아쉬운 게, 착한 애들이 웃기려고 독한 얘기만 하는 게 좀 억지더라고요. 〈개콘〉의 에이스급 개그맨 데려다가 너무 망가뜨리는 거 같아서 좀 아쉬웠어요. 그래도 그런 시도는 해봐야죠. 어쨌든 방송에서 뭔가 다른 걸 시도한다면 〈개콘〉 외의 비공개 코미디 혹은 시사를 비롯한 다른 영

역의 코미디면 좋겠어요. 〈개콘〉 같은 건 그냥 〈개콘〉을 하면 되는데 뭘 굳이.

다시 한 번 종 다양성의 문제. 〈크게 될 별〉은 김준호의 자평대로 그다지 웃긴 프로그램은 아니었다. 몇몇 폭로성 토크는 〈라디오스타〉만 못하고, 인기 개그맨 다수가 모여 만드는 시너지는 거의 없었다. 하지만 중요한 건 그의 말대로 시도해보는 것이다. 〈개콘〉 이후 많은 프로그램들이 〈개콘〉을 롤모델 삼아 공개 코미디로 갔고, 그 중 성공한 프로그램도 있다. 지금처럼 타 방송국의 코미디 프로그램이 제대로 서지 못한 상황에서 검증받은 형식을 따르는 것도 어쩔 수 없는 일이다. 하지만 문화적 다양성을 확보하기 위해서는 계속 새로운 시도를 해야 한다. 이것은 공중파의 의무이기도 하다. 왜 이것을 개그맨만 고민해야 하는가.

하드코어에 대한 반감은 방송이라 더 그럴 수 있는데, 그런 면에서 자체적으로 만들었던 〈더 코미디〉 공연은 어떤가요.

아, 정말 아까워요. (김)석현이 형이 CJ 가서 만든 〈코미디 빅리그〉랑 비슷한 게 있어요. 서바이벌 형식이고 상금 준다는 점에서. 전에 KBSi랑 함께 만든 플랫폼인데 제작비 5,000만 원이 있었어요. 그래서 클럽에서 개그맨 코미디 배틀을 해보자고 기획했죠. 그러다가 좀 욕심이 생겨서 기왕이면 개그맨들이 꼬시고 싶은 여자까지 다 데리고 와서 파티하자고 했는데 술값이 엄청 나와서 2,000만 원 적자가 났어요. 지금은 쿡TV 엔터테인먼트 카테고리 안에서 볼 수 있는데 내가 봐도 1부는 웃기지만 2부는 별로예요. 다들 예선 통과하는 데 에너지를 쏟아 부어서. 게다가 3회전까지 갔거든요. 그러니까 예선보다 준결승이 안 웃기고, 준결승보다 결승이 더 안 웃기죠. 시도는 좋았는데 결과적으로는 실패했다고 봐요. 하지만 1년에 한 번은 해볼 만할 거 같아요. 클럽에 어울리는 독한 콘텐츠로 상금 걸고 1시간 안에 딱 끝내는 걸로.

또다른 구상들을 하고 있는 건 없나요.

원래는 영화하고 싶었어요. 그 얘기를 신동엽 선배에게 했다가 혼났어요. 지금 MC로 클 기회 있을 때 해야지 무슨 딴생각을 하느냐고. 그런데 제의가 자꾸 이쪽으로 와요. 하다 하다 안 되면 영화 쪽으로 턴할 생각도 있어요. 예전에 코미디 영화 시나리오 써 놓은 것도 있고. 영화로는 하고 싶은 게 많아요. 요새 방송에서 잘 나가니까 고위 간부들, 영화 투자사 분들을 많이 만나게 되는데 나중에 좀 비벼봐야죠.

번갯불에 콩 구워먹듯 엄청난 속도로 촬영이 끝나는 여러 여름방학용 영화를 우리는 알고 있다. 그리고 분명 초등학생들을 위해 그러한 작품 역시 필요하다. 다만 그런 식으로 제작비를 줄이고 최대한 수익을 챙기는 모델만 반복된다면 개그맨이 제대로 연기하는 가족 코미

디 영화를 볼 수는 없을 것이다. 어쨌든 누군가는 새로운 길을 모색해야 한다. 그리고 개그계에서 그 누군가는, 김준호다.

앞서 이야기한 서영춘 선생님의 휴먼 코미디 영화 같은 건가요.

2012년에도 '꺾기도'로 영화 하자는 말 있었는데 안 한다고 그랬어요. 애들 영화라고 해도 〈나 홀로 집에〉처럼 퀄리티가 있어야 하는데 한국에서 어린이 코미디 영화라고 하면 항상 제작비 2~3억 정도로 다 끝내려고 하니까. 그렇게 말했더니 10억 넘게 들이겠다고 하는데 스케줄이 안 맞아서 결국 안 한다고 했어요. 플랫폼을 다양화하되 질 좋은 콘텐츠를 만들어야하니까요.

나만의 무기는
결국 내 안에 있다

표현하는 자
김원효

강한 자부심일까 과한 자부심일까. “배우는 편집을 잘해주면 연기 잘하는 걸로 보이고, 가수는 좋은 곡을 받으면 세계적인 가수가 될 수 있는데 개그맨은 본인이 못 살리면 안 돼요.” 개그맨이라는 직업의 어려움에 대해, 김원효는 이렇게 말했다. 백 퍼센트 옳은 말이라고 할 수는 없을 것이다. 편집은 배우의 단점을 커버해줄 수는 있을지언정 소위 ‘발연기’를 김명민의 그것과 같은 수준으로 끌어올릴 수 없고, 〈마이 하트 윌 고 온My Heart Will Go On〉은 누가 불러도 명곡이었겠지만, 셀린 디온이 아니었다면 그런 엄청난 스펙터클을 만들어낼 수 없었을 것이다. 중요한 건 그의 말이 온전히 옳은가 그른가에 대한 판단이 아니다. 그가 이렇게 스스로 있게 자신의 직업에 대해 말할 수 있는 맥락이 중요하다. 그가 직접 경험하고 느끼고 구현해낸 개그의 양상이 여기에 있기 때문이다.

신인이었던 그를 단숨에 대중에게 알린 ‘내 인생에 내기 걸었네’, 그의 최대 히트 코너이자 한동안 〈개콘〉의 대표 코너이기도 했던 ‘비상대책위원회’, 〈개콘〉 에이스 둘의 만남이라는 점만으로도 화제를 모았던 ‘하극상’ 등, 김원효가 참여한 인기 코너는 포맷의 힘만큼 그가 보여준 캐릭터의 힘이 중요했다. 다른 개그맨의 코너가 그렇지 않다는 뜻은 아니다. 연기력보다는 아이디어의 비율이 훨씬 큰 ‘애정남’에서도 최효종의 어설픈 전라도 사투리와 ‘~합니다잉’이라는 유행어는 필수적이었다. 다른 점이 있다면 최효종의 유행어나 ‘감수성’에서 김준호가 보여준 왕 캐릭터 등은 결국 자신과 다른 인물을 연기하는 것이지만 김원효의 캐릭터는 철저하게 김원효에 맞춰져 있다는 것이다. 물론 형사(내 인생에 내기 걸었네, 꽃미남 수사대), 기자(9시쯤 뉴스), 본부장(비상대책위원회), 노인(어르신) 등 그가 맡는 캐릭터의 정체성은 다양하다. 다만 이들 캐릭터는 만약 김원효가 형사가 되고 고위 관리가 되고 노인이 된다면 이럴 것 같다는 범위 안에서 만들어진다. 그의 연기는 그래서 메소드 연기가 아니다. 그보다는 김원효라는 개인이 가진 가장 독특하고 인상적인 요소들을 코너 안에 녹여내는 것에 가깝다.

가령 〈거침없이 하이킥〉의 김병욱 감독이 동시대를 반영한 개그라 평가할 정도로 포맷과 대사의 참신함이 빛났던 '비상대책위원회'에서도 김원효 특유의 목소리 톤과 경상도 억양, 말투는 단순히 양념 역할에 그치지 않는다. 코너의 핵심은 분명 위급한 상황에 대한 늑장 대응이라는 설정이지만, 그 모든 설정을 순간적으로 함축해 웃음 포인트로 끌어내는 건 '앙대에~'라는 그의 대사다. '안 돼'가 아니다. 말의 뜻보다 중요한 건, 신경질적인 반응이다. 여기에 김원효 특유의 하이톤과 호들갑 외에 다른 무엇을 떠올리기란 어렵다. 본부장 캐릭터를 유독 그가 잘해내는 것이 아니다. 그가 가장 잘할 수 있는 연기에서 캐릭터와 코너의 정체성을 이끌어냈다고 보는 게 더 정확하다. 전작 '꽃미남 수사대'에서 그의 연기가 특별히 돋보이지 않았던 건 그래서다. 독특한 의상이 웃음의 포인트였던 이 코너에서 마지막에 등장하는 박성호를 제외하면 연기자는 철저히 옷걸이 역할을 해야 했다. 재미있는 코너였지만 김원효의 대표 코너로 보기에는 어렵다.

기대에 비해 조금 빨리 끝난 감은 있지만 '하극상'이 흥미로운 건 그 때문이다. 여기서 김원효의 역할은 소위 '니주'로서 최효종의 반전 개그를 위한 밑밥을 깔아주는 캐릭터다. 말하자면 시계 속의 톱니바퀴처럼 기능적인 요소다. 톱니바퀴는 사람들의 눈에 띄는 시계바늘을 돌리는 역할을 해주지만 보이지 않는다. 주의 깊은 관찰자가 아니라면 유상무나 이광섭, 김기리 등 '니주'를 잘 까는 이들의 진면목을 알아보기 어렵다. 하지만 얼굴에 미스트를 뿌리며 '마 마 마'를 외치는 김원효는 톱니바퀴의 역할을 수행하면서도 그 자체로 가시적인 웃음 포인트를 만들어냈다. 어떤 코너, 어떤 인물, 어떤 역할을 맡아도 김원효만의 개성으로 웃길 수 있게 된 것이다.

이것은 명백히 재능이다. 또한 이러한 재능을 잘 알고 자신만의 연기 영역을 확고히 구축해낸 것만으로도 김원효는 뛰어난 개그맨이다. 그리고 이룬 것만큼 앞으로를 기대하게 한다는 면에서 그의 개그는 더 긍정적이다. 대중이 그의 연기를 마치 연기파 배우의 그것처럼 김원효표 연기로 인식하면서부터, 그가 연기하는 캐릭터들은 동시에 김원효의 자산으로 조금씩 누적된다. 즉 다양한 코너에서 공통적으로 공유하는 김원효의 어떤 개성이 교집합이라고 한다면, 각 캐릭터의 성격을 자기 자신에게 덧씌우며 조금씩 확장되는 김원효의 정체성은 일종의 합집합이다. 반 박자 빠르게 상대방의 타이밍을 뺏으며 관객까지 자신의 페이스로 끌어오던 '내 인생에 내기 걸었네'의 김형사의 방법론은 고스란히 '비상대책위원회'로 연결되어 엄청난 양의 대사와 함께 상대방의 넋을 빼놓는 방식으로 확장됐으며, '하극상'은 이렇게 상대를 몰아붙이는 방식을 '니주' 역할에 맡겨 활용해 최효종 대 김원효라는 구도를 효과적으로 보여줄 수 있었다.

즉 그의 재능은 그 자체로도 웃음을 위한 효과적인 무기지만, 그 무기는 그가 다양한 코너에서 역시 다양한 방식으로 활용할수록 업그레이드된다. 그리고 그 업그레이드된 무기는 새로운 코너의 출발점이 된다. 기대란, 바로 이런 것에 걸기 위해 필요한 단어 아닌가?

해피 바이러스를
많이 많이 가져가세요
복받아래이 ㅎ

나만의 캐릭터가 **있어야 한다**

손에 꼽힐 만한 첫인상이었다. "어때? 입질이 슬슬 오나?" 허를 찌르는 질문으로 인질범 곽한구의 혼을 들었다 놓던 '내 인생에 내기 걸었네'의 김형사는 단 한 번에 김원효라는 개그맨을 〈개콘〉 시청자에게 각인시켰다. "돈을 주지 않으면 인질이 어떻게 될지 모른다"고 협박하며 협상을 주도하려는 인질범에게 "어떻게 되는데?"라고 되묻는 멘트의 힘만은 아니었다. 결코 청아하거나 중후하다고는 말할 수 없는, 조금은 귀에 거슬릴 정도의 하이톤 목소리와 숨길 수 없는 부산 남자의 억양, 살짝 새는 발음에도 불구하고 그의 연기는 바보 같으면서도 어딘가 만만치 않은 능글맞은 캐릭터 안에 자연스럽게 녹아들었고, 덕분에 그는 한 회 만에 스타덤에 오를 수 있었다. 〈개콘〉의 쟁쟁한 연기파 선배들 사이에서도 돋보였던 그의 연기는 과연 어디서 출발할 수 있었을까.

다들 〈개콘〉은 연기가 중요하다고 말하고, 김원효씨 역시 연기력이 좋지만, 흔히 말하는 정석적인 딕션이나 정확한 발음과는 거리가 먼 것 같아요.

분명 KBS 개그맨들이 연기를 잘하는데, 각기 영역이 달라요. 송강호씨가 한석규씨 연기하면 어색하듯 (송)준근이 형만의 연기, (김)준호 형만의 연기가 있거든요. 저는 진짜 운이 좋은 케이스인 게, 제 모습 그대로 데뷔를 하면서 자연스러운 연기를 할 수 있었어요. 사투리나 억양을 극복할 대상이라고 보기보다는 이 자체를 사람들이 좋아하게끔 만드는 게 중요하죠. 강호동 선배가 굳이 사투리를 고치진 않잖아요. 그래도 사람들은 강호동 선배를 좋아하고, 또 그 말을 다 알아듣고. 전 개그를 짤 때 그런 생각을 해요. 저 역할을 내가 하면 어떨까. 가령 김원효가 변호사가 되어 법정에 선다면 어떻게 할까. 보통 변호사라고 하면 신뢰감을 주는 목소리로 '아닙니다, 판사님' 이렇게 날카롭게 지적하는 역할일 수 있는데 김원효라는 사람은 그렇게 날카로운 걸 잘 못하니까 다르게 하는 걸 생각하는 거죠. 그럼 그게 제일 잘할 수 있는 연기이자 김원효표 변호사 연기가 되는 거예요. 오히려 제가 잘 못하는 표준어를 구사하려고 연습하면 연기를 못하는 사람으로 비춰질 수 있죠.

혹 표준어 연기를 해보려 노력해본 적은 없나요.

대학교 연극영화과에 들어가려고 오디션 지정 연기할 땐 표준어

쓰려고 연습도 많이 했죠. 〈햄릿〉이나 이런 것들. 대학 입학시험 볼 때 감옥 안에서 혼자 독백하는 연기를 했었는데 그게 아마 제가 해본 것 중 가장 진지한 연기였을 거예요. 그런데 나중엔 그게 저랑 안 맞는 걸 알고 내 식대로의 연기를 찾아간 거죠. 대본에 사투리가 없어도 사투리로 바꿔서 대사를 하고.

요컨대 부산 억양을 이용한 그의 연기는 〈웃찾사〉의 '서울 나들이'나 〈개콘〉의 '서울메이트'처럼 사투리를 희화화하는 개그와는 궤를 달리한다. 그보단 최근 드라마 〈응답하라 1997〉에서 처음으로 연기에 도전한 은지가 보여준 맛깔스러운 부산 여고생 연기처럼 네이티브 스피커이기에 가능한 맞춤형 연기에 가깝다. 즉 중요한 건 사투리 자체가 서울 사람들에게 주는 웃음이 아니라 사투리를 이용한 자연스러운 감정의 표현이다.

그럼 본인이 잘할 수 있는 역할도 명확해지겠네요.

저는 할머니 역할은 맞는데 할아버지 역할은 잘 안 맞아요. 목소리 톤이 할머니에 어울리거든요. "야야, 뭐 하노?" 이러면서. 그러면 굳이 억지로 할아버지 역할을 할 필요는 없는 거예요. 만약 할아버지를 하더라도 근엄한 할아버지보다는 "아이고 아이고" 이러면서 끙끙 앓는 할어버지가 어울리죠. 그래서 후배들에게도 항상 네가 제일 잘하는 게 뭔지 생각하고, 그게 어려우면 그냥 자기 자신이라고 생각하고 연기를 하라고 해요. 괜히 남들 다 하는 것처럼 변호사 역할 할 때 딱딱한 목소리로 "아, 아닙니다" 이러지 말라고.

비중 있는 캐릭터를 원해서일 수도 있을 텐데요.

'무섭지 아니한가'에 나오는 서남용 선배 같은 경우도 그 코너에서 제일 선배예요. 〈개콘〉에서도 이젠 제법 오래된 축이고. 하지만 바보 퇴마사 캐릭터로 잠깐 나오고 들어가잖아요. 자기가 제일 잘할 수 있는 역할만 하고 딱 빠지는 게 가장 자연스럽고 동시에 관객과 시청자에게도 각인이 되는 거예요.

흔히 메소드 연기의 달인으로 불리는 배우 설경구는, 하지만 스스로는 자기 안에서 캐릭터를 끌어낸다고 밝힌 바 있다. 말하자면 캐릭터에의 빙의를 부정하는 셈이다. 물론 반대의 이야기를 하는 명배우도 있다. 무엇이 진실이고 무엇이 틀렸다고 말할 수는 없을 것이다. 다만 이것 하나는 확실하지 않을까. 자기가 제일 잘할 수 있는 걸 할 때 남 눈에도 잘하는 걸로 보일 거라는 것. 자기만의 무기는 결국 자기 안에 있을 거라는 것. 수많은 변수와 배경 속에서도 결국 무언가를 실행하는 건 결국 본인이라는 것. 모두가 '강남스타일'을 외칠 때 자신에게 제일 잘 어울리는 스타일을 찾는 사람이 돋보일 수 있지 않을까.

그렇게 본인에게 맞는 캐릭터를 빨리 찾으면 개그를 만들기도 쉬울까요.

처음에 황현희 선배에게 배웠던 게 그거예요. '봉숭아 학당'의 경우 모두들 캐릭터가 분명한데, 캐릭터가 있어야 그 사람이 하는 말도 잘 들리지 안 그러면 구구절절 얘기해봐야 뭔지 잘 안 들려요. 그렇게 캐릭터가 확실히 있고 받쳐줄 사람 하나, 분위기 전환하는 사람 하나 있으면 그게 하나의 코너예요. 저 같은 경우도 경찰 본부장 캐릭터가 있기 때문에 거기에 송병철이라는 받쳐주는 캐릭터와 중간에 치고 빠지는 김준현을 넣어서 '비상대책위원회'라는 하나의 코너를 만들 수 있었거든요. 그렇게 코너가 짜이는 건데, 신인들이 제일 안 되는 게 캐릭터예요. 신인들은 항상 '난 빛나는 아이디어를 짜야지. 어떤 새로운 그림을 보여줄까. 신선한 거 뭐 없을까?' 이런 생각만 하는데 사실 상황 자체가 그다지 새로울 건 없어요. 일반적인 상황에서 새로운 캐릭터가 등장하며 재밌는 일이 벌어지는 거지.

말하자면 본인에 맞는 캐릭터가 코너의 출발이란 거네요.

어차피 우리도 캐릭터 상품처럼 방송국에 팔리는 것이거든요. 캐릭터가 안 보이는 코너는 오래 못 가요. 코너가 이슈가 되려면 코너 자체에 일종의 스타성이 있어야 해요. 정말 잘생긴 사람이 나오든지 매번 게스트가 나오든지 재밌는 유행어가 있든지. 그게 결국 캐릭터의 문제거든요.

그럼 어떡해야 자신과 잘 맞는 캐릭터를 찾을 수 있을까요.

공채 개그맨 시험 보려고 개인기 준비하는 사람들이 많은데 그런 건 정말 별로 중요하지 않은 거 같아요. 자기 자신을 잘 알아야 스스로에게 맞는 캐릭터를 알 수 있어요. 자기가 유창하게 말을 잘하면 바보 역할이 안 어울릴 수 있거든요. 차라리 아나운서 역할이 낫죠. 그래서 자기 자신을 잘 모르면 뭘 해야 할지 몰라요. 가령 할아버지 연기에 안 어울리는데 할아버지 역을 맡아서 코너를 짜 오는 애들이 있어요. 그럼 통과가 되어도 역할이 바뀌어요. 할아버지 연기를 더 잘하는 사람으로. 그럼 본인은 자책을 하죠. 감독님이 날 싫어하나? 아닌데? 나 좋아한다고 하셨는데? 그렇게 자책에 빠지면 나중에는 이도 저도 아닌 상태로 계속 정체되어 있는 거예요. 그래서 책상에만 앉아서 고민하고 아이디어만 짜는 것보다는 이런저런 캐릭터, 의사든 뭐든 한 번씩 자신과 매치해보는 게 필요해요. 우리가 판검사처럼 공부만 하는 사람도 아닌데 책상에만 앉아서 고민하는 건 별로 도움이 안 되는 것 같아요.

김원효는 개그에서 아이디어보다는 캐릭터에 방점을 찍는 타입이

다. 분명 개그맨을 스타덤에 올려주는 건 아이디어가 아닌 캐릭터다. 하지만 정말 귀담아들어야 할 건 두 요소의 고하가 아닌, 백 번 고민할 시간에 차라리 한 번 부딪혀보자는 태도다. 개그의 성공 여부는 철저히 웃음, 그것도 남의 웃음이다. 하여 머릿속에서 수없이 시뮬레이션을 돌리는 것으로 완성형 개그를 만들 수는 없는 법이다. 완성된 개그가 웃음을 주는 게 아니라 웃음을 줘야 개그가 완성된다.

그런 면에서 '하극상'의 연기가 흥미로웠어요. 분명 받쳐주는 역할인데 '마, 마' 이러면서 캐릭터가 선명하게 드러나거든요.

〈개콘〉이 굉장히 현실적이고 냉정한 게, 내가 아무리 인기가 있다고 해도 그냥 코너에 써주지는 않아요. 가령 그냥 정석적으로 '야, 너 왜 이랬어'라고 연기를 할 거면 나를 쓸 필요가 없어요. 송병철이나 류근지처럼 나보다 멀쩡하고 딕션이 좋은 '니주'가 받쳐주는 게 낫지. 즉 나를 그 코너에 쓰이게 하려면 역시 나만의 캐릭터가 있어야 하는 거고. 그래서 좀더 동네 바보 같고 무식해 보이는 캐릭터를 잡은 거죠.

〈개콘〉의 그 현실적이고 냉정한 태도 때문에 연기를 더 열심히 하는 것 아닐까요.

연예계에서 개그맨의 세계가 제일 냉정해요. 자기가 개그를 짜야 하니까. 남이 짜줄 수가 없어요. 그나마 가수나 배우는 부족한 실력을 커버할 수 있어요. 연기를 잘 못해도 진짜 예쁘게 편집하면 잘하는 것처럼 보여요. 가수도 누군가에게 좋은 곡 써달라고 해서 작업하면 노래를 좀 못해도 인기를 얻을 수 있고. 그런데 개그맨은 본인이 살려야 하니까. 대본에 다 써줘도 본인이 못 살리면 관객은 웃지 않아요. 대통령 아들, 감독 아들도 단순히 지위만으로는 개그맨이 될 수 없어요. 진짜 10년 훌쩍 넘게 한 김대희, 김준호 선배도 개그 못 짜고 못 살리면 나가떨어질 정도로 냉정한 바닥이죠. 그러니 로비도 없어요. 감독님 생일이라고 해도 편지를 쓰건 작은 선물을 준비하건 같이 준비하지, 따로 로비를 하지 않아요. 그래봤자 평가는 냉정하니까.

잘 살리는 것만큼 잘 짜는 것도 중요하다는 면에서, 연기자가 대본을 잘 살리지 않으면 웃길 수 없는 만큼 대본이 별로면 아무리 좋은 연기자라도 웃길 수 없다는 면에서, 김원효의 이야기에 온전히 동의하긴 어렵다. 다만 그가 개그 연기에 대해 가지고 있는 강한 자부심의 근원을 이해할 수는 있다. 어떤 편법도 어떤 편애도 개그맨을 무대에서 빛나게 해줄 수는 없다. 그것이 개그의 냉정함이다. 그 냉정한 무대 위에서 얻어낸 웃음은 그 어떤 서바이벌 프로그램의 심사 점수나 문자 투표보다도 실력에 대한 더 정확한 지표가 된다. 다시 말해 연기파 개그맨으로서 김원효가 가지고 있는 자부심은 개그맨 중 연기를 잘하는 사람으로서가 아니라 연기자로서 개그를 하고 있는 사람으로서의 자부심이다.

'비상대책위원회'로 큰 인기를 얻었는데도 여전히 냉정하던가요.

'비상대책위원회' 끝나고 나서 새 코너 준비해서 녹화도 했지만 방송에 못 나가고 한 번에 내린 경우도 있어요. 제가 아무리 인기를 좀 얻었어도 웃음은 냉정해요. 사람들 반응이 그저 그런데 그걸 방송에 내보낼 수는 없는 거예요. 예전 코너의 영광에 기댈 수 없는 게, 오히려 제가 어떤 코너로 대박을 친 상태에서는 그걸 유지하거나 더 빵빵 터뜨려야 하거든요. 어떤 코너를 감독님께 보여드렸더니 '비상대책위원회'랑 비슷하다고 해서 반려됐어요. 그런 현실이 여전히 힘들긴 하지만 그래도 그걸 이겨낼 내공이 어느 정도 쌓이긴 했죠. '어르신' 같은 건 '비상대책위원회' 반대편에서 나온 개그라고 보면 돼요. 정치나 관료주의 같은 주제와는 상관없이, 제 원맨쇼보다는 서로 주고받는 개그를 보여주는 거죠.

앞서 캐릭터의 중요성을 말했는데, 그게 확실히 대중에게 각인된 상태에서도 여전히 재미있는 코너 짜는 건 어려운 일 같아요.

영화배우들도 만날 대박칠 수는 없잖아요. 예전엔 흥행배우라고 해서 한석규, 송강호만 나왔다 하면 몇 백만은 고정으로 들어온다고 했는데 요즘은 안 그러거든요. 작품이 재미있어야죠. 개그도 마찬가지 같아요. 제가 제 연기를 한다고 해서 무조건 재밌는 게 아니라 재밌게 짜고 동료와 잘 어울려야 좋은 코너가 나오겠죠.

웃음에 대한 평가가 냉정한 만큼 연기자끼리의 캐릭터 경쟁도 치열해지겠네요.

개그맨들끼리 그런 말을 해요. 장동민이 있었으면 박성광이 안 떴고, 유상무가 있었으면 이광섭이나 송병철이 안 떴고, 유세윤이 있었으면 송중근이 묻혔을 거라고. 각자 비슷한 캐릭터가 있으면 일단 그보다 더 잘해야 돼요. 후배 중에 '전 김원효 선배처럼 되고 싶습니다!'라고 하는 친구들이 있다면, 나를 따라잡아야 하는 거예요. 비슷한 캐릭터가 있는데 한쪽이 더 잘하면 당연히 그 사람이 쓰이고 나는 안 쓰이게 되죠.

유일한 나쁜 경험이란 **경험 자체를 해보지 않는 것**

이제는 너무나 낯선 말이지만, 개그맨이라는 영어권 사람들도 모르는 영어 신조어가 등장하기 전에 그들은 희극인이라고 불렸다. 여전히 〈개콘〉 개그맨들이 모이는 공간은 KBS 희극인실이다. 다시 말해 그만큼 개그의 뿌리는 전통적인 극에 닿아 있다. 큰형님 김준호, 이제는 버라이어티에 안착한 유세윤, 현재 대세인 김준현, 신보라 등 뛰어난 연기자들이 〈개콘〉을 이끄는 건, 그만큼 〈개콘〉이 코미디의 클래식한 영역을 잊지 않고 있기 때문일 것이다. 정극 연기에서 출발해 웃음 연기로 자신의 길을 찾은 김원효의 선택은 그래서 수많은 연기자 지망생들에게 새로운 길잡이가 될지 모르겠다. 서울에 올라오기 전까지 정형돈이 누군지도 몰랐던 연기 지망생이 〈개콘〉을 대표하는 개그맨이 되기까지.

〈개콘〉 연기자 중에서도 연기력이 돋보이는 개그맨인데, 이전에 연기 연습과 공부는 어떻게 했는지 궁금해요.

서울 올라오기 전에는 연극 동아리에서 정극만 했었죠. 전통 있는 동아리는 아니었어요. 1학년 때 가입했는데 아무도 회장을 안 하려고 해서 신입생인 제가 하겠다고 했어요. 그랬더니 너 하라고. 그래서 1학년인데도 연기뿐 아니라 연출까지 여러 가지 다

해봤어요. 〈사랑에 대한 다섯 가지 소묘〉 같은 작품들. 사실 그때는 개그 프로그램도 안 봤어요. 부산에서 전단지 돌리고 단란주점 호객 아르바이트 하면서 서면 시내를 걸어가는데 사람들이 누군가한테 막 몰려서 사인을 해달라고 하는 거예요. 정형돈 선배였는데 그때 전 누군지도 몰랐어요. "누구야?" 이러니까 친구가 "몰라? 웨이러미닛 정형돈?" 나중에 서울 올라와서 개그맨 되고 난 뒤에 알았어요.

그럼 어쩌다 개그맨이 되려는 꿈을 꾸게 된 걸까요.

처음에는 개그맨을 꿈꾸지 않았어요. 김수로씨처럼 캐릭터 있는 영화배우 되는 게 꿈이라 서울로 올라왔죠. 그런데 제가 살던 부산과는 다르게 정말 오디션이 넘쳐나는 거예요. 오히려 너무 많으니까 반찬이 많아서 입맛만 다시는 것처럼 선택을 못하고 있다가 마침 〈개그사냥〉 날짜가 임박했고 다른 건 날짜가 많이 남았으니까 이거부터 하자 했던 거죠. 근데 한 번에 붙은 거예요. 지방 사람들은 서울 올라가면 다 연예인 되는 줄 아니까 지인들도 제가 서울 올라온 지 얼마 되지 않았는데 "TV 언제 나오냐" 이랬어요. 그런데 진짜 TV에 나오게 되자 주위에서는 재밌다고 난리가 나니까 이 길을 가야 하나 싶었던 거죠. 칼을 뽑았으면 뭐라도 한 번 썰어보자 하고.

그런데 또 금방 침체기가 왔잖아요.

그냥 개그에 대한 내공 없이 '진상소방서'라는 코너를 했는데 연달아 1등을 세 번 받았어요. 사람들은 그대로인 제가 웃긴가 봐요. 그렇게 〈폭소클럽〉이라는 메이저 무대로 진출했는데 너무 빨리 와버린 거죠. 박영진이나 박성광, 최효종이나 정범균이 이런 친구들은 개그맨이 되려고 무명 생활도 오래 하고 갈고닦았는데 그래서 뒤늦게 빛을 보긴 했지만 쉽게 흔들리지 않죠. 그런데 전 〈폭소클럽〉이 없어지고 나니까 할 수 있는 게 없는 거예요. 남들처럼 내공을 쌓은 게 아니니 짜놓은 코너도 없고. 그야말로 '멘붕'이 왔죠. 한참 신림동에서 전단지 돌리는 일 하다가 곽한구랑 같이 '내 인생에 내기 걸었네'를 짜고서야 다시 여기로 돌아올 수 있었죠.

원래 배우를 목표로 하고 서울에 올라온 만큼 개그가 안 풀릴 때 다른 길을 선택할 수도 있었을 거 같은데요.

저는 결국 하고 싶은 건 다 해봐요. 다만 해보고 아니다 싶으면 빨리 접을 줄 알구요. 연기도 드라마 〈바람의 나라〉 통해서 해봤죠. 그런데 그 작품이 잘 안 됐거든요. 그러니까 하고 싶은 마음이 안 들더라고요. 제가 앞으로 드라마를 한 번 더 하게 되더라도 그건 그냥 현대극이 궁금해서 해보는 거지 그쪽으로 전향할 계획을 세우는 건 아니에요. 드라마 할 때 개그를 안 하니까 동료 개그맨들도 제가 아예 떠난 줄 알고 '그렇게 하면 큰일 나. 나중에 못 돌아와' 이렇게 겁을 주는데 전 그냥 하나 하는 동안에는 그것에 몰두하고 싶었던 것뿐이거든요. 반대로 '비상대책위원회'가 잘되면서 또 드라마 관련 연락이 왔는데 계속 거절했어요. 그래도 계속 전화가 오기에 "그렇게 날 원하시면 주인공으로 해달라"고 했더니 연락이 더는 안 오더라고요. 지금은 개그가 좋으니까 개그를 바탕으로 삼고, 그 위에서 뭘 해도 해보자고 생각해요.

바둑이나 장기로 치면 김원효는 절대 장고長考하는 타입이 아니다. 이런저런 수를 고민하기보다는 빠르게 치고 아니면 미련 없이 돌아서서 다음 수를 던진다. 장고가, 오랜 시간의 고민이 잘못된 건 아니다. 다만 어쩌면 우리가 어떤 두 가지 길 앞에서 고민한다면, 그건 아마도 둘 다 비슷할 만큼의 장점과 단점이 있어서일 것이다. 그렇다면 차라리 어떤 길이든 빨리 선택하고 실제 걸어봤을 때 어떤지 확인하고 판단하는 게 더 경제적일 수 있지 않을까. 무엇을 해도 개그를 바탕으로 하고 싶다는 김원효의 다짐은 역설적으로 개그가 아닌 곳을 주저 없이 걸어보았기에 얻을 수 있는 확신이다.

즉 꼭 〈개콘〉 스타일은 아니더라도 개그 요소가 있는 연기를 할 생각인 건가요.

연극 안에서도 꼭 정극이 아닌 굉장히 웃긴 연기가 있잖아요. 한다면 그런 걸 하겠죠. 창작극 연출을 하는 후배가 있는데 코미디 연극을 좋아해요. 대학로에서 〈아 유 크레이지〉라는 작품을 올리기도 했는데 종종 제게 자문을 구해요. 정극적인 부분은 자기가

공부를 해서 알지만 코미디는 개그맨인 저한테 물어보는 게 낫다고 생각하는 거죠. 언제 한 번 자기 연극에 출연해달라고 하는데 그때 딱 못을 박았어요. 정극은 절대 안 할 거라고. (김)준현 형이나 (김)준호 형은 무게 있는 정극도 하고 싶어 하는데 전 연기 변신은 하고 싶지 않아요.

어떤 도전을 하더라도 개그맨이라는 위치를 베이스캠프 삼는 거네요.

이게 일종의 낙인이나 호적상에 오른 이름 같아요. 제가 영화배우를 하든 뭘 하든 이름이 김원효인 것처럼, 아마 제가 뭘 해도 개그맨 김원효라는 꼬리표가 있을 거예요. 대기업에서 자동차 사업을 하는 동시에 건설업도 하는 것처럼 저도 여러 가지를 할 수 있겠지만 일종의 기본 사업을 가지고 가는 거죠. 정확히 말하면 개그맨이라는 세 글자보다는 웃음이라는 두 글자를 안고 가려는 거 같아요. 노래를 하더라도 웃음을 줄 수 있는 노래, 연극을 해도 웃음을 줄 수 있는 연극.

그 웃음이라는 면에서 이곳 〈개콘〉에서 배운 것 무엇일까요.

'비상대책위원회'의 본부장 캐릭터죠. 저도 몰랐던 제 능력을 발견한 거예요. 전 워낙 말이 별로 없는 사람이라 말을 잘하는 사람이 부러웠거든요. 전에 하던 역할도 말을 많이 하진 않았어요. 다

른 사람이 '니주' 쳐주면 그때마다 바보스러운 멘트를 툭툭 치는 거였죠. '진상소방서' 할 때도 "불이 났다고요? 빨리 와달라고요? 조금 이따 가면 안 됩니까? 오토바이 타다가 넘어졌다고요? 일어나요." 이런 식이죠. '9시쯤 뉴스'에서도 앵커가 물어보면 "저 집인데요?" 이러고. '비상대책위원회'의 본부장처럼 혼자 원맨쇼를 할 수 있을 거라고는 생각도 못했는데 나도 모르게 어느 순간 하고 있더라고요. 아, 하면 되는구나, 나도 이런 능력이 있구나, 싶었죠. 다른 감독님들도 "야, 너 이런 것도 할 줄 알았냐?" 이러시고.

'수다맨' 이후 최고의 대사량이죠.

많은 분들이 강성범 선배님과 비교하시는데 조금은 다른 게, 선배님은 음식이면 음식, 지하철 노선이면 노선, 그렇게 하나의 범주 안에서 외우셨잖아요. 그런데 전 줄줄 외운다기보다는 어떤 상황이나 스토리를 그리면서 해야 하니까 좀 다른 거 같아요. 언젠가 KBS 〈과학카페〉에서 절 취재했어요. 암기 비법을 주제로 하면서 암기 잘하는 사람들 몇 명을 취재하는데 그 중 저를 포함했더라고요. 난 분명 그분들처럼 머리가 좋은 타입은 아닐 텐데. 그래도 저만의 암기 비법은 있어요. 스토리가 머릿속에서 지나가면 입에서 자동적으로 나오는 거예요. 저한테 '우리 애는 어떻게 공부해야 하나' 물으시는 학부모들이 있는데 공부도 자기 나름대로 재밌게 스토리를 만들며 외우면 될 거 같아요. 국사책에서 중요한 부분에 동그라미 치면서 외우는 것보단 만화로 된 책을 보면 더 이해가 잘 되는 것처럼.

암기도 암기지만 그걸 그대로 입으로 읊는 것도 쉬운 일이 아니잖아요.

일부러 대사 연기할 때 발음이 안 좋더라도 말을 빨리하는 연습을 해요. 보통 사람 생각이 말보다 빨리 지나가는데 거의 그것과 동일한 속도로 마치 머리를 안 거치는 것처럼 나오게. 솔직히 무대에 올라가면 대사는 하나도 기억이 안 나요. 항상 슛 들어가면 (김)준현이 형하고 (송)병철이 형한테 "형, 큰일났어, 첫 대사가 뭐지?" 이래요. 첫 대사는 항상 "안 돼"인데도. (웃음) 큰일이다, 이러고 있는데 벌써 시작하는 음악이 나오고 병철이 형이 얘기하고 있고 거기에 맞춰서 "안 돼!"라고 첫 대사를 하는 순간 나도 모르게 그 뒤의 대사가 나오고 있어요. 진짜 신기해요. 사실은 코너를 처음 짤 땐 10분 안에 인질을 구해야 하는 상황을 만들고, 큰 스톱워치를 세워서 실제로 10분을 카운트할까 했어요. 그럼 대화 중에 "지금 몇 분이야? 너랑 얘기하느라 2분이나 지났어!" 이럴 수 있잖아요. 보는 사람도 더 긴장감 있고 재밌고. 그런데 감독님께서 NG 나면 어떡할 거냐고 하셔서 포기했는데 지금 생각하면 "NG 안 내면 되잖아요!"라고 대답 안 한 게 후회가 돼요. 대사가 많아서 먼저 포기했던 건데 실제로 1년 동안 NG는 한 번밖에 안 냈거든요. 그것도, 녹화 들어가기 직전에 감독님이 대본에서 글

자 두 개를 빼라고 했는데 다 외운 상태에서 그걸 빼라고 하니까 갑자기 그 부분 한두 줄 대사가 꼬이더라고요. 갑자기 생각이 안 나고. 그것 빼면 코너를 NG 없이 끝낼 수 있었죠.

김원효의 인터뷰에서 느낀 점. 이 남자가 후회하는 건 결국 뭔가를 생각만 하고 시도해보지 않은 것에 대해서다. 드라마를 비롯해 새로운 도전을 하다 실패한 것에 대해서는 좋은 경험이라 받아들이는 그에게, 유일하게 나쁜 경험이란 경험 자체를 안 해보는 것이다.

그런 의미에서 본부장 캐릭터는 김원효표 연기 중에서도 좀 의미가 다른 역할이겠어요.

보통은 제 실생활에서의 캐릭터가 연기로 옮겨가는데, 이번에는 오히려 본부장 캐릭터가 저에게 옮겨왔어요. 제가 원래 평소엔 말이 없어요. 남이 잘못을 해도 그냥 무덤덤하게 넘어가고. 아내랑 가끔 말다툼을 하게 되면 그쪽이 워낙 논리적으로 나오니까 그냥 '됐어, 알았어' 하며 지는 타입이었거든요. 그런데 어느 날엔가 아내가 한참 얘기하는 걸 들은 다음에 화장실에 다녀오면서 제 대답을 생각해놓고 10분 정도를 쏟아낸 거예요. 아내는 멍하니 제가 말하는 것만 듣고 있고. 또 언젠가는 KTX 타고 부산 가는데 4인 테이블에 앉은 사람들이 맥주를 마시면서 마치 술집에서처럼 떠드는 거예요. 전 좀 자고 싶었고 다른 사람들도 뭔가 불만을 말하고 싶은데 괜히 불똥 튈까봐 그냥 참고 눈 붙이려 하

김원효

더라고요. 그래서 도저히 안 되겠다 싶어서 여기서 뭐 하시는 거냐고, 그렇게 떠들고 싶으면 부산 도착해서 술 드시라고 얘기했어요. 꼭 본부장 같은 말투로. 그러고 나니 다른 사람들이 박수쳐 주고. 코너를 하면서 저 스스로가 변한 경우죠.

내가 즐겁게 웃을 줄 알아야
다른 사람을 웃게 한다

소설《장미의 이름》은 아리스토텔레스가〈시학〉'희극 편'을 만들었을 거라는 가정 아래, 이 책을 둘러싼 욕망과 음모, 살인을 다룬 추리소설이다. 실제로 '희극 편'이 존재했으리라 생각하는 사람들도 있지만, 만약 있었다고 한들 제아무리 아리스토텔레스라도 웃음의 공식을 명확히 밝히진 못했을 것이다. 웃음은 도처에 있지만 그것이 대체 어디서 왔는지 밝히기란 그만큼 어렵다. 당장 대한민국의 웃음 발전소 역할을 하는〈개콘〉에서도 서로 다른 개그맨들이 서로 다른 아이디어와 방법론으로 웃음을 주고 있다. 만약 그 모든 개그를 관통하는 제1법칙을 찾아낸다면 뉴턴의 제1법칙(관성의 법칙) 못지않은 큰 발견이 되지 않을까. 성공한 개그맨이 등장할 때마다 그들의 웃음 비법에 관심이 몰리는 건 그 때문일 것이다. 여기 자타가 공인하는 성공한 개그맨 김원효의 웃음 제조 비법이 있다.

히트 코너 이후에도 재미있는 개그를 짜기는 여전히 어렵지만, 사람들의 기대치는 높으니 개그맨 입장에선 부담이 클 거 같아요.

그런데 개그란 게 짜야지, 짜야지, 하면 안 나와요. 오히려 마음을 비우고 편안하게 있을 때 잘 나오지. 개그의 특성이 그래요. 가령 우리가 지방 공연이나〈개콘〉공연할 때도 바람잡이가 있거든요.

바람잡이의 목적은 하나, 관객 마음을 편안하게 해주는 거예요. 항상 하는 멘트가 '여러분 마음을 열고 있어야 합니다'인데, 실제로 우리가 어떤 개그를 준비하더라도 '이 새끼가 언제 웃기나' 이렇게 보고 있으면 웃을 수가 없어요. 마술이랑 똑같은 거죠. 그냥 편안하게 보다가 '우와 어떻게 됐지' 이러면서 박수를 쳐야 재밌지, 눈이 벌게져서 트릭을 찾으려고 하면 재밌게 볼 수 없잖아요. 개그 역시 편안하게 빠져들어야 웃을 수 있는데, 짜는 것도 마찬가지예요. 편하게 얘기하다 툭 던져서 재미있으면 그게 대박인 거예요. 공부하는 것처럼 머리 싸매고 짜면 막상 나중엔 재미가 없어요. 그래서 신인 땐 친구랑 나이트클럽 가서 술 먹으며 수첩에 아이디어 적을 때도 있었어요. 그런데 어둑한 데서 적다보니 나중에 보면 글씨 다 겹쳐 있고. (웃음)

그러고 보면 과거 '내 인생에 내기 걸었네' 같은 경우도 곽한구 씨와 농담을 주고받다 나온 개그라고 들었어요.

그때도 영화 보러 갔다가 옥상에서 "가정을 해보자. 내가 형사고 네가 범인이야. 형사랑 범인이랑 무슨 이야기를 할까?" 이러면서 막 주고받아봤어요. 한구가 먼저 "여보세요, 지금 네 딸이 어떻게 될지 모른다" 그러면 "잠깐만, 내 딸 아닌데?" "그럼 너 누군데?" "나 형사인데?" "인질을 구하고 싶으면 10억을 가져와라. 안 그러면 어떻게 될지 모른다." "어떻게 되는데? 궁금한데?" 이

렇게 줄줄 나오는 거예요. 말하자면 상황 안에 제 캐릭터가 들어가며 자연스레 나온 건데, 재밌더라고요. 그렇게 코너가 나왔죠. '비상대책위원회'도 다른 형이랑 커피숍에서 얘기하며 나온 코너예요. 63빌딩 옥상에 누가 갇히고 불이 나는 급박한 상황인데 소방본부에서 늑장 부리는 개그는 어떨까. 그런데 우리나라에는 재난재해로 목숨을 잃은 분들이 많으니까 유가족들은 가슴 아플 것 같더라고요. 그래서 경찰 쪽으로 틀었죠. 우리나라는 아직 폭탄 테러가 현실보다는 픽션처럼 느껴지잖아요. 거기에 여러 상황을 집어넣어본 거죠. "상황이 심각합니다. 10분 안에 63빌딩 꼭대기에 있는 인질을 구해내야 합니다"라고 하면 "안 돼! 10분 안에 어떻게 63층까지 올라가니. 자기들이 내려오라고 해. 내려오는 게 빨라"라고 하는 거죠.

연기의 기본 바탕이 있어서 즉흥적인 상황극을 잘 풀어내는 걸까요.

그런 것도 있지만 무엇보다 시청자 입장에서 재미있는 걸 찾는 게 중요해요. 다시 말해 남을 웃기기 이전에 내가 재미있어야죠. 우리가 장난치다 상대방을 웃게 한다면, 뭘 계산하거나 연기해서 하는 건 아니잖아요. 그 상황을 잘 잡아내는 게 중요하죠. 요새 광고 전화가 굉장히 많잖아요. 이 사람들은 왜 만날 전화를 걸까 짜증 내다가 언젠가 괜히 장난치고 싶더라고요. 그래서 그쪽에서 "안녕하세요. ○○생명입니다" 하면 "아, 그러세요? 저흰 △

△생명인데"라고 받아치는 거예요. 무슨 일이냐고 묻고 그쪽에 새로운 상품이 나왔다고 하면 우리도 새로운 상품이 나왔는데 서로 가입하는 게 어떠냐고 계속 받아쳤어요. 또 제주도 3박 4일 여행권이 당첨됐다는 전화가 와서 제주도 말고 다른 데, 몰디브 보내주면 안 되냐고 그러고. 그러다보니 심심할 때 스팸 전화가 오면 오히려 재밌더라고요. 언젠간 보이스피싱 전화가 왔어요. 이건 그야말로 저에게 사기를 치려는 거잖아요. 그러니까 나름대로 〈개콘〉의 전화 개그 달인으로서 뭔가 승부욕도 생기고 즐기고 싶더라구요. 그래서 동료들 다같이 들으라고 스피커폰으로 전환한 다음에 "아, 정말요? 제 통장에서 돈이 빠졌다고요? 그럼 어떡할까요? 계좌번호를 확인해야 하니까 불러보라고요? 알겠습니다. 010에……" 이러면 그쪽에서 전화번호 말고 계좌번호 불러달라고 하고, 그럼 다시 "02에 745에……" 이래요. 주소 불러달라고 하면 "서울시 동경 오사카" 이런 식으로 놀리고. 나중에 한번 해보세요. 짜증내는 것보단 이게 훨씬 재밌어요.

많은 개그맨들이 자연스러운 장난을 개그의 시발점으로 꼽는다. 혼자 고민하며 짜는 개그에 회의적인 김원효에게는 더더욱 그럴 것이다. 마음이 이완된 상태에서 내가 웃거나 남을 웃기기 위해 튀어나오는 그 수많은 아이디어들. 그것이 과연 어디서 어떻게 오는지는 알 수 없지만, 김원효가 증명하는 건 스스로 즐겁게 웃을 줄 아는 사람이 남 역시 웃게 할 수 있다는 거다. 분명 그에게 전화를 걸었던 보험설계사

들은 당혹스러웠겠지만 퇴근하는 길엔 푭, 하고 웃지 않았을까.

워낙 장난치는 걸 좋아하는 편인가요?

이런 걸로 짜증내면 내 속만 상하잖아요. 그런데 살짝 생각을 바꾸면 이걸로 스트레스를 받는 게 아니라 오히려 스트레스를 풀 수 있죠. 나도 즐겁고 전화 거는 분도 상품 소개 할 수 있어 좋고. 그리고 이걸로 인해 웃을 수 있으니 또 좋은 소재감인 거죠.

개그맨들의 공통적인 성격일 수 있는데, 장난을 장난으로 그치지 않고 거기서 소재를 잡아내는 게 필요한 거 같아요.

어느 날 지인이 자기가 잘 아는 동생을 데려와서 "얘 좀 개그맨 시켜봐라. 얘 진짜 웃기다"며 소개해주는 경우가 있어요. 그런데 우리가 보면 별로 안 웃겨요. 그 사람이 친구들 사이에선 자기들끼리의 공감대가 있으니까 웃길 수 있는데 내가 볼 땐 그저 그런 거예요. 가령 친구끼리 욕 잘 쓰면 웃긴데, 솔직히 욕해서 안 웃긴 사람이 어디 있어요. 〈개콘〉 안에서도 자기들끼리 까불거리며 되게 웃기고 재밌는 후배가 있어요. 그런데 무대에선 별로 안 웃겨요. 결국 아주 작은 커뮤니티 안의 공감대에서만 웃길 줄 아는 거죠. 그렇기 때문에 일반적인 상황에서 웃음이 터져 나올 때 그 포인트를 캐치하는 능력이 제일 중요해요. 그런 거 없이 그냥 자기 머릿속 계산만으로 개그를 만들긴 너무 어렵죠.

말하자면 책상에서 만드는 개그로는 안 된다는 거로군요.

유행어도 평소에 친구들이랑 자주 쓰는 말을 '이거 웃긴데? 다른 사람들에게도 통하겠는데?' 생각할 때 만들어지거든요. '어르신'에서 사용하는 '저 봐라, 저 봐라' 이런 것도 실제로 어르신들이 많이 쓰는 말투예요. 그걸 캐치해서 "저 봐라, 영식이 손님들한테 인사 잘하는 거 봐라, 깍듯이 하고 돈도 만 원짜리 오천 원짜리 안 헷갈리게 차곡차곡 쌓아서, 저 봐라, 지 주머니에 넣는 거 봐라" 이런 대사가 나오는 거죠.

계속 농담이나 장난을 즐길 수 있는 편한 마음을 강조하시는데 그런 게 가능한 개그 환경도 중요하겠네요.

솔직히 예전 김석현 감독님 계실 때보다 지금 서수민 감독님이랑 잘 맞는 게 있어요. 누나처럼, 혹은 엄마처럼 하고 싶은 얘기를 다할 수 있거든요. 혹 새로 짠 코너가 재미없어도 주눅 들기보다는 "아, 이거 그냥 해주면 안 돼요?"라고 말도 안 되는 투정도 부리고. 그렇게 장난을 칠 수 있는 분위기면 좀더 편한 마음으로 개그를 짤 수 있고, 전에 까였던 아이템도 다시 만져서 보여드릴 자신감이 생기죠. 신인들이 코너 검사 맡을 때 아쉬운 것도 그런 거예요. '될까? 통과 안 되겠지? 되기만 하면 웃길 자신 있는데.' 이렇게 고민만 하다가 자신감 다 떨어진 상태에서 검사를 받아요. 사실 까인다고 하늘이 무너지는 건 아니잖아요. 감독님도 코너

잘 못 짜왔다고 '야, 이 새끼야'라고 욕하진 않고요. 그냥 다음에 다른 코너 짜오라고 하지. 그런데도 다들 처음부터 너무 고민만 하고 자신감이 떨어지니 좋은 코너도 잘 살리지 못하는 경우가 많죠.

다시 한 번 드러나는 '우선 부딪히고 보자'는 태도. 연극 동아리에 들어가서 신입생 신분으로 회장을 맡았던 것도, 서울에 올라와 시간이 얼마 남지 않아 〈개그사냥〉 오디션에 응모했던 것도, 까이더라도 우선 개그를 짜서 들이밀어보는 것도 모두 그의 적극적이고 낙천적인 태도를 보여준다. 천성이라고밖에 말할 수 없는 이 태도는, 하지만 저돌적이진 않다. 시도했다가 실패하는 게, 가만히 앉아서 고민하는 것보다 많은 걸 가르쳐준다고 그는 믿는 듯하다. 요컨대 그는 될 때까지 부딪혀보자는 근성의 마초가 아니다. 그보단 혼자 기운을 빼는 것보단 직접 부딪혀 배우는 게 오히려 힘을 아낄 수 있다고 생각하는 효율주의자다.

그런 면에서 개그를 함께 하는 동료도 편한 사람 위주로 하는 게 나을까요?

저 같은 경우 우선 친분에서 출발해요. 개그는 자주 만나고 자주 봐야 호흡이 잘 맞으니까. 그 외 다른 역할은 평소에 기억에 남던 후배, 자기 캐릭터가 있는 후배를 불러서 같이 하죠. 그래서 남들이 새 코너 검사받을 때도 잘 지켜봐야 해요. 가령 코너는 재미없어서 까였는데 캐릭터는 좋은 경우가 있거든요. 그럼 '멘붕스쿨' 같은 코너처럼 한곳에 그 캐릭터들을 모아서 활용할 수 있어요. 그래서 코너를 짤 때는 마치 영화감독처럼 캐스팅에도 신경을 써야 해요. 이 역할에 맞는 애는 누구일까. 〈개콘〉 큐시트를 놓고 거기 있는 모든 연기자 이름을 훑어보면서 1순위 2순위를 정해요. 그리고 전화를 돌려서 이런 코너가 있으니 같이 짜자고 이야기하죠.

'비상대책위원회'에서 김준현씨의 역할은 절대적이었는데 소위 말하는 뚱보 개그와 연기력 중 무엇이 더 큰 캐스팅 이유였나요.

전 (김)준현이 형의 연기가 좋아요. 준현이 형이나 (김)기리 이런 친구들은 기본적으로 연기가 자연스러워요. 분명 개그 연기는 약간의 오버가 필요하지만 그전까지는 자연스러운 연기가 가능해야 하거든요. 그래야 다양한 역할도 할 수 있고. 준현이 형이 뚱뚱한 걸 개그로 활용하는 건 그 사람 역량의 1퍼센트도 안 된다고 봐야 해요.

말하자면 김원효씨가 원한 배우인 거고, 그 캐스팅이 대박이 났는데, 혹 제작진 차원에서 캐스팅을 바꿀 때도 있지 않나요.

그런 경우도 있지만 그래도 웬만하면 같이하려고 하죠. 감독님

이 바꾸라고 해서 '네, 바꾸겠습니다'라고 바로 말하진 않아요. 그래도 같이 개그를 짠 시간이 있는데. 그래서 어떻게든 밀어붙이려고 하는데 제작진 얘기가 충분히 수긍이 가면 바꿀 때가 있죠. 그 대신 그냥 버리는 게 아니라 그 친구를 다른 역할로라도 쓸 수 있게 회의를 하고.

편안함이라는 면에서 버라이어티인 〈해피투게더 3〉의 G4는 어땠는지 궁금해요. 어떤 면에서는 매우 편안하지 않은 환경이잖아요.

G4는 하도 욕을 많이 먹어서. (웃음) 저도 처음엔 많이 힘들었는데 생각해보면 버라이어티로만 따지면 1년도 안 된 거거든요. 그런데 개그맨으로서 이 정도 위치까지 오기까진 8년이 걸렸어요. 그럼 지금 예능에서의 시간은 정말 얼마 안 된 거예요. 물론 나름대로 인기 개그맨으로서 처음부터 예능에서도 잘하면 좋지만 못하는 게 이상한 일은 아니라고 봐요. 중요한 건, 잘하고 못하고를 떠나 첫 버라이어티로서 많이 배우고 느끼는 거죠. 이 상황에서 유재석 선배님이나 박명수 선배님은 어떤 반응을 보이나, 지금은 그 정도예요. 유재석 선배 같은 경우 〈개콘〉 400회 때 '내 인생에 내기 걸었네'에 출연해주셔서 처음 대화를 나눠봤는데 지금 그 사람과 같이 매주 방송을 하고 있는 게 정말 신기해요. 세상에 막 나온 어린아이에게 모든 게 신기해 보이는 것처럼 저 역시 예능이라는 신세계를 신기해하고 있어요. 이러다가 걸음마를 하고

유치원에서 혼자 친구도 사귀게 되는 거잖아요. 그렇다면 배우려는 태도가 중요하겠죠.

그의 말대로 어쩌면 개그맨들의 버라이어티 진출에 대해 조급해하는 건, 그들이 아니라 시청자인지도 모르겠다. 기왕이면 성과가 빨리 나면 좋다. 다만 가시적인 성과에만 천착하면 눈에 보이지 않는 작은 성장을 놓치게 된다. 물이 아무리 가열되더라도 100도가 되지 않으면 끓지 않는 것처럼, 어떤 성장은, 어떤 변화는 한동안 눈에 보이지 않는다. 초기 〈1박 2일〉에서 웃기지 못해 김종민에게 면박을 당하던 이수근의 모습을 지금은 상상이나 할 수 있는가? 현재로서 G4가 〈해피투게더 3〉의 구원투수와는 거리가 먼 건 사실이다. 김원효를 비롯한 〈개콘〉의 날고 기는 개그맨들이 버라이어티에서는 좀처럼 임팩트를 보여주지 못하는 것도 사실이다. 하지만 물의 온도는 계속 올라가고 있다.

이제 연기 베이스의 개그와는 다른 영역을 배우고 있는 건데요.

종종 G4는 왜 이렇게 조용하냐는 이야기를 듣는데 제가 시청자로서 MBC 〈놀러와〉나 이런 걸 봐도 은지원씨나 다른 패널들이 그리 말을 많이 하시진 않는 거 같아요. 토크쇼에서는 게스트가 우선이잖아요. 그런 상황에선 MC도 일종의 서브 역할을 해야 하는 건데 그런 면에서 〈해피투게더〉는 MC도 네 명이니 총 아홉

명의 서브가 경쟁을 펼치거든요. 그렇다면 여기서 튀는 것보단 우선 게스트를 서브해주는 데 집중하는 게 중요한 거 같아요. 솔직히 여전히 〈개콘〉 타입의 개그가 가장 편하지만 그래도 도전하는 게 좋으니까. 지금 토크 버라이어티를 하고 있으니 케이블에서라도 예능 MC를 해보고 싶은 마음이 있어요. 요즘 유행하는 야외 리얼 버라이어티도 한 번쯤은 해보고 싶고.

요즘은 〈개콘〉 개그맨들의 타 프로그램 진출이 많으니 그런 도전을 더 쉽게 할 수 있지 않을까요.

분명 저희 입지가 커지긴 했어요. 다만 〈개콘〉에서도 빵빵 터뜨렸으니 다른 프로그램에서도 빵빵 터뜨려주길 바라는 건 좀 부담스럽죠. 〈개콘〉에서는 캐릭터를 연기하면 되는데 버라이어티에서는 원래 그대로의 김원효를 보여줘야 하니까. 그에 따른 반응도 제각각이고. 그래도 흔들리지 않고 내가 하고 싶은 대로 하는 게 중요한 거 같아요. 유재석 선배님도 게스트가 나오면 그 자체로 궁금하고 그래서 질문을 하는 걸 실제로 즐기며 한다고 하시더라고요. 그런 건 〈개콘〉에선 경험할 수 없는 거니까 저 역시 즐기려고 하죠. 어쨌든 그런 기회가 계속 생기니까. 그런 면에서 G4에 아쉬웠던 게, 방송국에서 이런 이름을 붙여준 거잖아요. 다른 사람들은 일부러 팀을 만들고 팀 이름을 알리려고 해도 시간이 오래 걸리는데 이건 얼마나 좋은 기회예요. 과거 컬트 트리플 혹은 컬투 선배님들 같은 하나의 브랜드가 생긴 건데. 그래서 G4

콘서트를 시작해보자, 지금 우리 네 명이 하고 있는 코너가 몇 개냐, 그것도 보여주고 같이 토크도 하면 단 두 명 있는 컬투 선배님들보다 낫지 않겠냐, 요즘 지방 공연도 코너만 보여주는 게 많은데 우리만의 상품을 보여주면 어떠냐, 나중에 게스트나 패널로 유재석 선배나 박명수 선배를 부르자, 아니면 G4 이름으로 봉사활동 같은 것도 해보자, 이런 아이디어를 내는데 동생들은 그냥 녹화가 끝나면 개인으로 돌아가더라고요. 전 아무래도 좋은 쪽으로 먼저 생각하는데 다른 친구들은 안 좋은 가능성부터 생각하는 거 같아요.

환상적인 팀워크와 밸런스가 만들어지기까지

흔히 개그에서의 역할은 밑밥을 깔아주는 '니주'와 과실을 따먹는 '오도시(협박과 공갈을 뜻하는 일본어. 개그에서 폭소를 터뜨리는 주요 역할을 지칭하는 속어로 쓰임)'로 나뉜다. 그리고 분명, 관객과 시청자의 시선은 '오도시'를 향한다. 본인은 항상 김준호를 깔아주는 역할만 했다고 말하는 김대희나 자타가 공인하는 최고의 '니주'이자 옹달샘 팀의 공식 '니주'인 유상무가 토크쇼 등에서 종종 서러움을 토로하는 건 그 때문이다. 과거 지단과 베컴, 피구 등 세계 최고의 스타가 모인 '지구방위대' 레알 마드리드가 화려하지 않지만 팀을 받쳐주던 수비형 미드필더 미켈렐레를 내보냈다가 완전히 몰락을 맞은 것처럼, 코너 전체의 팀워크와 밸런스에서 '니주'의 존재는 아무리 강조해도 지나치지 않다. 그들이 언제나 저평가 받는 존재라는 것을 떠올리면 더더욱. 개성 있는 외모와 목소리에서부터 이미 '오도시'의 길을 배정받은 김원효가 〈개콘〉의 대표 '니주'들에게 경외감을 보이는 건 그래서 반갑다. 인기 개그맨으로서 이들의 진면목을 알려준다는 면에서. 또 버팀목 역할을 해주는 동료들의 고마움을 잘 알고 있는 선한 인격이라는 면에서.

서수민 감독과의 호흡도 이야기했지만 〈개콘〉의 강점은 그런 조화라고 할 수 있을까요.

제가 다른 방송국에서 해본 적은 없어서 잘 모르겠고, 또 들리는

말이 있어도 여기서 다른 곳 이야기를 하긴 좀 그래요. 다만 〈개콘〉이 개그맨들 사이에 조화가 잘 되어서 코너를 잘 짜고, 그걸 제작진과 조화를 이뤄 무대에 올릴 수 있기 때문에 오래갈 수 있다고는 할 수 있을 거 같아요. 그런 게 무너지면 재미도 떨어지고 시청률도 떨어지겠죠.

결국 팀으로서의 의식이 필요한 건데, 개그라는 게 자기만 웃길 수는 없잖아요.

사실 '니주'를 잘 깔 수 있는 사람이 많이 없어요. 그것만 잘 깔아도 개그맨이 될 수 있을 텐데 요즘은 그런 사람을 찾기 더 힘들어요. 사실 죄다 웃기려고 하는 사람만 모였는데 누가 별로 안 웃기고 남 받쳐주는 역할을 하고 싶겠어요. 하지만 우리에게 그 자리는 매우 큰 거죠. 아무나 할 수 있는 게 아니에요. 그래서 감독님도 아무나 그 자리에 앉히지 않고요. 하지만 사람들은 그 중요함을 잘 몰라주죠.

김원효씨도 '하극상'에서 '니주'를 하긴 했지만 일반적으로 받쳐주는 것과는 좀 달랐고요.

그렇게 했어야 하는 게, 일반적인 방식의 '니주'로는 (최)효종이를 살리기 어려워요. 좀 바보 같고 덜떨어진 놈이 헛소리를 하며 '니주'를 깔아줘야 효종이가 또박또박 하는 반박에 당할 수 있거든요. 가령 제가 "니는 그렇게 하면 안 되지. 니 차에 고사 다 지내주고 차에 막걸리까지 뿌려줬는데 고마워해야 할 거 아니야. 이런 형이 어딨노?" 이러면 효종이는 "그 막걸리, 차 안에 뿌렸는데도?"라고 받아치는 거죠. 제가 잘못한 거고 그래서 당하는 건데 멀쩡한 놈이 당하면 좀 재미가 없으니까 바보스러운 '니주' 연기를 한 거예요. '달인' 같은 경우도 일반적인 '니주'라면 송병철이나 유상무처럼 허우대 좋은 연기자가 해야 하는데 뚱보 개그를 칠 수 있는 류담이 거기 더 어울리니까 쓴 거죠.

아무래도 김원효씨 본인은 웃기는 연기를 더 잘하는 편이기도 하고요.

저는 웃기는 연기가 맞죠. 그런데 이번에 '하극상'을 하면서 '니주'가 정말 힘들다는 걸 느꼈어요. 대사가 '비상대책위원회'의 3분의 1밖에 안 되는데도 이게 잘 안 외워져요. 전에는 (송)병철이 형이 '니주'를 깔아주면 "안 돼!"라고 하며 대사를 시작할 수 있는데, '니주'는 제가 먼저 기억해내서 개그를 이끌어내야 하거든요. 그래서 오히려 언뜻언뜻 생각이 잘 안날 때가 있어요.

거기에 딕션도 좋아야 하고요.

그렇죠. 앞서도 말했지만 (이)광섭이 형, (송)병철이 형, 이런 사람들이 많이 없어요. 전에는 (유)상무 형도 있고 그랬는데 이젠 후배들 중에서 '니주' 잘 까는 사람들을 찾기 어렵더라고요. 이게 우선 연기가 세면 안 돼요. 연극영화과 나온 친구들이 오디션 가면

제일 많이 하는 게 눈물 연기나 자기가 제일 편안해 하는 연기예요. 자유연기 해보라고 하면 백이면 백 "아버지, 저한테 왜 그러세요. 저 이런 집안에서 살기 싫어요!" 이런 걸 해요. 보통 집에서 아버지랑 한 번쯤 고함지르며 싸워봤을 테니까. 하지만 그렇게 남들과 똑같이 고함치는 연기만 할 줄 알면 여기선 마이너스예요. 또 발성도 안 좋은데 고함지르면 심사위원도 시끄럽기만 하고. 그럼 그 중에 광섭이 형처럼 발음과 발성이 좋아서 쩌렁쩌렁 울리는 사람은 얼마나 눈에 띄겠어요. 그런 사람들이 그 능력을 바탕으로 상황을 관객과 시청자에게 충분히 이해시킬 수 있는 건데 그런 실력자가 많이 없어요.

굉장히 많은 이들이 오해하는 것이지만, 잘하는 사람이 '오도시'를 하고 못하는 사람이 '니주'를 까는 게 아니라 '오도시'를 잘하는 사람이 있고 '니주'를 잘하는 사람이 있는 것이다. 이것 하나만 알고 있어도 수많은 개그맨을 돋보이게 해준 전문 '니주'들의 상실감이 덜해지지 않을까. 만약 이 소중한 자원들을 잃는다면 피해자는 결국 시청자일 뿐이다. 출연자 모두가 튀기 위해 애쓸 때 콩트는 학예회 수준의 개인기 대결로 전락해버린다.

결국 '니주'도 자신과 맞는 연기를 하는 것의 문제겠어요.

광섭이 형도 처음에는 '오도시'로 들어왔어요. 김기열이 '니주'를 깔아주고 광섭이 형이 무슨 도사로 나와 장풍 쏘고 그런 연기였는데 〈개콘〉 들어와서 '니주'가 된 거예요. 감독님들이 봤을 때 그걸 훨씬 잘할 사람인 거죠. 사실 본인도 자기가 '니주'를 잘할 사람일 줄 몰랐겠지만 그걸 캐치하고 잡아주는 게 감독님 몫이고요. 요즘 강의 같은 걸 좀 하는데, 그때마다 답답한 게 어린 친구들에게 꿈을 물어보면 그냥 연예인이라고 해요. 그런데 연예인 안에 분야가 얼마나 많아요. 가수 중에도 랩, 발라드, 댄스, 이런 게 있고, 개그맨도 '니주'가 있고 '오도시'가 있고. 그런 걸 좀 선명하게 생각할 필요가 있어요. 뭔가 하나를 정해서 노력해도 될까 말까 한데. 가령 개그맨이 하고 싶다면 '니주'인지 '오도시'인지 그 많은 '오도시' 중에서 자기가 잘할 게 뭔지, 할아버지인지 할머니인지, 그냥 동네 바보인지 생각해야죠. 그런 걸 생각 안 하고 그냥 개그맨만 되겠다고 하면 돼도 문제예요. 무작정 웃기겠다는 생각만 하고 왔는데 '니주'를 깔게 되면 요샛말로 '멘붕'이 오니까. 그러니까 자신과 잘 맞는 걸 알고 그걸 중요하게 여겨야 돼요.

웃음의 힘을 아는
바보 김원효

가장 화려했던 시기만으로 편집한다면 김원효의 개그 인생은 그야말로 황제의 길이라 할 만하다. 개그에 대한 아무런 배경도 없이 도전한 〈개그사냥〉에서 연속으로 우승하고, 〈개콘〉 데뷔 코너인 '내 인생에 내기 걸었네'로 신인상을 거머쥐었으며, 개그맨으로서는 흔치 않게 정극 〈바람의 나라〉에도 출연했고, 히트 코너 '비상대책위원회'로 〈개콘〉 대표 개그맨이 됐으며, 그 인기를 바탕으로 수많은 CF를 찍고 버라이어티에도 진출했다. 다시 말하지만 이것은 편집된 것이다. 〈개그사냥〉 우승자들이 진출하는 메이저 무대인 〈폭소클럽〉이 사라지면서 신림동에서 전단지 돌리는 일을 해야 했고, '내 인생에 내기 걸었네'부터 '비상대책위원회' 사이에 '송이병 뭐하냐'와 '꽃미남 수사대' 등에서 오히려 '니주'에 가까운 연기를 보여줬다. 요컨대 그의 가장 화려한 시기들은 그 중간중간의 빛나지 않는 시기를 견뎌내며 얻은 것이다. 조급해하지 않고 욕심내지도 않는 그의 낙천적인 마음가짐은 개그맨으로서의 성공에 덧붙여진 미덕 같은 게 아니다. 오히려 지금의 성공을 이끈 가장 큰 에너지일지도 모르겠다.

분명 '비상대책위원회'는 김원효씨 개인뿐 아니라 〈개콘〉의 지난 1년에서도 대표적인 코너라고 할 수 있는데 그런 대박 코너를 경험한 게 본인에겐 어떤 의미

였나요.

사실 제 이름을 알리는 면으로는, 제 이름을 반복해 부르던 '9시 쯤 뉴스'의 김원효 기자가 더 유리했을 수 있어요. '비상대책위원회'에선 제 이름이 많이 나오진 않거든요. 그보다는 제 유행어가 많이 알려진 코너죠. '애정남', '사마귀 유치원'과 함께 〈개콘〉의 분위기를 끌어올린 코너라는 자부심이 있고. 어떤 면에선 우수상보다는 공로상을 받아야 할 거 같아요. (웃음) 앞서 말한 코너들과 함께 개그맨 전성시대를 열었다는 자부심은 있어요. 정종철, 박준형 선배보다 제가 광고를 더 많이 했어요. 김준현 형도 20개 이상 했어요. 아마 광고로만 따지면 지금이 개그맨 역대 최고의 시기일 거예요. 시청률도 〈개콘〉 600회 특집 할 때 19퍼센트 나오면서 최고 시청률을 기록했다고 되게 좋아했는데 이게 또 20퍼센트 넘어가면서는 이제 19퍼센트 나오면 떨어졌다고 아쉬워하거든요.

그런 인기 코너였는데도 끌지 않고 빨리 끝냈다는 느낌이었어요. 소위 '물이 빠지는' 시기를 겪지 않았다고 할까.

좀 아쉬움을 주고 싶었어요. 전 그런 말이 싫어요. 기사에서 '비상대책위원회 폐지'라고 하면서 뭔가 버려지는 느낌을 주는데 드라마나 이런 건 종영이라고 하잖아요. 우리가 코너를 하는 게 10분이라고 하면 여섯 번 하면 60분, 열두 번 하면 120분, 영화 한 편

정도 시간이에요. 그럼 한 편의 영화처럼 보여줄 수 있는 건 다 보여줬을 거예요. 영화도 10시간짜리면 재미없을걸요? 그렇다면 더는 웃기기 어렵다는 생각이 들 때 깔끔하게 유종의 미를 거두자 싶었죠. 아무리 재밌고 사랑을 받던 코너라도 어느 순간에는 댓글로 재미없다, 왜 하느냐, 이런 말을 듣는데 그런 이야기 나오기 전에.

게스트 출연 같은 그런 생명 연장 비법도 쓰지 않고.
그렇죠. 보통 심폐소생술을 많이 하는데 굳이 그러고 싶지 않았어요. 제 나름대로 하고 싶은 다른 것들이 있으니까. 그걸 붙잡고 있는 것보단 새로운 코너로 신선한 웃음을 주고 싶었죠.

큰 인기를 얻은 입장에서 그걸 놓는 것, 또 그만큼 큰 인기를 얻을 새 코너를 준비하는 것 모두 쉽지 않을 것 같은데요.
저는 이리저리 즐겨보는 걸 중요하게 여기는 성격이라 그 일을 하는 것 자체에 만족하지, 더 잘돼야겠다는 욕심이 없는 거 같아요. 욕심이 생기면 과욕이 되고 마음도 더 불안해지죠. 그래서 '그냥 하면 어때?'라고 생각해요. 이게 선의의 경쟁이라고는 하지만 솔직히 서로 아이디어 하나 때문에 너무 민감해 하는 건 좀 별로예요. 아이디어 하나로 누구는 대박 스타가 되고 누구는 그냥 그런 개그맨이 되니까 그럴 수는 있는데 '이걸 내가 먼저 짰네, 이건

내 거네, 네 거네' 이런 게 저랑은 안 맞아요. 좋은 아이디어 있으면 후배에게 '이거 너한테 맞는 거 같으니까 네가 해라' 하고 줄 수도 있는 거지. 그러고서 이건 내가 줬으니 다음엔 너도 나한테 도움 달라고 하면 되죠. 제가 '내 인생 내기 걸었네'로 신인상까지 탔지만 나중에 다시 개그로 복귀할 때는 진짜 작은 역부터 시작했거든요. 아마추어들이 나오는 프로그램에 들어가서 그 친구들이랑 다시 작은 역할을 하다가 〈개콘〉 복귀했을 땐 '송이병 뭐하냐'에서 잠깐 등장하는 간부 역할 맡고. 그러면서 다시 감을 찾아가는 거죠. 그런데 큰 역할을 맡았던 많은 사람들이 쉬었다 들어올 때 다시 큰 역할로 들어오려고 해요. 그게 정말 웃긴 거면 대박이지만 전 그냥 작은 역할을 해도 된다고 봐요. 욕심을 버리고 다시 시작한다는 마음으로 하면 크게 상관없지 않나요.

분명 욕심을 부리지 않아 생긴 손해도 있을 것이다. 특히 무한경쟁 체제에 가까운 〈개콘〉에서라면 더더욱. 하지만 김원효가 증명하는 것은 이렇게 욕심 부리지 않고 동료를 배려해주는데도 불구하고 잘될 수 있다는 게 아니다. 작은 것 하나하나에 고마워하고 이타적으로 남을 대할 때 개그맨으로서의 수명 역시 늘어나며 그럴수록 웃길 수 있는 기회 역시 더 많아진다는 게 더 진실에 가깝다. 재능이 뛰어나다면 인성이야 어쨌든 첫 타석에 홈런을 칠 수 있을지 모른다. 하지만 그것이 두 번째 세 번째 홈런으로 이어지기 위해서는 꾸준히 타석에 올라야 하며 하위 타선이건 대타건 그 자리를 감사해 하고 열심히 하는 이에게만 타석은 주어진다.

사실 그게 잘 안 되니까 많은 연예인들이 불안해하는 거잖아요.

연예인들이 우울증에 자주 걸리는 게 그 이유죠. 정상에 있을 때는 몇 천만 원 불러도 행사에 안 가던 사람들이 몇 백만 원 주는데도 가게 되면 스스로를 비참하게 생각해요. 난 그게 왜 비참하다고 생각해야 하는지 모르겠어요. 그렇게라도 불러주면 감사해하고 즐기면 될 텐데. 그런 면에서 이 직업이 참 좋은 것 같아요. 연예인 중 유일하게 개그맨만 자살한 사람이 없거든요. 일하기로는 가장 힘들 수도 있는데 그런 안 좋은 일이 없어요. 워낙 즐겁게 사는 사람들이 모여서인지 안 좋은 일이 있어도 금방 희석되는 것 같아요. 사람들도 인간적이고, 또 직업의 특성이 웃음을 주는 거잖아요. 언제 통계를 봤는데 사람이 살면서 웃는 시간이 정말 별로 안 되더라고요. 그런데 우리는 남에게 웃음을 주고 그 반응을 바로 볼 수 있죠. 드라마 같은 건 다 찍은 뒤에 편집을 해서 시청자에게 보여주고 또 그들의 반응이 피드백되기까지 시간이 상당히 걸리는데, 개그는 그 반응이 1초도 안 걸리거든요. 무대에서 한마디 하는 순간 웃고 안 웃고 하는 반응이 바로 오니까. 긴장도 되지만 그 보람이 무척 크죠.

웃음을 주는 집단으로서의 즐거움에 대해 얘기했는

데, 한편으로는 연기자를 목표로 했던 사람으로서 그 커뮤니티 분위기에 적응하기 어려운 부분도 있었을 거 같아요.

정말 밝은 집단일 거라고만 생각했는데 또 한편으로는 규율이 있으니까 함부로 할 수 없는 곳이죠. 아무리 내가 잘나간다고 해도 나 하나로 〈개콘〉 80분 이상을 다 이끌어갈 수는 없기 때문에 단체 생활에 대한 규율이 있어요. 또 개그에 대해서는 굉장히 평가가 철저하고 냉정한 곳이기도 하고. 분명 마냥 밝은 곳은 아니에요. 하지만 그게 필요해요. 가령 서로 각자가 너무 살아나려고 하면 오히려 개그가 잘 안 살아요. 그래서 제작진의 컨트롤이 필요한데 그걸 KBS가 잘하는 거 같아요. 내가 짠 코너인데 내가 못하고 다른 사람에게 줘야 하는 경우가 생기는데 그럼 물론 열 받죠. 하지만 뺏긴 나도 잘못이 있어요. 내가 잘하는데 감독님이 다른 사람으로 교체할 이유는 없거든요. 가령 올림픽 국가대표 선발전에서 아무리 인지도가 높아도 실력이 좀 떨어지면 다른 사람이 올림픽 경기에 나가잖아요. 그럴 때 스스로 더 노력해서 실력과 체력을 쌓아야 하는 것처럼 우리도 이런 환경이기 때문에 자기 관리를 잘하는 거예요.

예상과 다른 분위기라 좀 적응하기 어려웠을 수도 있겠어요.

신인 때 선배들 사이에서 정말 개념이 없는 애라고 소문이 났어요. 그런데 정말 저는 순수한 마음에 그랬던 거거든요. 예를 들어 제가 대사를 제대로 못 쳐서 다 모인 자리에서 황현희 선배에게 많이 혼나고 있었거든요. 그러다가 선배가 "아, 됐고 일단 밥부터 먹읍시다. 중국집에 시키자" 이러면서 각자 먹고 싶은 거 말하라고 하는데 다들 짜장면 먹겠다고 하는데 전 "잡채밥이요."라고 했다가 또 욕을 한바가지 먹었어요. 남들은 분위기 안 좋으니 알아서 짜장면을 시켰는데 저는 그냥 먹고 싶은 거 말하라고 해서 정말 순수하게 잡채밥이라고 말했던 거죠. 〈개콘〉 안에서는 잡채밥 사건이라고 제법 유명해요. (웃음) 또 완전 신인 때 막 혼나다가 선배들이 "각자 담배나 한 대씩 피우고 아이디어 회의 시작합시다" 이럴 때 저도 모르게 "저도 한 대 피우겠습니다" 하고 피우다 또 혼나고. 그런 식으로 많이 혼나다보니까 이제 선배들 사이에서 잰 개념이 없는 게 아니다, 원효는 바보다, 라고 결론이 났어요. 〈개콘〉에서 8년 동안 제가 화내는 걸 본 사람이 한 명도 없어요. 후배한테도. 그러면서 저한테 악의가 없다는 걸 알게 된 거죠.

조직 생활에서 눈치가 얼마나 중요한지는 설명하지 않아도 될 것이다. 아무리 선한 사람이라도 해도 눈치 없는 게 미덕이 될 수는 없다. 안 받아도 될 오해를 받는 건 어쨌든 본인에게도 피곤한 일이니까. 다만 언제나 그렇듯 단점은 장점의, 장점은 단점의 반대쪽 면일 뿐이다. 그의 조금은 바보스러울 정도로 순수하고 악의 없는 태도 때문에 개념 없다는 오해를 받았다면, 같은 이유로 지금까지 우직하게 〈개

콘〉이라는 부침 심한 무대에서 큰 상처 없이 남아 있는 게 아닐까. 김원효의 이런 태도가 성공을 위한 매뉴얼이라고 말하긴 어려울지 몰라도, 너무 눈치 보고 너무 민감하게 받아들이면서 피곤하게 사는 사람들에겐 색다른 조언이 될 수 있을 것이다.

어쩌면 주눅 들기 쉬운 환경이네요.

여기 와서 무너진 친구들이 많아요. 밖에서는 개그맨이 되면 이것도 하고 저것도 해봐야지 하고 꿈꾸다가, 여기 오면 자기 같은 사람이 80명 있는 거예요. 자기보다 잘하는 사람도 20명, 30명 이상 있고. 그러니 기가 죽죠. 저도 (유)세윤이 형 보면서 '저 형은 어쩌면 저렇게 잘 살릴까?' 하면서 부러웠는데, 그저 '저 사람 잘한다, 어떻게 하면 저렇게 될까' 생각만 하고 꽁무니만 따라가면 아무것도 못하잖아요. 잘하는 사람을 보며 박수를 치면서도 나만 잘하는 게 있다는 자신감이 있어야죠. 저에겐 그게 전화 개그였고요.

분명 웃음이라는 성과를 내는 작업이고 그건 결코 쉬운 게 아닌데 그 압박감을 이기는 데 가장 필요한 게 뭘까요.

이 직업은 하고 싶어서 하는 거지, 아니면 못 버텨요. 돈이나 그런 걸 바라고 오면 금방 나가떨어지죠. 가끔 후배나 선배 중에 그렇게 되기 어렵다는 공채 개그맨이 됐는데도 빛을 못 보고 다른 일을 하거나 학교로 돌아가는 사람들이 있어요. 좀더 즐기면서 할 수도 있었을 텐데 너무 일이라고 생각하니 견디지 못하고 예전 자리로 돌아가거든요. 하지만 여기는 마음만 먹으면 정말 즐겁게 일할 수 있어요. 회사에서 회의하고 프레젠테이션 할 땐 되게 지루하고 힘들잖아요. 하지만 우리는 회의도 즐겁게 하거든요. 〈개콘〉 조감독님은 몇 개월 지나지 않아 다른 곳으로 옮기는 경우가 많은데, 그때마다 항상 울면서 가세요. 너무 많이 웃고 즐기다 가니까 그만큼 아쉬운 게 큰 거죠.

조금은 얼떨결에 시작하게 된 직업인데 이젠 자부심이 큰 것 같아요.

얼마 전에 지방에 놀러갔는데 할머니, 아주머니 들이 오셔서 사인을 받으려고 하시더라고요. 원래 손자 손녀랑 같이 오면 애들 것부터 받아주고 그러는데 할머니께서 자기 거 먼저 해달라고 하시고. 내 이름이랑 유행어도 알고 계시더라고요. 예전 스물일곱 살 때였나 완도에 갔더니 여든도 넘어 보이는 할아버지께서 "김원효씨!" 이러면서 지팡이를 거의 집어던지시면서 절룩거리며 뛰어오시는 거예요. 반갑다고 악수하자고. 사실 나이 차가 거의 세 바퀴 나는 건데 저한테 존칭을 써주시며 정말 재밌게 보고 있다고 앞으로도 많이 웃겨달라고 하시더라고요. 그게 정말정말 뿌듯했어요. 소녀 팬 백 명, 천 명이 안 부럽더라고요. 이 직업이 재밌는 게, 그렇게 밖에서 팬을 만나서 반갑게 악수만 해도 방송

에서 봤던 장면이 떠오르는지 막 웃으시는 거예요. 심지어 침 맞으러 한의원에 갔는데도 한의사가 내 얼굴 보고 빵 터져서 다른 데 찌를 뻔하고. (웃음) 저희 할머니께서도 아흔이 넘으셔서 지금 부산 요양원에 계신데 제가 아내랑 같이 찾아뵈니 "니는 그렇게 방송에서 씨부려싸는데 살이 와 안 빠지노" 하면서 제 대사를 흉내 내시는 거예요. 가족이 빵빵 터졌는데 그럴 때 정말 내가 좋은 직업 가지고 있구나 싶죠.

좋은 직업. 인터뷰를 진행한 모든 개그맨에게서 느껴지는 직업에 대한 자부심은 바로 이 '좋음'에 있다. 영어 'Good'의 개념으로 보는 게 더 이해가 빠를 수도 있겠다. 인기를 얻어서 좋고, 돈을 벌어서 좋을 수 있지만 무엇보다 이 직업은 그 자체로 참 좋은 일이다. 갈수록 웃기 어려운 시대에 사람들에게 웃음을 준다는 것, 아주 잠깐일지 모르지만 행복하다는 기분이 들게 해주는 것. 어떤 뛰어난 정신과 의사보다 개그맨들이 고쳐준 우울증 환자가 훨씬 많지 않을까. 그들이 느끼는 뿌듯함이 책임감의 다른 이름이라는 걸 생각하면, 자신의 직업에 대한 개그맨의 자부심은 우리에게도 고마운 일이다.

스타의 힘이라기보다는 웃음의 힘일 수도 있겠네요.

언제가 KBS 사장님이 저희 연구동에 오셔서 하는 말씀이, 검찰청의 대법관도 〈개콘〉을 본다더라고요. 그리고 〈개콘〉의 유행어로 대화를 하니까 어쩔 수 없이 밑에 있는 사람들도 〈개콘〉을 보고. 제 주위만 봐도 제가 꿈 하나만 가지고 서울 올라와서 개그맨 하는 걸 보면서, 할 줄 아는 게 업소 일밖에 없던 형들이 야간대학을 다니기 시작해서 종합병원 원무과에서 일하고, 또 건달밖에 할 게 없던 애들이 합법적인 사업을 하면서 자기 자식들이 TV의 내 모습 보며 좋아한다고 얘기해주고. 그 파급력이 마치 핵폭탄 같아요.

뜨거움과 냉철함 사이에서 균형 잡기

명민한 프로페셔널 최효종

만약, 그 일들이 없었다면 어땠을까. 〈개콘〉 '사마귀 유치원'에서 국회의원이 되는 법에 대한 풍자 개그를 하지 않았더라면, 논란의 인물이던 강용석 의원이 그를 고소하겠노라 말하지 않았더라면, 일이 일파만파 커지며 다수의 대중이 그를 지지하지 않았다면. 그가 모 포털의 뉴스 서비스에 참여하지 않았더라면, SNS처럼 활용하라는 말에 본인의 쇼핑몰과 관련한 글을 올리는 실수를 하지 않았더라면, 그에 대해 또 다수의 대중들이 그를 비판하지 않았더라면.

분명 최효종은 최근 〈개콘〉에서 가장 인기 있던 코너들에서 중추적인 역할을 한 개그맨이다. 하지만 그의 인기 혹은 인지도는 〈개콘〉의 에이스라는 말로 설명할 수 있는 수준이 아니다. 한때 그의 이름은 '애정남'과 '사마귀 유치원'이라는 코너 바깥에서 더 자주 오르내렸다. 이미 지난 일에 대한 가정은 부질없는 것이겠지만 만약 강용석 의원의 고소가 아니었더라면 단순히 인기 코너가 있다는 것만으로 그가 가장 '핫한' 개그맨의 자격으로 〈승승장구〉의 메인 게스트가 될 수 있었을까. 거대 포털 사이트가 여러 분야의 셀러브리티의 의견을 공유하는 뉴스 서비스를 만들 때, 권력에 굴하지 않는 풍자 개그맨의 아우라가 없었다면 과연 그를 섭외했을까. 요컨대 그의 현재 인지도는 〈개콘〉 바깥에서 벌어진 논란을 통해 확대 재생산된 게 사실이다. 이것은 운일까. 그럴지도 모른다. 하지만 중요한 건 그가 논란을 통해 인기를 얻었다는 게 아니다. 그의 개그가 논란을 불러일으키는 개그라는 게 본질에 가깝다.

최효종의 역대 대표 코너라고 해도 될 '애정남'에서, 그는 "요즘 안티가 많아지고 있다"고 말했다. 실제로 남자보다는 여자를 옹호해주는 그의 처방은 종종 비난을 받았고, 특히 데이트 비용을 실질적으로 남자들이 다 대는 거라는 해법이 나왔을 때의 반응은 상상을 초월했다. 하지만 '애정남'만 그랬을까. 비록 그가 중추적 역할을 하지 않았지만 반대로 남성을 옹호하던 '남보원'은 한쪽에서의 환호만큼 여성들의 반박을 받아야 했다. 비록 그가 아닌 곽한구가 맡은 파트이긴 했지만 그가 참여했던 '독한 놈들'은 여성의 외모를 비하한다는 이유로 합당한 비판을 받아 결국 오나미가 곽한구의 반대급부 역할을 해주며 '독한 것들'로 재편되었다. 거칠게 요약해, 그의 개그는 누군가를 불편하게 만든다. 윤리적으로 옳지 않아서 불편하다는 뜻이 아니다.

그의 개그는 〈개콘〉 특유의 연기 베이스보다는 철저히 멘트에 의존한다. '봉숭아 학당'의 행복전도사 캐릭터와 심리술사 캐릭터가 그랬고, 앞서 인용한 코너들이 그렇다. 그리고 그의 멘트는 언제나 동시대의 이슈에 맞닿아 있다. 물론 많은 개그맨들이 소재를 동시대에서 찾는다. 최효종의 독특한 점은 이 이슈들을 가공해 하나의 가상으로 만들기보다는 그에 대한 자신의 의견을 그대로 동시대의 청자에게 던진다는 것이다. 행복은 누구에게나 쉽게 올 수 있는 것이라며 "왜들 그러세요. 비가 오면 명품 가방 품에 안고 나는 젖어도 상관없는 사람들처럼"이라 말하는 행복전도사의 방식은 "쉽게 교사가 돼서 숨만 쉬면 89년 있다 내 집을 얻을 수 있다"는 '사마귀 유치원' 일수꾼과 크게 다르지 않다. 그가 말하는 부와 가난의 차이는 개그라는 우회로를 거치지만 메시지는 직설적이다. 세상은 있는 자들이 살기에 참 편하고, 없는 자들이 살기에 너무 척박하다. 그의 공감 개그가 시원한 건 그래서다. 하지만 누군가의 가려운 곳을 긁어줄 때 반대편의 누군가는 불편하다. 강용석의 고소는 이 맥락에서 출발한 거대한 해프닝이다.

그저 개그라고 하기에는 상당히 실용적인 팁을 주던 '애정남'은 아예 최소한의 우회로조차 버린 경우다. 실제로 시청자 게시판을 통해서도 질문을 받던 이 코너는 결혼식 축의금 액수를 성수기와 비수기로 구분하거나 남녀의 연애가 시작되거나 끝나는 시점에 대한 기준을 마련해줬다. 이것은 엉뚱해서 재밌는 게 아니라, 적확해서 재미있다. 가상의 외피를 덮지 않았기에, 이 기준에 대한 반발은 고스란히 최효종의 몫이 된다. 이것은 억울한 게 아니다. '왕비호' 윤형빈의 독설은 가상의 설정 안에서 작동하는 일종의 연기지만 최효종의 직설은 온전한 지금 이곳에 대한 이야기다. 그래서 그가 의도했든 안 했든, 그의 개그에 대해 시청자는 웃기거나 웃기지 않거나를 넘어 동의하거나 동의하지 않는 단계에 이른다.

최효종이 논쟁적인 개그맨이 되는 건 그래서다. 강용석의 고소는 과했고, 그에 대한 반대급부로 얻은 투쟁하는 개념 개그맨의 아우라 역시 과도했으며, 뉴스 서비스에 본인 이익을 위한 글을 올리며 깨진 아우라에 대한 대중의 비난 역시 도를 넘었다. 하지만 이것은 거품이 아니다. 개그가 옹호와 비판의 영역에 들어설 때, 그것은 한 번의 웃음으로 소비되지 않고 끊임없이 그에 대한 의견과 반박으로 확장된다. 즉 그를 둘러싼 일련의 논란이 없었더라면 최효종이 지금처럼 주목을 받지 못했을지 모른다. 다만 그 일련의 논란이 우연히 벌어진 건 결코 아니다.

하여 최효종은 〈개콘〉의 이슈메이커다. 단순히 그가 이슈를 일으켜서가 아니라 그것이 그의 개그의 본질이기 때문이다. 과연 그것이 그의 개그 인생에 약이 될지 독이 될지는 알 수 없다. 앞으로 대중들이 그의 개그에 동의할 때가 많을지 동의하지 않을 때가 많을지도 역시 알 수 없다. 다만, 이거 하나는 동의할 수 있지 않을까. 근래 개그계의 가장 뜨거운 순간은 그의 것이었다는 것을.

늘 낮은 자세로 개그하며 웃음드리겠습니다. 건강하세요!

보여주는 것과
보이는 것의 간극

최효종의 개그가 국회의원을 모욕했다는 이유로 고소를 진행하려 했던 강용석의 행동은 그것이 풍자 개그에 대한 정치인의 자격지심이든, 본인이 아나운서들에게 행했던 모욕에 대한 면피이든, 대중 정치인으로서의 쇼이든, 저열한 것이었다. 하지만 개그맨 최효종에게는 피해보다는 득이 더 많아 보였다. 이미 '애정남'이라는 히트 코너로 공감 개그의 정점을 찍었던 그는 덕분에 정의로운 풍자 개그맨으로서의 명성과 〈개콘〉 시청자 바깥까지 아우르는 인지도를 얻었다. 어쩌면 그건 대중을 상대로 하는 방송인으로서는 로또와 같은 일이었을지 모른다. 요컨대, 어느 정도는 우연이다. 그래서 그 사건 자체를 복기하는 건 별 의미 없다. 우연이 왜 일어났는지 거슬러 올라가는 것보다 중요한 건 그 우연으로 과연 지금 무엇을 배웠는가, 그 배움으로 앞으로 어떻게 할 것인가 고민하는 것이 자아를 훨씬 살찌우지 않을까. '사마귀 유치원'도 끝나고 오히려 그 이야기가 새삼스럽게 느껴지는 지금, 차분한 목소리로 다시 그 얘기를 꺼내는 건 그 때문이다.

〈개콘〉 '애정남'이 히트하면서 〈해피투게더 3〉 같은 버라이어티나 타 방송국의 야구 프로그램, 케이블 예능 같은 여러 분야를 병행하고 있는데 힘들지는 않으세요?

그렇게 힘들지는 않고 할 만해요. 할 수 있을 때 많이 해야 하니까요.

할 수 있을 때 해야 한다는 건 어떤 뜻인가요.

만약 제가 나이가 더 많고, 선택의 기회도 폭넓다면 그 안에서 신중하게 일을 고르겠죠. 하지만 지금은 아직 젊고 당장 기회가 왔으니까 그걸 바로 하는 거예요. 일하는 데 시간이 아깝지도 않고 피곤하다는 생각도 안 들고. 일이 더 많아져도 감수할 수 있어요. 연말이나 이럴 땐 며칠 밤을 새기도 했는데 지금은 또 괜찮아요.

일이 재미있는 시기인 걸까요.

일하는 것 자체가 재미있지는 않아요. 그걸 하면서 느끼는 성취감, 계획대로 결과가 잘 나왔을 때의 기분이 즐거운 거죠. 그런데 지금은 성취감에 젖기보다는 또 새로운 걸 해야 한다는 마음으로 리셋되어서요. 코너도 그렇고 그 외 여러 가지 일, 가령 방송이

나 이런 것에서 내가 이런 걸 잘하고 이런 걸 못한다는 것을 알았으니까 잘하는 부분에서는 잘하고 싶고 부족한 건 향상시켜야겠다, 그런 생각을 하는 시기인 거 같아요.

최효종씨 개그의 강점은 사람들도 많이 알 텐데, 그럼 최근에 발견한 스스로의 강점은 어떤 걸까요.

최근 발견한 제 장점은 지치지 않고 주위 도움 없이도 스스로 자립을 잘한다는 거예요. 예상하지 못한 힘든 일도 겪었지만 멘탈적으로 잘 흔들리지 않는 게 가장 큰 장점 같아요.

아무래도 힘든 일이라면 강용석 의원의 고소 건일 텐데요.

정확히 말해 힘들다기보다는 스트레스를 많이 받았죠. 가령 제가 인기가 높아져서 갑자기 방송이 많이 잡히거나 행사가 많이 들어와서 그걸 소화하는 건 몸이 힘들지 정신적으로 힘든 건 아니잖아요. 그러다 고소 사건이 큰 이슈가 됐는데, 그 자체보다는 너무 많은 사람들이 그걸 질문하니까 스트레스를 받는 거예요. 이번에 저도 느낀 게, 보통 누군가를 만나면 그 사람의 가장 대표적인 이슈를 묻잖아요. 가령 이효리씨 같은 경우는 정말 채식하느냐는 이야기를 5만 번은 들었을 거 아니에요. 그런 질문하지 말아야겠다, 그런 걸 느꼈어요. 사실 그냥 대답하면 되는 건데 어느 순간 너무 짜증이 나더라고요. 성격도 안 좋아지고. 아마 당시에 절 봤던 분들은 저를 안 좋게 기억하실 거예요.

까칠하셨군요.

너무 피곤하니까요. 사실 그땐 비난보다는 응원이 많았잖아요. 그런데도 스트레스를 많이 받았죠. 이제 그 얘기는 그만하고 싶은데 휴게소에서 밥 먹을 때도 많은 분이 그 얘기만 물어보니까. 개그맨으로서의 생활이 아니라 한동안 그 얘기만 있었죠. 또 〈개콘〉에서도 그 일 가지고 코너에서 얘기하고, 인터넷에서도 계속 얘기가 나오고. 심지어 그 때문에 일이 취소된 것도 제법 있었어요. 저 스스로 못하겠다고 한 것도 있었고. 많은 분들이 그 일 덕에 저라는 사람을 많이 알리는 계기가 되었다고 말하지만 저는 솔직히 1승 1패 같아요. 그 덕분에 유명해진 게 1승이라면, 그로 인해 신경 쓸 게 많아진 건 1패죠. 그 일 때문에 '정의롭다'는 이미지를 갖게 됐는데 사실 저는 그런 사람이 아니거든요. 굉장히 평범하고, 기분파고, 특히 팔은 안으로 굽는, 코너 짤 때도 능력이 좀 떨어져도 친한 사람 쓰는 그런 사람인데, 정의롭다고 하니.

모두들 한 개인에 대해 핀트가 어긋난 비난은 폭력이라고 생각한다. 하지만 핀트가 어긋난 칭찬 역시 대상을 자기 관점 안에 구속시킨다는 면에서 명백히 폭력적이다. 최효종이라는 개인이 스스로 정의롭지 않다고 말해서, 혹은 그가 '사마귀 유치원'에서 들려준 풍자 개그가 엄청나게 통렬하진 않아서 그가 정의롭지 않다고 말하려는 게

아니다. 당시 그를 정의롭다고 평가했던 가장 큰 이유는 정의롭지 못한 강용석의 반대편에 어쩔 수 없이 서 있었기 때문이다. 하지만 정의롭지 못한 이의 공격을 받으면 정의로운 사람이라는 공식은 아무 근거도 없다. 매체들의 설레발도 있었지만, 사실 대중들도 이런 프레임의 허상에 자주 속아 넘어간다. 사람들은 종종 그 허상을 기준으로 대상을 판단하거나 구속하고, 한국에서 그 대상은 대부분 연예인이다.

사실 그 일 이후 정의로운 풍자 개그맨으로 고착화되는 면이 있었는데 그 시선이 불편했을 거 같아요.

제가 그런 걸 잘하는 사람인 거지, 그런 사람인 건 아니니까요. 저는 공무원도 정치인도 아니기 때문에 제 일상이 아주 청렴하고 도덕적일 필요는 없듯이. 가령 천사 역할을 하는 배우가 정말 천사처럼 살 필요가 없는 것처럼. 그런데 마침 당시에 총선도 있고 그러다보니 마치 지금 정권에 반하는 성격을 가진 사람처럼 되어버렸죠. 몇몇 그런 소신 있는 연예인분들처럼. 그러다 연예인의 그런 발언을 싫어하는 분들에게는 비호감이 되고. 아마 고소사건이 났을 땐 99퍼센트의 사람들이 제 편이었을 거예요. 하지만 마치 제가 그걸 이용해서 정치적인 성향을 나타내는 사람인 것처럼 오해를 받고 인터넷이나 여론이 그렇게 몰아가면서 안 좋은 시선도 많아졌죠. 제 인생에서 가장 오해받았던 시기예요. 그러니까 더 빨리 나빠지고 싶은 거죠. 이 틀을 깨고 싶은 거예요. 사실 제가 현 정권에 큰 불만이 있는 사람도 아니고, 그 아래에서 크게 탄압을 받은 것도 아닌데. 따지고 보면 전 오히려 그 전 정권에서 가난한 개그맨이었는데 그럼 그때를 더 싫어해야죠. 사실 전 거기서 좀 떨어진 사람이지만, 아무리 그런 얘길 해도 당시 인터뷰에는 그것도 잘 안 나오더라고요. 어떤 말을 해도 그걸 포장해서 마치 현재 부조리를 다 고발하고 싶다, 이런 식으로 나오고.

하지만 그 일 이후 '사마귀 유치원'에서 일수꾼 캐릭터가 그전보다 좀더 계몽적이고 시청자를 가르치는 입장이 된 건 사실인데요.

그러니까 그건 극 중의 제가 말하는 거죠. 예전에 드라마에서 악역 하던 배우들이 길 다니다가 사람들에게 욕 먹었던 것처럼, 사람들이 일수꾼 캐릭터랑 저를 동일하게 생각하는 게 문제인 거예요. 만약 제가 토크쇼에서 "우리 모두 동물 보호를 위해 악어가죽 가방을 메지 맙시다!"라고 한 다음에 악어 백을 메고 다닌다거나, 트위터에 "저는 내일부터 금주를 하겠습니다! 온 국민 금주 운동을 합시다!"라고 한 다음에 술을 마시면, 그건 제가 나쁜 사람인 거죠. 하지만 풍자 개그 안에서 제가 그런 말을 하는 건 제가 그걸 잘하니까 하는 거죠.

연기뿐 아니라 그런 대사를 고르는 것도 본인의 몫인 거잖아요.

그건 제 개인적인 생각이라기보다는 사람들이 가장 공감할 거

같은 걸 고르는 거죠. 국민 80~90퍼센트가 공감할 만한 이야기라고 여기는 걸 제 입을 통해 말하는 거예요. 가령 명품 가방에 대한 풍자 개그는 저라는 개인에 대입해도 크게 문제가 없어요. 저도 명품 잘 안 사고 기왕이면 국산차 타고 그러니까. 그런데 만약 제가 주택에 대한 이야기, 서민들이 주택 사기 어렵고 전세 마련하기도 어렵다는 이야기를 한다고 하면, 정작 저는 세대주거든요. 제 집이 있어요. 풍자 개그 캐릭터와 개그맨이 동일해야 한다는 기준이면, 저는 그 주제로 개그를 하면 안 되는 거예요. 많은 분들이 '너는 강남에 집이 있으면서 어떻게 집 없는 서민을 대변하냐' 그럴 수 있죠. 하지만 그 소재를 제가 포기해야 할까요? 그런 이야기가 코너에서 먹힐 시기가 있으면 해야죠.

본인은 풍자를 웃음을 위한 수단으로 보는데, 남들은 그 자체를 목적으로 생각해서 생기는 어긋남일 수 있겠네요.

전 재미있게 하면서 기왕이면 의미도 있게 하려는 건데, 그걸 반대로 받아들이시는 거 같아요. 전 웃음이 주 목적이에요. 개그라는 게 시사하는 바가 없으면 금방 잊히거든요. 그런 개그는 하고 싶지 않아서 이런 풍자 방식의 개그를 선택한 건데 오해가 생긴 거죠.

'사마귀 유치원' 속 최효종의 개그가 얼마나 통렬했는지는 여전히 모르겠다. 한국의 치열한 경쟁 사회를 '어렵지 않아요'라는 말로 반어적으로 풀어내는 방식은 재치 있는 것이지, 미처 사람들이 말하지 못하던 걸 말하는 용기는 아니었다. 요컨대 그의 개그는 고소를 무릅쓰고 한 것이 아니라 미처 이 정도 풍자에 죽자고 달려드는 정치인이 있을 거라 생각도 못하고 했던 개그다. 본인은 재치라고 생각했던 걸 남들은 정의라고 말할 때 생기는 거대한 간극. 흥미로운 건 당사자들이 이 간극을 인식하기보다는 대중의 추켜세움에 종종 취한다는 것이다. 그 간극에 대해 오해였노라고 그래서 힘들었다고 말하는 건 스스로를 객관화할 때 가능한 일이다.

말하자면 최효종씨 입장에서는 조금은 부당한 공격을 받은 건데요.

그래도 견딜 수 있었던 게, 전 혼자 제 미래에 대해 공상을 많이 하는 편이거든요. 막 어떤 상황을 설정해서 몇 시간 동안 생각을 하는 거예요. 이렇게 논란에 휘말리는 것도 가정해본 적이 있어요. 그보다 안 좋은, 폭력이나 음주 상황에 휘말리는 것도 생각해보고. 그러면서 마음을 다잡을 수 있었어요. 내가 더 최악의 극단적인 상황도 상상하면서 연습했는데 이 정도야 뭐.

사실 여태 해온 것들을 쭉 보면 정치적인 소재의 개그를 보여준 건 그리 오래되지도 않았어요.

아마 저한테 관심 없는 사람들은 딱 고소 이후부터만 기억하실 거예요. 아마 저를 아는 사람의 반이 그러하고 볼 수 있죠. 쟤는 정치 풍자 개그를 하다가 고소를 당한 애지, 딱 그렇게만.

어떻게 보면 대중이 마음대로 규정한 건데, 그 이후 그 규정에 어울리지 않는 모습을 보이면 '개념 없다'고 쉽게 공격하기도 하죠.

그게 어쩌면 고소당했던 것보다 더 스트레스를 받던 부분이죠. 가족들도 그런 거에 대해 걱정을 많이 했고.

가장 두드러진 게 포털에서 진행했던 '뉴스 앤 톡' 건인데요, 사람들은 시사 개그맨 최효종을 원했던 것 같아요.

만약 그 서비스가 돈을 내고 클릭하거나 일종의 클릭 수당 같은 것들이 들어오는 거면 제가 안 했겠죠. 그래서 큰 문제라 생각하지 않고 그냥 제 상업적 사이트 홍보를 한 건데, 사실 법적인 잘못도 아닌 실수이기 때문에 크게 죄책감을 느끼진 않았어요. 그냥 이런 걸 하면 안 되는 거구나, 대중들은 내가 가려운 곳을 긁어주는 멘트를 하는 걸 좋아하지만 상업적인 사람으로 보이면 괴리감을 느끼는구나. 이건 나랑 안 어울리는구나. 내가 해서 더 실망하는구나. 그런 걸 배웠죠. 그래서 더 조심하게 됐고요.

재미를 위해서는
무엇을 할까 고민하는 프로페셔널

최효종은 강용석의 고소 건과 그에 대한 소신 발언으로 평생 받을 칭찬의 90퍼센트를 받았다면, '뉴스 앤 톡' 건으로 평생 먹을 욕의 거의 대부분을 먹었다. 모 포털에서 진행했던 이 서비스는 각 분야의 셀러브리티 혹은 전문가가 어떤 뉴스를 선정해 그에 대한 코멘트를 달고 네티즌과 소통하는 SNS와 비슷한 방식의 서비스였다. 문제는 SNS처럼 활용하라는 말에 최효종이 본인의 쇼핑몰 광고를 이 페이지에 올리며 벌어졌다. 이것은 윤리적 잘못이라기보다는 오해에서 벌어진 실수에 가깝다. 하지만 그를 개념 개그맨으로 띄워줬던 대중의 질책은 무서웠다. 재치를 정의로 치환했던 사람들은 실수를 부도덕함으로 치환했다. 그럼에도 최효종에게 쉽게 면죄부를 발행할 수는 없다. 그 포털이 최효종을 '뉴스 앤 톡'의 일원으로 고른 건 '정의로운 개그맨'이라는 타이틀 때문이었다. 본인이 원하든 원치 않았든 그로 인해 이득을 얻는다면 적어도 그에 대한 자각은 필요했다. 과연 이 경험으로 그는 무엇을 배웠을까.

그러다가 〈해피투게더 3〉에서는 때 아닌 태도 논란이 터져 나왔고요.

그런데 중요한 건 태도의 문제가 아니라 실력의 문제 혹은 스킬의 문제인 거 같아요. 가령 같은 말, 같은 행동을 해도 누군가는

아무렇지도 않았는데 제가 할 때 문제가 생기면 제가 죽을죄를 지어서라기보다는 방송 자체를 잘 못한 거죠, 기술적으로. 분명 녹화 당시에는 별 문제도 없었고 다들 기분 좋게 웃고 재밌었는데 방송 이후에 사람들이 문제를 발견한 거니까요.

결국 어떻게 비춰지느냐의 문제다?

이게 이상하면 감독님이나 이런 분들이 편집을 해주셨을 거예요. 그런데 대중들이 봤을 땐 이상하다면 둘 중 하나죠. 제가 못했거나 대중들이 이상하거나. 대중들이 이상할 리는 없으니까 제가 못한 거죠. 제가 하고자 하는 캐릭터, 말투, 행동을 대중에게 충분히 설득시키고 그걸 자유자재로 구사할 수 있는 게 필요하죠. 이게 조금 위험할 수도 있는데 그만큼 잘 구사할 수 있도록 나이와 연륜이 쌓여야 한다고 생각해요.

가령 〈야구 읽어주는 남자〉에서 LG 팬 캐릭터로 이순철 전 해설위원을 공격하기도 했는데, 누군가는 그게 참 재미있지만 누군가는 그걸 예의 없다고 비난하기도 하죠.

방송이라는 게, 시청자들이 보고 싶어 하고 듣고 싶어 하는 얘기를 했을 때 가장 큰 호응을 얻는 건데 그걸 잘해야 하는 거 같아요. 분명 사람들이 이순철 해설위원에게 LG 감독 시절 왜 이용규를 내보냈느냐를 제일 궁금해 하거든요. 그걸 어떻게 위트 있게,

그리고 시기적절하게 물어보느냐, 그런 기술이 필요한 거죠. 그걸 하고 안 하고의 문제가 아니라.

하고 안 하고의 문제가 아니다. 이것만큼 최효종의 개그 철학을 잘 드러내는 말이 있을까. 때로는 오해를 사고 때로는 욕을 먹어도 그는 사람들이 가장 흥미 있어 할 소재라면 거리낌 없이 선택한다. 그가 권력에 굴복하지 않는 정의로운 최효종 열사는 아닐지 모른다. 하지만 재미를 위해서라면 남의 눈치 보지 않는 개그맨인 건 확실해 보인다. 정의로서의 윤리보다는 프로페셔널로서의 직업윤리에 충실한 개그맨.

앞서 이런 캐릭터가 위험할 수 있다고 했는데 계속 고수할 건가요.
그런 식으로 캐릭터를 만들어 밀고 나가려는 저만의 철학은 있어요.

말하자면 독설도 할 수 있는?
그렇죠. 일상에서도 그러면 나쁜 사람이겠지만 캐릭터잖아요. 다만 그럴수록 일상에서 잘해야, 그것이 방송용 캐릭터라고 받아들여질 수 있는 거 같아요. 꼭 그런 독설가 캐릭터가 아니더라도 방송하는 사람들은 좀 조심해야 한다고 생각해요. 대중들은 연예인들이 자신과 같은 사람이길 원하면서도 도덕적으로는 흠

이 안 잡히길 바라잖아요.

일종의 이중 잣대일 수 있는 건데 억울하진 않나요?

그런 셈이죠. 우리의 경우 출연료를 많이 받는 것도 논란이 되고, 일반 시민들이 하루에도 음주운전 몇 백 건씩 걸려도 우리만 크게 문제가 되고. 하지만 그 부분을 고려해야 한다고 생각해요. 아주 바르게 살 수 없다면, 연예인으로서 돈을 잘 벌고 화려한 부분은 되도록 감추고 잘하는 건 부각하고, 실수는 언론에 공개되지 않도록 하고. 특별히 좋은 사람 대우를 받기 위해서가 아니라 좋은 일 하면 더 많이 보일 수 있게 하고 안 좋은 모습은 차라리 가식적으로라도 감춰야 하지 싶어요. 이게 어쩌면 시대를 거꾸로 가는 얘기일 수도 있어요. 하지만 저는 그래요. 대중은 연예인이 도덕적으로 잘하는 걸 원하니까. 연예인은 대중이 원하는 걸 보여줘야 하니까.

위치가 달라지면 대중을 대하는 방식도 달라져야 한다는 건가요.

단적으로 제가 행사나 〈개콘〉에서 바람잡이 하던 시절에 "여러분, 인기 스타 나왔습니다" 이런 애드리브를 많이 쳤어요. "연예인 보니까 안 신기하냐? 안 좋아요?" 이러면 막 웃었어요. 이름도 모르는 애가 개그맨이라고 나와서 그러니까. 그런데 만약 제가 지금 이런 애드리브를 치면 사람들은 건방지다고 생각하겠죠.

어느 순간 그 멘트에 야유가 나오고. '이게 원래 나인데'라는 말은 의미가 없어요. '나는 그대로인데 왜 나를 건방지다고 보지?' 이런 건 의미 없는 말이에요. 난 원래 가식이 없는 사람이었다 하더라도 언젠가 그것이 남들에게 오해를 살 수 있는 걸 알았다면 그걸 안 하는 게 올바른 사람인 거잖아요. 잘생긴 사람에게 못생겼다고 하면 농담이 될 수 있지만, 못생긴 사람에게 못생겼다고 하면 기분 나쁜 것처럼, 말이란 건 결국 상황에 따라 다른 의미를 갖게 되는 거죠. 그렇다면 본인의 위치에 따르는 변화 역시 감수해야지, 원래 나라는 걸 지키고 인정받겠다는 건 말만큼 공정한 거 같지 않아요.

앞서 대중들은 연예인에 대해 자기들 마음대로 허상을 만든다고 말했지만, 또한 '원래의 나'라는 말도 일종의 허상이다. 책의 의미란 활자 속에서가 아니라 읽는 사람의 의식 속에서 비로소 깨어나는 것처럼, 한 사람의 정체성 역시 타인과 관계 맺는 속에서 온전히 이해될 수 있다. 문제는 그 오해와 왜곡의 정도의 차다. 과연 어디까지 용납할 수 있고 어디까지 부정할 수 있는가. 그 기준을 판단하기란 어렵다. 하여 대중이 원하는 모습을 신경 쓰겠다는 최효종의 말이 대중의 오해에 맞서겠다는 말보다 더 옳다고 말할 수는 없다. 다만 연예인이라는 포지션 안에서 대중과 관계 맺는 방식에 대해 고민할 줄 안다는 것, 그 고민의 무게와 명민함에 대해서는 고개를 끄덕일 수 있지 않을까.

우리나라는 연예인이라는 이유로 일상에서도 감수해야 할 게 많잖아요.

전에는 연예인이라기보다는 개그라는 분야를 하는 전문직 종사자라는 느낌이 많았어요. 오랜 시간 그렇게 살았고 그때도 즐거웠어요. 아무래도 그때 저한테 말을 거는 분들은 정말 제 코너를 좋아하는 분들이니까. 반면에 사람을 무시하는 듯한 행동도 많았죠. 툭툭 치거나 쳐다보면서 "맞지? 맞지?" 그러거나, 어린 친구들이 반말하는 경우도 많고. 극단적으로 말해 우리는 반말하면 싸가지 없다는 소리 듣는데 그 친구들은 "여기 뒤에 최효종 있어! 봐봐!" 이러고. 그래도 인지도가 올라가면서 그런 건 조금 덜해진 게 있어요. 요즘 들어 옷도 좀더 반듯하게 입고 다니는 것도 있고.

과거 '딴따라'라는 말을 많이 썼는데 개그맨에 대해선 아직도 그런 인식이 있다고 보나요.

예전에는 그랬는데 그래도 요즘에는 많이 좋아졌어요. 아무래도 개그맨들이 코너를 만드는 과정 같은 게 많이 노출되어서 그런 거 같아요. 전에는 저 개그를 누가 만들까 궁금해 했는데 요즘은 다들 그게 우리 개그맨의 능력이라는 걸 아니까. 지금 여자친구를 3년 반 정도 만났는데, 처음에는 그쪽 부모님도 걱정을 많이 하셨는데, 요즘은 많이 좋아해주시더라고요.

나만의 호흡에 맞게
새롭게 창조하는 스타일

"애매합니다잉~"과 "어렵지, 않아요." 한동안 〈개콘〉을 지배하던 이 두 유행어는 알다시피 모두 최효종의 것이다. 수많은 히트 코너를 배출해냈던 〈개콘〉의 역사에서도 한 개그맨이 동시에 두 코너와 두 개 캐릭터를 히트시킨 경우는 전성기의 박준형 정도를 제외하면 거의 없다. 프로 스포츠로 따지면 소위 몬스터 시즌이라 할 만한 시기를 그는 누렸다. 하지만 '애정남'과 '사마귀 유치원'의 동시 성공이라는 가시적인 성과보다 중요한 건, '독한 놈들'부터 지금까지 커다란 부침 없이 꾸준한 성적을 냈다는 것이고, 그보다 더 중요한 건 '봉숭아학당'의 행복전도사 캐릭터와 '남보원', '애정남'으로 이어지는 공감 개그들이 최효종 스타일로 묶일 수 있는 연속성을 보여준다는 것이다. 최근 〈개콘〉 대표 에이스로 활약한 이 명민한 개그맨은 어떻게 이토록 빨리 자신의 스타일을 확립할 수 있었을까.

〈승승장구〉에서도 자료 화면으로 나왔지만, 당시 박승대씨 앞에서 '그렇습니다'를 흉내내서 정말 잘한다는 얘기를 들었는데 정말 잘한다는 건 어떤 걸까요.

그 코너를 잘하는 편이었는데, 몇 번씩 돌려보면서 호흡이라는 걸 안 거죠. 그냥 멘트를 쭉 가는 게 아니라 웃는 타이밍에서 끊고 맺는 걸 정확하게. 지금은 제가 개그맨 7년차니까 노련해졌잖아요. 노련한 개그맨의 눈으로 10년 전의 내 모습을 보면, 우와 정말 대단했다, 어린 친구가, 이렇게 보여요. 호흡을 일찍 깨달아서 개그맨도 빨리 된 거 같아요.

말하자면 재능이 있던 건데, 개그맨에 대한 동경이나 남을 웃기고 싶다는 욕망이 있었나요.

어릴 때는 무대 자체를 좋아했던 거 같아요. 〈개콘〉이라는 무대에 서고 싶다. 저게 내 목표. 끝.

몇 살 때 그런 목표가 생긴 건가요.

초등학교 5~6학년 때도 꿈은 개그맨이었는데, 중 1 때 〈개콘〉이 시작하면서 그 무대를 제 목표로 삼았죠. 그러다 〈개콘〉이 일요일로 옮기면서 크게 이슈가 됐거든요. 그때 저기에 나가서 어떤 코너를 하고 싶다는 생각을 하면서 직접 짜서 친구들에게 보여주고 그랬어요. 그러니까 꿈이 개그맨이라기보다는 〈개콘〉인 거죠. 중고등학교 때 정말 인기가 많은 프로그램이었으니까.

박준형씨에 대한 동경이 크다고 말한 적이 있는데 〈개콘〉 중에서도 특히 어떤 코너에 서고 싶다고 생각했던 게 있나요.

박준형 선배님이 했던 건 다 서보고 싶었던 거 같아요. '생활 사투리'라든가 '우비 삼남매', '청년백서', 다 제가 좋아하던 것들이에

요. 그런 거 패러디해서 장기자랑도 하고 그랬어요.

소위 오락부장이었던 거네요.

저희 학교를 넘어서 다른 여고나 여중 축제에서도 사회를 봤어요. 시에서 하는 어린이, 청소년 행사에서 사회 본 적도 있고 표창도 받고. 그때 표창 받은 걸로 대학 레크리에이션과에 수시 입학하기도 했고요.

사실 레크리에이션 강사도 웃음을 주는 일이고 또 다른 무대인데 〈개콘〉에 대한 갈망이 여전했나요.

일단은 〈개콘〉을 해야 개그맨인 거니까요. 저희 중고등학교 때 김제동씨처럼 레크리에이션 하다가 예능으로 오신 분들 많았잖아요. 그런 것도 알았지만, 그래도 저는 개그맨이라는 소리를 듣고 싶었으니까요. 일단 이 길로 가고 나중에 개그맨을 할 수 있는 기회가 있겠지, 생각했죠.

웃기는 사람들이 많은 곳에 대한 동경일까요, 아니면 수많은 시청자가 보는 프로그램에 대한 동경일까요.

무대 위에 서서 약속된 행동을 마치 약속 안 한 것처럼 재치 있게 하는 모습들이 멋있었던 거 같아요. 그리고 〈개콘〉에 관객들이 약 1,000명 정도 오시잖아요. 그 큰 무대에 서보고 싶었어요. 그런 생각 많이 했어요. 편집되어서 방송에 안 나가더라도 무대에

서보고 싶다고. 그런 기회가 흔치 않잖아요. 가수라도 정말 유명 해지지 않는 이상은 그러기 어렵고.

그 꿈을 실현시키기 위해 가장 열심히 한 건 뭔가요?

내가 뭔가를 팔겠다고 마음먹었을 때, 게을러서 못 파는 사람도 있고 매일 들고 다니면서 땀 흘리는 사람도 있는데, 결국 성공하는 건 이걸 어떻게 팔까 생각하고 움직이는 사람인 거 같아요. 사람들이 저에 대해 특별히 연기력이나 전달력이 좋은 것 같지 않은데 어떻게 성공했느냐, 운이 좋은 거 같나, 타고난 천재적 개그감이 있나, 이렇게 물어보는데 저는 연구를 많이 했어요. 〈개콘〉을 1회부터 보면서 연구했는데, 보통은 저 아이디어를 어떻게 짰는지를 궁금해하고 성대모사를 하며 흉내내잖아요. 그런데 저는 저 코너가 왜 웃긴지를 고민했어요. 그러다보니 잘하는 사람들에게 자신만의 호흡이 있다는 게 보인 거죠. 개그맨 박준형, 김준호, 김대희 선배님도, 버라이어티의 유재석, 신동엽, 강호동 선배님도. 그걸 보고 나만의 호흡이 뭘까 고민하다보니 아주 새로운 게 아닌데도 제가 하면서 일종의 리모델링이 되고 새로워 보이는 거 같아요.

옳은 질문을 해도 틀린 대답을 얻을 수 있다. 하지만 잘못된 질문을 했을 땐 절대 옳은 대답을 얻을 수 없다. '저 개그를 어떻게 짰을까'가 아니라 '저 개그가 왜 웃길까'를 고민한 최효종은 말하자면 옳은 질문

을 했다. 나 역시 저 개그맨처럼 한 사람 몫의 개그맨이 되고 싶다고 생각한다면 그 개그맨을 닮기보다는 그 웃음의 원리 자체를 탐구하는 게 맞다. 머리가 좋다는 것에 대해 보통 참신하거나 탁월한 답을 내는 것이라 생각하는 경우가 많지만, 본질에 접근하는 질문을 할 줄 알면 적확한 답 역시 따라온다.

처음으로 본인의 호흡을 찾았다고 생각한 코너가 있다면?

'봉숭아학당'에서 했던 심리술사 마스터 최예요. 그게 제 인생에 가장 큰 전환점이었어요. 개그에 대한 호흡, 사람들이 이런 건 웃고 이런 건 안 웃는구나를 판단할 수 있는. 사실 그런 개그를 우리끼리는 '쌈마이'라고 하거든요. '딱!' 이런 유행어를 남발하고 가볍게 하는 개그인데 그래서 사실은 되게 창피했어요. 그런데 사람들 반응을 보면서 유행어라는 게 내가 말하고자 하는 걸 각인하기 좋은 방식이라는 것도 알았고, 고정적 포맷 안에서 개그 내용만 바꾸면 된다는 점도 알았죠. '애정남'에서 "애매합니다잉"이라는 유행어와 개그적인 억양을 사용할 수 있게 된 것도 이때의 경험 덕이죠.

그 유행어가 앞서 말한 본인의 호흡과 맞아야 하는데 그걸 잘 찾는 편인가요.

사람들을 만날 때마다 특이한 말투를 쓰는 분이 있으면 그걸 다

기억하고 있어요. 말버릇이나 자주 쓰는 단어, 습관. 가령 행복전도사 캐릭터는 어느 목사님 말투에서 힌트를 얻은 거예요. '애정남'의 어설픈 광주 사투리 같은 건, 같이 코너 하는 신종령씨가 가끔 사석에서 사투리 쓸 때 그걸 따라하면서 만들어진 거고요.

전달하는 호흡이 다른 사람을 관찰하며 만들어지는 거라면, 특유의 공감 개그는 최근 이슈에 대해 촉을 세워야 가능한 걸 텐데요.

인터넷에서 자료를 찾긴 하는데, 이것 역시 다른 사람에 대해 관심이 많아야 해요. 새로운 사람, 그것도 제가 잘 모르는 분야에 있는 사람을 만나면 그 분야에 대해 이것저것 많이 묻기도 하고요. 가령 저는 20대 남자이기 때문에 20대 혹은 30대 초반 남자들을 많이 만나서 대화하는데 그러다보면 생각이 갇혀요. 여성들은 어떤 생각을 하는지 모르죠. 그래서 다양한 사람들을 만날 필요가 있는 거예요. 직장인들이 어떤 생각을 하는지, 자식들에 대해 어떻게 생각하는지, 어떤 때 속상한지 잘 모르니까 직장인분들 만나면 물어보고 듣는 거죠. 이런 새로운 단어가 있다더라, 뭐가 고민이라더라, 그런 걸 들으면서 아이디어를 많이 얻어요.

예를 든다면 어떤 게 있을까요.

가령 종편 생길 즈음에 마침 인터뷰가 많이 잡혔는데 그러면 기자님들에게 그런 것들을 많이 묻고 듣는 거죠. 저는 종편되기 전

MBN에서 방송을 1년 정도 했거든요. 그래서 그 방송사에 대해선 잘 아는 편이었는데 그걸 토대로 종편에 대해 이야기하는 거죠. 한국경제TV는 어떻다더라, 어디는 불안한데 모 종편은 오래가지 않겠느냐, 그런 거. 재밌잖아요. 남들은 쉽게 못 듣는 건데 나는 되게 빨리 들을 수 있다는 게.

그건 좀 전문적인 경우고 대중적인 매체는 인터넷일 텐데, 포털과 커뮤니티 사이트 중 어디를 더 선호하는 편인가요.

그냥 포털을 많이 봐요. 제 눈에 바로 보이는 게 사람들 눈에도 보이는 거니까.

요즘은 트위터를 비롯해서 SNS도 많이 발달했잖아요.

저도 사용은 하는데, 트위터라는 게 자칫 소수의 의견을 마치 모두의 생각인 것처럼 오해하게 하는 부작용도 있는 거 같아요. 어떤 주제에 대해 굉장한 화제인 것처럼 수천 수만 개의 글이 타임라인에 올라오지만 정작 그것에 대해 모르는 사람도 많거든요. 여기서 나름대로 화제가 된 걸 〈개콘〉에서 얘기했는데 사람들이 모르는 경우도 있고. 그래서 백 퍼센트 신뢰하진 않아요.

결국 균형 감각이 있어야 하는데, 이 주제는 보편적이다 아니다 판별할 만한 리트머스지가 있나요.

30대 후반에서 40대 초반의 유부남 형들? 이 형들이 알면 대부분이 아는 거 같아요. 오히려 그보다 나이 많은 50대 어른들이 인터넷을 많이 들여다보는 편 같고요. 30~40대 샐러리맨들, 막 아저씨가 된 분들은 워낙 정신없이 바빠서 인터넷이나 이런 데 제일 둔해요. 그러니까 이 사람들이 알면 정말 다 아는 거죠.

30~40대 샐러리맨을 리트머스지 삼은 판단도 적확하지만, 최근 가장 중요한 미디어로 떠오른 SNS의 가시성에 너무 의존하지 않는다는 점도 명민하다. 포털에 비해 트위터의 정보가 정확하지 않다는 뜻은 결코 아니다. 지금 당장 눈에 잘 띄는 것이 꼭 보편적으로 알려지거나 공감을 사는 건 아닐 수 있다는 경계심, 그 거리감이 중요하다. 이 거리가 무너지면 보고 싶은 것만 보게 될 테니까.

바로 지금 이곳에서 벌어지는 사회적 변화를 읽는 건데, 예를 들어 어떤 게 있을까요.

2~3년 전만 해도 스마트폰에 대한 공감대는 거의 없었거든요. 그래서 '남보원' 할 때는 문자메시지에 대한 이야기로 풀었는데 이제 '애정남'에서는 메신저 어플리케이션으로 디테일이 바뀌는 거죠. 기본적인 내용은 비슷하지만 소재는 바뀌니까 충분히 웃음 포인트가 될 수 있죠. 이렇게 새로운 트렌드들은 계속 등장하니까 저처럼 공감 소재를 이용한 개그는 그래도 경쟁력이 있는 거 같아요.

새로운 것에 대한 관심과 더불어 그걸 깊게 파는 게 필요하겠어요.

창의적인 일을 하는 사람은 한 끗 차이인 거 같아요. 한 번만 생각해보면 되는데 그걸 안 해서 고생하는 경우가 있죠. 어떻게 보면 사람들은 몸을 움직이는 것보다 생각하는 걸 더 귀찮아하는 거 같아요. 개그 회의를 할 때도 주제에 대해 이야기하다가 그에 대해 조금만 더 깊이 들어가보고 모르면 인터넷에서 잠깐 자료를 검색해도 재밌게 변화할 수 있는데 그걸 안 하는 경우가 많죠. 후배들한테 가장 많이 하는 얘기도 그런 거예요. 최선을 다했다고 하는데 대체 어디가 최선을 다한 거냐.

더 할 수 있는 여지가 빤히 보이는데?

한 발 더 가려고 하는 그런 태도가 없는 거죠. 가령 법무부 행사를 간다고 할 때 어떤 루트를 거친 사람이 법무부 장관이 되는지 정도만 알아도 토크나 개그의 폭이 확 넓어지거든요. 만약 이 사람이 청와대 무슨 수석이었다고 하면 그에 대해 질문할 것도 있고. 사실 포털에 이름만 치면 나오잖아요. 부산 어디 검사였더라 이런 거. 공연 준비한다고 나무 판넬에 칼질하고 대본 뽑아오고 나비넥타이 이거 맬까 저거 맬까 준비하는 열정 중 아주 조금만 이런 생각에 투자하면 완벽해질 수 있는 건데 안 그러면 아쉽죠.

자존심과 노력으로
이겨내는 성장통

열심히, 라는 부사만큼 쉽게 사용되는 단어도 드물 것이다. 잠을 줄이고, 사생활을 줄이고, 몸이 망가질 만큼 일을 붙잡는데도 성과가 나지 않을 때 대부분의 사람들은 '열심히 했지만 잘 되지 않았다'고 말한다. 하지만 이렇게 했는데도 '왜 잘 되지 않았을까'라고 질문하지 않는다면, 혹 다른 접근이 필요하진 않을지 궁리하지 않는다면 여전히 최선을 다한 건 아니다.

그래서 '애정남'이 끝난 이후에 최효종이라는 개그맨이 또 어떤 관점으로 공감 개그를 이끌지 관심이 많아요.

아직은 뭐다, 말할 수는 없는데 우선 이것저것 슛을 많이 던지는 타입이에요. 하나만 걸려라 하고.

'애정남'이라는 빅히트 코너를 경험했고, 여러 일들로 인지도도 확 올라갔기 때문에 개그를 짤 때 좀 다른 입장이 될 수도 있을까요. 심정적인 변화도 있을 것 같구요.

'애정남'은 저를 한 단계 발전시켜준 코너죠. 어떻게 코너의 방향을 잡을지에 대한 요령을 터득하게 해줬고, 이름도 많이 알려졌

고, 덕분에 할 수 있는 것들의 폭이 넓어진 것 같아요. 우선 캐릭터가 잡혔으니까 그걸 바탕으로 다른 일, 다른 코너로 이어갈 수 있는 거죠. 전에는 몰랐는데, 남들과 잘 융화되지 않아서 결과가 잘 안 나올 때 스스로 인정을 잘 못하는 성격이었던 거 같아요. 스스로 겸손하다고 생각했었는데, 그게 말하자면 칭찬만 받다보니까 그랬던 거예요. 누가 좋게 말해주면 '에이, 아닙니다' 이런 식으로. 그런데 〈개콘〉 외에 여러 가지 일을 하다보니까 잘 못한다는 이야기도 듣고, 그걸 받아들이지 못하는 거죠. 저에게 그런 면이 있다는 것, 남들의 비판적인 평가, 이런 걸 인정하게 된 게 가장 큰 변화 같아요.

어쩌면 〈개콘〉 개그맨들이 다른 분야에 진출할 때마다 겪는 성장통 같은 것인데, 그럼에도 바깥으로 나가고 싶은 이유가 있나요.

얼마 전까지만 해도 〈개콘〉만 하겠다는 생각도 했고, 코미디를 오래하고 싶었는데 내가 하고 싶다고 계속 할 수 있는 건 아닌 거 같아요. 개그맨으로서의 수명은 계속 고갈되니까요. 다른 분야에 가는 게 좋다기보다는 자꾸 다른 걸 도전해보고 거기서 내 영역을 만들어야 더는 코미디를 하기 어려울 때도 사람들을 즐겁게 해줄 수 있겠죠. 개그만 해서 그럴 수 있겠느냐 하면 가능성이 없는 거죠. 제가 느끼기엔.

그렇다면 〈개콘〉은 본인이 앞으로 할 여러 가지 중 하나인 건가요, 아니면 그래도 꼭 쥐고 계속 하고 싶은 프로그램인가요.

신이 나에게 100개의 재밌는 코너를 주겠다, 그러면 다른 방송 안 하고 〈개콘〉만 계속할 수 있어요. 하지만 그럴 수 있는 게 아니니까. 저는 분명 제가 개그에서 보여줄 수 있는 최고치를 보여드렸고. 그럼 적어도 내가 능력이 더는 안 되고 감이 떨어졌을 때 후배들에게 걸쳐서 생명 연장을 하고 싶지 않은 거죠. 그럴 때 후배들에게 모든 걸 넘겨주고 〈개콘〉을 과감히 떠나야 하는데, 그때 내가 다른 걸 하고 있지 않으면 그냥 쫓겨나는 모양새잖아요.

최효종이 계산적으로 느껴진다면 이익을 좇아 움직여서가 아니라, 근거 없는 낙관주의를 경계하고 자기 위치를 계속 객관화하기 때문일 것이다. 우직한 의지로 항로를 개척하는 것이 치밀한 계산으로 안전한 항로를 찾는 것보다 무지하거나 잘못된 방법이라고 생각하진 않는다. 다만 많은 사람들은 앞으로 어떤 일이 벌어질 것인지 생각하기 귀찮아서 외길로 가는 걸 전자로 착각한다.

본인의 최고치를 보여줬다고 생각하세요?

최전성기를 보냈던 여러 선배들이 그랬던 것처럼 개그로 보여줄 수 있는 아이디어나 캐릭터에서는 제가 가진 최고치를 보여줬다고 생각해요. 운동선수가 진짜 죽을 때까지 했기에 결과가 어떻게 되어도 후회 없다고 말하듯이 저도 90분 풀타임 뛴 것처럼 이번 '애정남'과 '사마귀 유치원'에 다 쏟아 부었거든요 이것과 비슷한 수준의 몇 가지를 더 할 수 있을지 이젠 재미가 없는 걸 하게 될지 모르겠지만 그럴 때 후배한테 걸쳐 가고 싶진 않아요. 나는 이렇게 힘들게 내가 재밌는 사람이라는 인식을 심어줬는데, 결국 후배 코너에 묻어간다는 이야기를 들으면 싫잖아요. 그런 면에서 존경하는 게 (김)병만이 형이에요. 이 형이 '달인'으로 인기가 엄청 많았는데, 그러면 그 인기와 인지도를 바탕으로 다른 방송을 하면서 〈개콘〉에선 후배들한테 걸칠 수도 있거든요. 그런데 그 형은 그러지 않잖아요.

말하자면 멋있는 퇴장이 필요하단 건가요.

그러니까 본인만의 색깔이 있는 〈정글의 법칙〉이나 종편의 여러 프로그램을 할 수 있잖아요. 그게 다 재미있고. 그러면 멋있게 퇴장할 만하죠.

물러날 타이밍이 중요하단 건데요. 본인이 현재 최고점을 찍었다면 앞으로는 결국 완만한 하향세인 건데 그 내리막이 눈에 보일 때, 혹은 내려갈 만큼 내려갔을 때, 언제 물러나고 싶은가요.

그건 개그맨마다 다 다른데 어느 시점에서 본인이 다들 느끼는 거 같아요. 제가 자립할 수 없을 때, 누군가에게 의존해야 할 때

하지 말아야죠.

자존심이 강한 거 같아요.

개그맨이라는 직업에 대한 자존심, 제 개그에 대한 자존심은 분명히 있어요. 하지만 재미없다고 하는 의견은 분명히 받아들일 수 있는 거죠.

전략적으로 개그 외의 일이 필요하다는 건 동감합니다. 그런데 그게 누구나 하고 싶다고 할 수 있는 건 아닌데요.

방송하는 사람은 뭔가를 좋아해야 해요. 그래야 더 기회가 많아지죠. 가령 김구라 선배는 팝을 좋아하니까 〈라디오스타〉 같은 프로그램에 잘 어울릴 수 있던 거잖아요. 사실 지금 와서 방송을 위해 새로운 뭔가를 파기에는 좀 늦었지만 원래 좋아하던 게 많이 있어요. 스포츠는 종목별로 한 번씩 몰두할 때가 있었고, 당구도 직접 치는 건 아니지만 세계 4대 천왕 이런 거 찾아보고 그랬어요. 스포츠 채널도 많으니까 이러다 방송을 하는 계기가 될 수도 있겠죠.

그런 사람들이 있다. 길거리를 지나치다 좋은 음악이 나왔을 때 '아, 좋다'에서 그치지 않고 기어코 노래 이름과 가수를 알아내어 앨범의 다른 곡들, 다른 앨범까지 확인하면서 자신의 지적 라이브러리를 가득 채우는 사람들. 이것은 최효종의 경우처럼 보통 성격의 차원이지만, 다양한 분야의 다양한 기회를 원하는 사람에게는 의무의 차원이 될 수 있다. 노력이란, 그런 거다.

실제로 〈야구 읽어주는 남자〉에도 출연하는데, 스포츠 외에도 방송에서 활용하고 싶은 분야가 또 있나요.

요새 가장 관심 있는 분야가 광고였어요. 광고를 몇 번 찍다가 흥미가 생겨서 광고회사는 어떤 곳인가, 어떤 과정으로 광고를 만드나 공부하게 됐죠. 그 과정이 정말 전쟁 같더라고요. 그래서 성취감도 클 거 같고. 요즘 서바이벌 프로그램이 되게 많은데, 광고 만드는 서바이벌 프로그램이 있으면 내가 진행을 하면 좋겠다고 생각했어요. 일반인보다는 많이 아니까요. 어떻게 프레젠테이션을 해서 광고를 따고 어떻게 만들고 이런 것들.

요즘은 버라이어티의 시대인데 최효종씨는 개그에서도 멘트에 강하니까 토크형 버라이어티도 잘할 거 같아요.

아직 내가 재밌게 하는지는 모르겠어요. 사실 누구나 입이 트일 때까지 기다려주면 다 재밌을 거예요. 일반 사람들 기준으로 보면 다 99점 아니면 100점, 조금 못하면 98점인 건데 그 1~2점이 결국엔 같이 하는 사람들과 얼마나 어우러지고 그 상황에 맞는 말과 행동을 하느냐로 갈리는 거 같아요. 그 부분에서 저는 아직

부족해요.

가령 〈해피투게더 3〉에서 함께한 유재석 씨는 100점일 텐데요.

잘한다는 걸 떠나서 저분은 천성적으로 사려가 깊고 사람을 챙기는 분이구나 하는 걸 가장 많이 느껴요. 방송에 안 비치는 시간에도 사람들과 사이좋게 지내야 결국에는 자연스럽게 방송에 나오는 거지, 그냥 프로라고 해서 카메라에 불 들어올 때만 하는 게 아닌 거죠. 결국 사람끼리 하는 것이니까요. 저를 비롯한 코미디언이나 MC들뿐 아니라 모든 사람들이 배워야 할 자세라고 생각해요.

10분 빠르게 맞춰놓은 시계

사람들의 첫 인상은 다양한 방식으로 남는다. 처음 인사할 때의 데면데면한 표정으로도, 이름만 들으면 알 만한 상표의 옷으로도, 며칠 동안 밤새 일하느라 까칠한 수염과 덥수룩한 머리카락으로도. 최효종과의 만남에서 가장 먼저 떠오르는 것은 손목에 찬 시계다. 그의 아날로그 손목시계는 실제 시간보다 10분여 빨리 맞춰져 있었다. 그리고 대부분의 첫 인상이 그러하듯, 시계의 바늘은 최효종이라는 개인의 숨길 수 없는 삶의 태도를 슬쩍 가리켰다.

차고 있는 시계가 10분 정도 빠른 거 같아요.

원래 제가 지각을 안 하는 편인데 한동안 바쁘다보니 지각을 많이 해서 이렇게 했어요. 일정이 많기도 하고, 사람이 피곤하니까 처지잖아요. 미리 가서 기다리면 되는데 힘들면 그것도 고역이니까 딱 맞춰가려고 하다가 지각하고. 그래서 처음에는 20분 빨리 해놨다가 조금 괜찮아져서 15분, 10분, 이렇게 줄이고 있어요. 이걸 해놓은 것까지 속으로 계산할 수도 있기는 한데, 시계 보면 본능적으로 '늦었네!' 이렇게 되니까요.

스스로를 고치는 건 그만큼 자기객관화가 필요한 건데요.

잘 못 지켜서 그렇지 스스로에 대한 평가는 냉정하게 하려고 해요.

연예인이 되면서 그런 건가요, 원래 그런 편이었나요.

잘되고 싶다는 욕심이 생긴 후부터 그런 거 같아요. 성공하려면 어떻게 해야 하나, 성공한 사람들은 어떻게 했나 생각했죠. 시간 지키는 것도 그래요. 약속을 잘 지켜서 성공하겠다고 생각하는 건 아니지만, 어쨌든 자기 분야에서 잘된 사람들 보면 약속을 잘 지키더라고요. 기본이 잘되어 있다고 해야 하나? 저 사람은 약속을 잘 지키니까 성공할 만해, 이런 게 아니라 그것부터 시작을 해야 한다는 거죠. 웃는 얼굴로 사람 대하는 것도 그렇고.

누군가 성공의 답이 있노라고 말하면 단 한 가지 태도를 취하면 된다. 그자는 사기꾼이다. 차라리 성공한 청년 사업가가 되려면 대기업 가문 자식으로 태어나 프랑스 제빵 학원을 수료하고 들어오기만 하면 된다던 '사마귀 유치원' 일수꾼의 말이 훨씬 진실에 가깝다. 성공은 수많은 경우의 수가 다행히 맞아떨어질 때 얻어지는 것이지, 이미 주어진 문제에 대해 공식을 대입해 얻는 것이 아니다. 하지만 성공을 위한 기본은 다르다. 바둑의 수가 아무리 다양해도 기본적인 포석이 있는 것처럼, 성공을 위해 기본적으로 알고 지켜야 할 태도란 존재한다. 그것이 성공을 보장하는 건 아니지만, 그것 없이 성공을 바랄 수는 없다.

성공한 사람들에 대해 관심이 많은 편이세요?

유명한 사람들의 자서전이나 일대기 읽는 걸 좋아해요. 오프라 윈프리나 카네기가 쓴 책들, 한국 사람 중에서는 정치적인 평가를 떠나서 고 정주영 회장님이나 여러 전 대통령들의 자서전 같은 거. 분명히 거기에 본인들에 대한 포장이 있을 거 아니에요? 또 뉴스에서 볼 수 있는 것처럼 과오들도 있고. 그런데 그냥 딱 이 책 안에 있는 '그' 사람만 생각하는 거죠. 실제 그 사람이 아닌.

그런 책에서 성공의 법칙 같은 게 보이나요.

결론적으로 성공한 사람들은 다 하나로 귀결되는 거 같아요. 눈앞에 있는 것보다는 멀리 보는 사람들. 실제로 성공한 사람 만나 봐도 그런 이야기를 해요. 주위를 돌아보고 챙기고 사람과의 인연을 소중하게 생각하라고. 가령 누군가 당장 10억을 줄 테니 1년을 같이 일하자고 하고, 다른 누군가는 1년에 1억을 줄 테니 평생 가보자, 다만 그게 몇 년이 될지 50년이 될지는 아직 모르겠다고 하면 우린 보통 일확천금을 노리니까 전자를 택하잖아요. 하지만 성공한 사람들은 후자의 경우를 택하고 그 인연을 계속 이어가더라고요.

실제로 그런 사람들을 만나보면 도움이 되나요.

개그맨 선배가 아닌 분들 중 힘든 일 있을 때마다 전화해서 물어보는 멘토가 두세 명 정도 있어요. 부잣집 아들보다는 자수성가한 사람들. 제가 사업하는 사람들이랑 성격이 잘 맞더라고요. 제

나이 또래에 그런 멘토가 있으면 삶이 크게 힘들지는 않을 거예요. 그들이 꼭 뭘 해주진 않더라도 내가 힘들 때 저 사람이 좋은 조언을 해줄 거라는 믿음만으로도 힘들지 않은 거죠.

사실 자기가 속한 커뮤니티에만 매몰되면 시야가 좁아질 수도 있겠죠.

그런 사람들 볼 때마다 난 저러지 말아야지, 라는 생각을 미친 듯이 많이 해요. 스스로 뜨끔할 때도 많아요. 그렇게 젖어드는 게 편하거든요. 남 얘기 안 듣고 내가 하고 싶은 대로 하고. 전에는 일찍 자고 일찍 일어나고 아무리 늦게 자도 낮 12시 이후에 일어난 적이 없는데 어느 순간부터 다른 개그맨들처럼 늦게 자고 늦게 일어나고 무의미하게 보내는 날이 생기는 거예요. 자기계발 없이 잠만 자고. 그럴 때 '아, 내가 진짜 이렇게 됐구나' 그러죠. 또 후배들에게 짜증내고 강압적으로 하는 내 모습을 발견할 때 '이런 선배 정말 싫어했는데' 이러고. 그러면서도 또 자기합리화하는 나쁜 버릇이 생기고. 그런 걸 경계하기 위해서라도 앞서 말한 멘토 형들을 만나면서 스스로를 채찍질 하는 거죠.

타인의 시선을 의식하는 것과 타인의 시선으로 자신을 점검하는 것은 전혀 다르다. 전자의 경우 남에게 멋있게 보이기 위해 스스로를 치장하느라 바쁘지만, 후자의 경우에는 오히려 자신의 속살과 치부를 생생하게 확인할 수 있다. 그리고 당장 치장이 급한 사람과 거울을 앞

에 놓고 자신을 비춰보는 사람 중 결과적으로 누가 더 깨끗한 매무새가 될지는 쉽게 알 수 있는 일이다.

개그를 위해 바깥에 대한 촉을 세워야 한다고 했는데, 꼭 그게 아니더라도 인생 전체를 위해 시야를 넓히려고 노력하는 거 같아요.

다양한 경험을 해보고 싶어요. 가령 작년 중순까지만 해도 버는 돈은 다 나를 위해서 썼어요. 사치는 안 했지만 펀드나 주식 이런 거 다 해봤어요. 그러다 몇 천만 원 있던 거 다 날려먹기도 하고. 그래서 요즘은 그런 거 안 하고 차곡차곡 저축해요. 결혼할 생각을 하니까 책임감이 생기면서 쓸데없는 걸 안 하게 되더라고요.

돈을 날려본 게 잘한 거 같아요?

그럼요. 천만 원 날린 게 10억 원 날릴 뻔한 것에 대한 예방주사라고 생각해요.

경험해보고 싶은 전혀 다른 분야도 있나요.

전 윤회를 믿지는 않지만, 만약 나중에 다시 태어난다고 가정한다면 공무원을 해보고 싶어요. 예전 어릴 적 드라마에 나오는 아버지 상을 보면 부장님한테 혼나고 술 마시다 넥타이 풀고 들어와서 힘들어하는 모습이잖아요. 그런데 요즘 기업은 직급보다는 능력이 중요해서 자기 능력이 좋으면 그렇진 않은 거 같아요. 그런 면에서 공무원은 정말 예전에 제가 막연히 생각하던 직장 생활에 가장 가까울 거 같아요. 순차적으로 밟지 않으면 5급 공무원이 1급이 될 수 없는 그런 생활?

서열이 있는 조직 생활인데 재밌을 거 같나요?

오히려 그게 더 자존심이 안 상할 거 같아서요. 지금 제 일에서 만약 비굴하게 굴 일이 있으면 능력이 없어서, 못 웃겨서, 인기가 없어서라고 생각하게 되잖아요. 그건 비참한 건죠. 하지만 조직 생활할 때 "과장님 식사하셨습니까" 이러면서 좀 아부를 해도 스스로 상처가 안 될 거 같아요. 오히려 사회생활 잘하는 것처럼 느껴지고.

능력과 상관없이 저자세여야 하는 거니까요?

정해져 있잖아요. 어떨 땐 좋아하는 형이라서, 혹은 중요한 고용주라서 마음 놓고 아부하고 싶은데 스스로가 비굴해 보일까봐 못할 때도 있어요. 기회주의자처럼 보일까봐. 그런데 서열이 정해진 곳이면 앞에서 노래도 하고 취해서 아부도 하고 그럴 수 있을 거 같아요.

아무리 좋게 봐주더라도 최효종의 말은 관료제 사회가 주는 스트레스에 대한 무지에서 비롯된 게 맞다. 아부를 하고 싶을 때 마음껏 할 수 있는 자유는 있을지언정, 아부를 떨고 싶지 않을 때 거부할 수 있는

자유는 없다. 그것이 관료제 사회다. 여기서 중요한 건 관료제가 편하다는 최효종의 판단이 아니다. 본인의 실력에 대한 납득할 만한 비판 외에는 상처 입을 일이 없다는 것, 마음을 굽히지 않은 상태에서 몸을 굽히는 건 아무런 정신적 데미지가 없다는 그 태도가 중요하다.

'애정남'의 조언이 필요하지 않은 일인가요.

그런 셈이죠. 월급도 꼬박꼬박 나오고. 애매하지 않은 환경을 좋아하는 거 같아요.

그런 면에서 개그맨 생활은 직장 다니는 거랑 많이 다르잖아요.

개그하고 방송하는 건 정말 잘 맞고 천직인데, 바로 그런 제시간에 안 끝나는 환경이 저랑 안 맞는 면이 있어요. 우리가 학교에 다닐 때는 몇 시에 일어나서 몇 시까지 공부를 하고 몇 시에 자는 방식으로 교육을 받잖아요. 말하자면 앞으로 사회에서도 그렇게 할 것이기 때문에 그렇게 가르치는 건데 우리 일은 그런 패턴이 흔들리니까 약속 잡기도 어렵죠. 꼭 제가 바빠서 사람을 못 만나는 게 아니라 제가 쉴 때 그 사람들은 일해서 못 만나요. 그게 좀 불만이에요. 아예 일찍 일어나도 좋으니까 딱 정해진 시간만큼 스케줄을 소화하면 좋겠다고 생각하죠. 톱스타가 되면 가능하겠죠. 원하는 시간에 일할 수 있으니까. 그럼 되겠네요.

톱스타가 되면 일이 더 많아지지 않나요?

톱스타가 아니니까 일을 많이 하는 거죠. 하고 싶지 않은 일도 해야 하니까.

그럼 지금 안 하고 싶은 일도 하고 있나요.

특별히 이런 건 싫다는 게 아니라, 피곤해서 하루 정도 일을 안 하고 싶은데 그러지 못할 때가 있잖아요. 이걸 안 하면 그로 인해서 다른 일이 떨어져나갈 수도 있겠다는 생각 때문에. 사실 그런 걸 계산한다는 것 자체가 아직 톱스타에는 많이 부족하다는 뜻이죠. 저는 그래도 그런 빈도가 낮은 편이지만 백 번 정도 일을 하면 한두 번 정도는 하기 싫은데 일할 때가 있어요.

하기 싫은 일도 해야 하지만 그래도 용납하기 어려운 게 있나요.

액수를 깎지는 않아요. 그 액수가 자존심의 문제이기도 하니까요. 가령 어떤 행사를 할 때 나는 얼마를 받아야 한다고 확실하게 이야기해요. 야구 선수들 보면 100만 원 차이만으로도 계약 안 할 때 있잖아요. 프리랜서로 일해보니까 이해가 되더라고요. 매년 10억씩 받던 사람이 어느 날 9억 9,000만 원을 받으면, 남들이 보기엔 똑같아 보여도 본인은 퇴물이 된 기분이 들 수 있을 거 같아요.

말하자면 몸값이 본인의 인기에 대한 바로미터인 건가요.

저도 그렇고 개그맨들에게 가장 부족한 게 나 자신이 어느 정도인지 판단하는 거예요. '애정남'으로 인기를 얻고 고소 사건 때문에 이슈가 됐을 때, SNS에서 보이는 건 다 저에 대한 좋은 얘기였어요. 최효종이라는 개그맨은 좋은 코너를 많이 했고 잘하는 사람이다. 사실 그건 그냥 한시적인 인기인 건데 내가 개그맨으로서의 내공이 대단한 사람이라는 착각을 하게 됐죠. 그러면서 누군가 나를 '애정남'의 최효종, '사마귀 유치원'의 최효종이라고 부르면 불만이 생기는 거예요. 마치 예전부터 나의 개그 세계가 확실했던 것처럼. 사실 그건 아닌데. SNS나 블로그, 제 미니홈피를 너무 맹신한 거죠. 그러다 조금 잘못하니까 홈피는 욕으로 도배되고 그때야 '아, 이게 뭐지?' 싶은 거예요. 결과적으로는 스스로의 위치를 냉정하게 볼 수 있는 좋은 기회였어요. 그러면서 사람들은 날 어느 정도로 원하는지 어느 정도의 몸값으로 생각하는지, 판단할 수 있게 됐죠.

어쩌면 그가 야구를 좋아하는 것이 데이터를 좋아하기 때문은 아닐까라는 생각이 들었다. 데이터를 신봉하는 사람들은 눈에 보이는 이미지가 아니라 그것을 숫자로 해체한 다양한 수치 안에서 대상의 본질이 온전히 드러난다고 믿는다. 물론 그렇게 대상을 잘게 쪼갰을 때 놓칠 수 있는 것들도 있고 데이터가 대상과 사태의 모든 걸 밝혀주는 것도 아니다. 다만 적어도 수치를 보는 사람들은 자신의 시선이 얼마나 주관적이고 모호할 수 있는지 알고 경계한다.

앞서 안 좋은 일에 안 흔들릴 만큼 강해졌다는 얘기도 했는데, 그만큼 칭찬이나 추임새에 안 흔들리는 것도 중요할 거 같아요.

칭찬은 그걸 듣고 기분 좋은 데에서 끝나야 하는데 사실 그땐 많이 흔들렸던 거 같아요. 지금은 안 그러려고 노력하죠. 칭찬을 받으면 또 칭찬받을 만큼 잘해야지, 거기에 마냥 취해 있으면 위험해요.

그러면 단순히 몸값을 떠나 최효종이라는 개그맨이자 방송인이 성공한다는 것, 톱스타가 된다는 건 어떤 기준으로 판단할 수 있을까요.

내가 하고 싶은 프로그램이나 포맷이 있을 때 역으로 방송사나 시청자에게 제안할 수 있는 정도라면 성공했다고 할 수 있겠죠. 시청자들에게 '제가 이런 방송을 기획 중인데 해도 되겠습니까' 라고 할 때 우습게 들리지 않을 수 있다면.

그런 위치가 됐을 때 해보고 싶은 건 어떤 건가요.

앞서 말했던 광고 오디션 프로그램이나 관객들과 많이 호흡할 수 있는 참여형 프로그램이면 좋겠어요. 직접 코미디 프로그램

도 만들어보고 싶고. 과거 〈헤이 헤이 헤이〉 같은 경우 신동엽 선배님이 직접 아이디어 회의를 해서 만들고 방송할 때도 거의 밤을 새서 콩트를 짰다고 하는데 저도 그러고 싶죠. 프로덕션까지는 아니더라도 기획 수준에서.

개그맨으로서 생각하는 성공이 뭔지는 알았어요. 그렇다면 왜 개그맨으로서 성공하고 싶은지 물어보고 싶네요. 왜 사업이 아니고 왜 공무원이 아닌 개그맨인지.

모두가 즐겁고 행복하게 잘됐으면 좋겠다고 생각해요. 그게 상품이 됐든 개그가 됐든 다른 콘텐츠가 됐든. 사람들이 웃는 모습을 보는 게 좋아요.

행복해지기 위해
주저하지 않는다

착한 감수성

신보라

신보라

수업 시간에 선생님 흉내를 내서 친구들과 선생님을 웃기면서도 서울에는 얼마나 웃기는 사람들이 많을까 생각하고, 친구들이 노래를 잘 부른다고 추켜 세워줘도 서울에는 훨씬 잘 부르는 사람들이 많을 거라 말하던 거제도 소녀였다. 꿈을 찾아서라기보다는 더는 이곳에 자신의 자리가 없다는 생각으로 고향을 떠나 서울에서 신문방송학을 전공했다. 그러다 휴학을 하고 개그맨 시험에 도전해 덜컥, 합격했다. 하나의 목표를 향한 치열한 달리기라고 보기에, 개그맨이 되기까지 신보라가 경험했던 시간들은 수많은 주저의 흔적을 너무 많이 남기고 있다.

그럼에도 지금 여기, 신보라는 〈개그콘서트〉에서 가장 활발하게 광고와 대외 활동을 펼치는 개그맨 중 하나다. 유세윤과 정형돈처럼 버라이어티에 성공적으로 안착한 선배들을 제외한다면 〈개콘〉 역사에서도 손에 꼽힐 수준이다. 그가 가장 웃긴 개그맨은 아닐 것이다. '생활의 발견'은 어느새 1년을 훌쩍 넘긴 장수 코너가 되었지만 어느 순간부터 그와 송준근의 화학작용보다는 게스트의 힘에 의지하는 게 사실이고, 수많은 CF로 이어진 '용감한 녀석들'은 초반 박성광의 서수민 PD에 대한 폭로전 덕에 검색어 순위에 오를 수 있었다. 하지만 처음부터 개그맨을 목표로 전력 질주하지도 않았고, 〈개콘〉의 역사에 남을 만큼 대박 코너를 남긴 것도 아닌 그의 인기가 거품이라 말하려는 것은 아니다. 오히려 개그맨 신보라의 가치는 개그를 과거의 웃긴다는 개념으로부터 확장했다는 것에 있다.

그에게 2011년 KBS 연예대상 코미디부문 여자우수상을 선사했던 '생활의 발견'보다 〈남자의 자격〉 '합창단 편'에서, 그리고 '용감한 녀석들'에서 보여준 노래 실력을 먼저 이야기해야 하는 건 그래서다. 사실 '슈퍼스타 KBS'에서 멋지게 노래를 부르다가 겨드랑이의 땀자국을 드러내는 식의 반전 개그를 펼칠 때만 해도 그의 노래는 평범한 '니주'로서 기능할 뿐이었다. 가창력에서는 비교할 수 없지만 과거 '도레미 트리오'가 '꼬부랑 할머니'를 부르다 윤종신의 〈오래전 그날〉의 '교복을 벗고'란 가사를 덧붙이며 웃음을 주던 패턴과 비교해도 단순한 편이다. 하지만 이 가창력이 리얼 버라이어티인 〈남자의 자격〉을 거치고, 합창단 오디션 장면이 따로 편집되어 인터넷에 퍼지면서 그의 노래는 코너 속 장치가 아닌 신보라라는 한 개인의 재능으로 받아들여졌다. 이런 배경이 있기에 '용감한 녀석들' 첫 회에서 그가 들려준 노래는 코믹한 가사보다는 그루브를 자유자재로 넘나드는 탁월한 가창력에 방점이 찍혔다. 개그와 상관없는 장치였다는 뜻이 아니다. '용감한 녀석들'은 뿌려놓은 설정이 톱니바퀴처럼 돌아가며 시한폭탄처럼 계산된 시간에 웃음이 빵 터지는 코너가 아니다. 그 대신 신보라의 노래를 필두로 한 퍼포먼스를 통해 큰 웃음보다는 같이 즐길 수 있는 흥겨움을 준다. 역시 노래 개그인 '감사합니다' 팀이 평소의 노래에 가사만 바꿔 코믹한 CF를 찍는다면, '용감한 녀석들' 팀은 커피소년의 〈칼로리송〉을 개사한 노래로 CM송을 부를 수 있는 건 그래서다.

이 지점에서 "우리 그만 헤어져"라던 '생활의 발견'의 연기파 신보라는 다양한 재능을 가진 전통적인 의미의 탤런트에 근접한다. 연기자들이 시종 정색해야 관객에게 웃음을 줄 수 있는 초기 '생활의 발견'에서 그가 보여준 미니멀한 연기는 정말 홍상수 영화의 그것 같았다. 이 코너를 통해 그는 유세윤, 강유미, 신고은, 정경미 등으로 이어지는 〈개콘〉 연기파의 계보를 이을 만한 재목으로 주목받았고, 앞서 말한 일련의 과정이 더해지며 그는 잘 웃기는 개그맨보다는 재능 많고 참한 '신보라'라는 고유명사가 되었다. 가령 예수의 피를 언급한 그의 연예대상 수상 소감은 수많은 악플을 신보라에게 주기도 했다. 하지만 엔터테인먼트 시장 안에서 신보라 본인이 하나의 캐릭터가 되면서 신실한 크리스천이라는 배경 역시 개그맨에 어울리지 않는 진중함이 아닌 개인 신보라를 이루는 중요한 정체성으로 받아들여졌다. 지엽적인 장점일 수 있지만 호감형의 귀여운 외모도 무시할 수 없는 요소다. 남보다 자신이 망가지는 개그가 마음이 편하다는 본인의 말을 굳이 인용하지 않더라도, '왕비호' 윤형빈과 달리 '용감한 녀석들' 속 신보라의 디스는 그래서 역설적으로 착하고 예쁜 신보라의 '나쁜' 연기로 받아들여질 수 있다.

요컨대 지금 신보라를 빛나게 해주는 건, 제법 웃기지만 더 큰 무대는 자신하지 못했던 소박한 학생으로 또 자신의 종교적 신념을 잘 다듬어진 노래로서 표현하는 성가대로 보내던 지난 시간들이다. 그렇게 조심스럽게 여물어온 젊은이의 착한 감수성과 재능들이 개그맨이라는 하나의 꿈으로 소급하면서 신보라라는 색다른 여성 개그맨이 등장할 수 있었다. 다시 말하지만 적어도 현재로선 그가 가장 웃긴 개그맨은 분명 아닐 것이다. 이젠 〈개콘〉을 떠난 강유미, 안영미 같은 전

설들과 현재 같은 무대에 남은 정경미, 박지선보다 뛰어나다고 말할 수도 없을 것이다. 다만 이 대단한 선배 여성 개그맨들이 만들어놓은 것과는 다른 지점에 신보라는 본인만의 탑을 쌓아가고 있다. 물론 아직 거대하진 않다. 단지 아주 좋은 터를 잡았을 뿐이다.

많이 웃으시고 행복하세요!!

난 행복해지기 위해 **여기 왔어요**

착해요. 부모님에게 참 잘해요. 생각이 깊어요. 언젠가 동료 개그맨들과 함께 〈해피투게더 3〉에 출연한 정범균은 자신이 신보라를 좋아하는 이유에 대해 이렇게 말했다. 착하고 현명한 여성. 아마 한국어 중이 모든 걸 포괄할 수 있는 가장 적확한 단어는 '참하다'이지 않을까. 그렇다, 신보라는 참 참한 이미지의 개그우먼이다. 무대 위에서는 노래를 부르다 급작스레 망가지거나(슈퍼스타 KBS) 인기 연예인들을 향해 독설을 내뱉지만(용감한 녀석들) 잘 알려진 것처럼 〈개그콘서트〉 바깥의 그는 성실하게 신앙생활을 하며 선한 말과 행동을 하고, 사람들의 관심에 겸손해하는 소위 모범생 타입이다. 그 참한 성격과 개그맨이라는 직업 사이의 괴리를 말하려는 것이 아니다. 프로페셔널한 직업인으로서 잠시 자신을 가리고 무대 위에서 다른 사람으로 변하는 건 개그맨 모두의 공통된 숙명이다. 궁금한 건, 수줍음 많고 공부만 열심히 하던 거제도 소녀가 이러한 쉽지 않은 숙명을 감내하게 된 계기다. 그것은 재능의 문제일까, 욕망의 문제일까. 아니, 결국은 용기의 문제일지도 모르겠다.

토크쇼에서나 연구동에서 개그맨들과 함께 코너 구상할 때 보면 참 차분한 인상이에요. 개그맨이나 연예인 같은 느낌이 아니랄까.

내가 보여줘야 할 자리에서는 확실히 보여줘야 한다고 생각해요. 〈개콘〉 무대를 비롯해 기회가 생길 때마다요. 하지만 평소에는 안 그러고 싶어요. 어쨌든 지금 대중이 절 좋아해주는 건 〈개콘〉 무대에서 망가지고, 개그를 잘하고, 노래를 잘 불러서인 거지 제가 어떤 스타로서 빛나고 완벽한 사람이라서가 아니잖아요. 무대 위에서는 개그맨이지만 그 밑에선 평범한 게 좋아요. 그게 더 편하고요.

말하자면 무대 아래 일상에서도 남을 웃기고 싶은 욕심이 없는지 궁금하거든요. 그런 개그맨 분들 많지 않나요.

아, 그런 거. 그런데 전 그런 스타일이 아니에요. 물론 일상이 개그이신 분들도 많지만 안 그런 분들도 많거든요. 박영진 선배님 같은 경우도 정말 진지하세요. 가깝고 친해지면 장난을 엄청 잘 치시는데 그전에는 낯을 굉장히 가리시거든요. 저도 오히려 이

일을 하면서 낯가리는 성격이 많이 고쳐진 편이에요. 낯가리는 게 잘못이라는 게 아니라 어쨌든 이 일을 하는 데는 힘든 성격이잖아요.

그래도 보통 그런 경험이 있어야 개그맨이 되고 싶다는 생각을 하지 않나요.

조용히 있다가도 뭔가 본능적으로 여기서 웃길 수 있다 싶은 곳이라는 분위기가 조성되고 이 개그를 치면 웃길 수 있겠다는 생각이면 그냥 툭 나오는 편이에요. 애들이 수업하기 싫으면 만날 '선생님, 보라가 선생님 흉내내요'라며 끌고 나와서 그 선생님이랑 다른 선생님 흉내까지 내고. 그러다 웃으면 아, 성공했다, 이러고. 하지만 남들에게 명물 소리 들을 만한 끼가 있는 건 아니었어요. 평범할 때 정말 평범한 아이니까. 소위 히키코모리처럼 굴다가 '똘끼'를 부리는 게 아니라 평소에도 밝은 에너지로 있다가 기회나 자리가 생겼을 때 하는, 그냥 수없이 많은 그런 아이 중 하나니까요.

그럼 개그를 보는 건 즐기는 편이었나요.

〈개콘〉 마니아였죠. 거제도 있을 때부터 정말 한 주도 빼놓지 않고 봤었어요. 여느 시청자처럼 프로그램 시작 때 들리는 관객들 박수소리에 가슴이 뛰었고, 〈개콘〉의 엔딩 음악이 너무 싫었고, 월요일이 오는 게 싫었어요. 또 다른 사람들과 마찬가지로 대박 코너가 나왔을 때 정말 행복했고요. 그래서 지금도 신기한 거예요. 〈개콘〉에 있는 선배님들이 가족 같다고 하지만 내가 대학생 때 정말 재밌게 보던 '분장실의 강선생님'의 정경미 선배님이랑 얘기하고 밥 먹고 하면 신기하죠. 그래서 전 표현을 해요. 선배님, 저 지금 진짜 신기하다고. 서로 선배님, 보라야, 라고 호칭하는 게. 만날 TV로만 보고 좋아하던 사람들과 허물없이 언니 동생처럼 고민을 이야기하는 관계가 됐다는 게 이따금씩 정말 신기해요. 선배님들도 3~4년차까진 그랬다고 하더라고요.

그렇게 웃기는 재주도 있고 〈개콘〉도 좋아했지만 내가 갈 길이란 건 미처 생각하지 못한 거고요?

다들 웃는 게 좋았지만 전혀 그런 생각은 못했죠. 그땐 그냥 내가 웃긴다고 해봤자 서울에는 더 웃긴 사람이 얼마나 많겠어, 그렇게 생각했어요. 친구들이 저 보고 노래 잘한다고 할 때도, 서울엔 노래 잘하는 사람 훨씬 많을 거라는 식으로 말했고요.

결핍은 비교를 통해 드러난다. 서울이라는 거대한 도시와 비교됐을 때 거제는 온전한 거제가 아닌 서울 바깥의 촌이 되고, 거기서 사는 재능 있는 소녀는 우물 안 개구리가 된다. 이런 판단이 옳은 것인지 그른 것인지는 쉽게 말하기 어렵다. 확실한 건, 결핍은 그 결핍을 채우려는 욕망으로 이어지고, 그게 때로는 무엇보다 강한 추진력이 된다는 것이다. 무엇을 해도 서울에는 더 크고 좋은 게 있을 거라 믿었던 소녀

의 마음과 그저 스스로를 낮추는 데 그치는 자기비하는 그래서 다르다. 자기비하로는 꿈을 키우지 못한다.

서울에 대한 동경이 있던 걸까요? 그래도 거제도는 상당히 산업화된 섬인데.

굉장히 크고 부촌이죠. 다 조선소 계열에서 일을 하니까. 어머니도 직접 조선소에서 일하신 건 아니지만 그쪽 계열에 계셨었고. 그냥 친척들도 서울에 있고, 자연스럽게 고등학생 땐 서울로 갈 생각을 하게 되는 거 같아요. 나도 서울로 가고 싶다, 그렇게. 아, 그런 생각도 하긴 했어요. 비록 성적은 안 되지만 가르치는 거 좋아하니 교대나 사범대학 가서 선생님이 되면 좋겠다는 생각.

서울이든 어디든 가고 싶다는 거랑, 거제에서 벗어나고 싶다는 욕망은 다를 거 같아요. 무엇이 더 컸나요.

저를 비롯해 거제에 있는 대부분의 학생들에게는 스무 살이 되면 그곳을 웬만하면 떠나는 게 일종의 운명 같은 거예요. 물론 남아서 그쪽에서 취업하고 일을 하는 친구들도 있지만 인문계 나온 학생들은 대체로 집을 떠나 자신의 20대를 맞이하게 돼요. 그게 서울이든 부산이든. 물론 그곳에도 대학이 있고 처음부터 난 여기 남아서 일을 하며 부모님이랑 살겠다는 친구들도 있지만, 제가 다닌 학교는 비평준화 환경에서 공부를 열심히 하고 4년제 대학 진학이 목표인 애들이라 수능 보고 각자 대학에 가서 새로운 곳에서 새출발해야 한다는 생각을 자연스레 하고 있었어요. 보고 자란 것도 그랬고요. 친구처럼 지내던 언니도 대학 진학하면서 다른 지방으로 가고. 그러다보니 꼭 거제를 떠나고 싶다는 욕망이라기보다는 그냥 그게 당연한 거고, 다만 기왕이면 서울로 가고 싶다는 마음이 있던 거죠.

운명. 너도나도 너무들 쉽게 써서 그 온전한 의미를 잃었던 이 단어가 신보라의 대답 안에서 무게감 있게 느껴진 건 한 소녀가 감내해야 했던 불가항력에 동감했기 때문일 것이다. 내 인생의 주인은 나라는 말이 있지만, 주체적인 삶이란 수많은 불가항력의 필연 위에서 벌어지는 작은 우연의 다른 이름이다. 운명의 바람은 착하고 어쩌면 평범하다고 할 수 있는 소녀를 섬에서 뭍으로, 미성년에서 성년으로 밀어붙였다. 회오리를 타고 오즈에 날아온 도로시처럼, 그것을 피할 수는 없다. 다만 누군가는 그 바람에 휩쓸리고, 누군가는 바람을 탄다. 불가항력이 자포자기를 정당화하는 건 아니다.

거제를 벗어나야겠다는 생각이 공부하는 데 어떤 동기 부여가 되기도 했나요.

나는 학생이니까 열심히 해야지, 하는 학생이 어디 있나요. 입시를 치러야 하고 어디든 좋은 학교 가고 싶어서 열심히 하는 거지. 저는 그런 스타일이었어요. 그때그때 주어진 거 열심히 하는. 체육대회 때 열심히 운동하고, 축제 때 열심히 놀고, 시험시간에 열

심히 공부하고, 쉬는 시간에 열심히 쉬고. 지금도 신조가 그때그때 주어진 것에 최선을 다하자는 건데, 그랬던 게 전혀 하나도 헛된 게 없어요. 학교 다닐 때 선생님 특징 잡아서 흉내 낸 걸로 개그맨 시험에 붙고, 사실 '엄친딸' 같은 표현은 좀 인정하기 어렵지만 어쨌든 당시 공부 열심히 해서 알 만한 대학에 갔으니까 그런 식의 기사도 났고요. 그런 게 다 제가 앞으로 어떻게 이득이 될 것이다, 계산하고 열심히 한 게 아니잖아요. 정말 헛된 건 하나도 없구나 싶어요. 그래서 힘들었던 시간도 언젠가는 나를 빛나게 해줄 뭔가가 될 거라고 믿고 있고요.

그래서 궁금해요. 그렇게 뭐든 열심히 한 시간이 본인의 내면을 쌓았다는 건 알겠는데, 그건 어떤 목표를 정한 노력이 아니었잖아요. 그렇다면 전공도 레크리에이션이나 연기처럼 이쪽 계통이 아닌 신문방송학을 했고 그냥 봐도 얌전해 보이는 사람이 어떤 욕망으로 왜 이 길을 택했을까요.

난 행복해지려고 여기 왔어요. 거제도에서 태어나 친구들이랑 선생님 흉내 내는 걸 좋아하는 수준의 여학생이 개그맨이 되는 건 생각도 못했죠. 그냥 소소하게 남 웃기는 걸 좋아하긴 했지만요. 그러다 대학을 진학했는데 사실 그 나이에 '내가 이거 해야지' 하고 가는 학생들이 많지 않잖아요. 점수 맞춰서 그나마 조금 더 흥미 있는 분야로 가는 건데 그때 신문방송학과를 택한 거죠. 그런데 공부를 하면 할수록 기자나 PD를 하고 싶은 마음이 없었어요. 4학년 1학기를 마치고 취업이 현실이 되는 시기에 휴학을 하고 숙제처럼 미뤄왔던 직업과 꿈에 대한 고민을 하기 시작했어요. 그때 스스로 질문한 게 나는 뭘 할 때 행복한가, 무엇을 잘할 수 있는가, 이 두 가지였는데 답이 이 길이었어요. 개그맨. 내가 남에게 웃음을 주고 그래서 남이 웃어줄 때 내가 정말 행복하다는 걸 깨달았고, 마침 정말 타이밍이 딱 맞게 개그맨 시험 있는 걸 알게 됐어요. 휴학하고 반 년 뒤 있던 KBS 공채 개그맨 시험에 응시해서 합격했어요. 아마 내 인생에서 제일 용기 냈던 순간인 거 같아요.

"난 행복해지려고 여기 왔어요." 아직 신인의 티를 벗지 못한 개그맨답게 신보라는 인터뷰 중 개그에 대한 생각이나 스스로에 대한 바람 등을 말하는 데 주저하는 모습을 종종 보였지만, 이 대답만큼은 정말 단호하게, 그리고 잠깐의 망설임도 없이 내뱉었다. 그리고 일상의 무게에 짓눌려본 모든 사람은 알겠지만, 자신이 행복할 수 있는 일을 안다고 말할 수 있는 것만큼 행복한 일도 드물다.

지금을 만들어준
그 모든 방황의 의미

목적지 없는 배에 순풍은 없다. 성공하는 습관이나 자기계발과 관련한 글에 자주 인용되는 몽테뉴의 이 멋진 말은, 하지만 이런 유의 잠언이 종종 그러하듯 반은 헛소리다. 누군가는 목적지에 도착하기 위해 배를 띄우지만 또 누군가는 그 목적지를 찾기 위해 배를 띄운다. 그 어설픈 항해에 순풍은 없을지 모른다. 하지만 그 방황을 통해 배의 선장 혹은 키잡이는 바람을 다스리는 법을 배우지 않을까. 오로지 하나의 목적지를 향해 순풍을 기다리는 항해사가 풍랑 속에서 심지가 여문 항해사보다 뛰어날 거라고 말할 수 있을까. 행복해지기 위해 개그맨의 길을 택했다는 신보라에게 행복하지 않았던 어떤 시기에 대해 물은 이유다. 인기 개그맨이 되고 드라마 OST를 부르는 현재에 이를 수 있는 힘, 그 힘을 기를 수 있던 의미 있는 방황에 대한 이야기. 누군가는 순풍을 기대하며 배를 띄우고, 누군가는 배를 띄우고 역풍을 이겨내는 법을 배운다.

대학 진학을 위해 거제에서 서울로 넘어왔는데, 딱히 목표가 있던 공부가 아니었고 외지 생활인 만큼 방황할 여지도 충분해 보이네요.

저도 스무 살에 힘들었어요. 처음으로 부모님도 친구들도 떠나 각자의 홀로서기가 시작되는 시간인데, 적응하고 관계를 만드는 게 힘들었어요. 혼자 하숙을 하는데 부모님을 비롯해 나를 보호해주는 사람은 아무도 없고, 내가 수업을 빠지거나 주일에 교회를 안 가도 뭐라 하는 사람이 없는 거예요. 무엇보다 술자리가 힘들었어요. 종교적인 이유도 있지만 원래 술을 별로 안 좋아하거든요. 그래서 그냥 안 마실 거라고 다짐했지만 우리나라는 그게 안 되잖아요. 술자리에 나가야 사람들과 친해질 수 있다고 해서 갔는데 몸도 힘들고 마음도 힘들었어요. 외롭기도 했고. 오죽하면 만약 내가 나중에 결혼해서 아이를 낳으면 대학 졸업할 때까진 무조건 데리고 있어야지, 그런 생각도 했고요.

그런데 앞서 힘들었던 시간도 언젠가 본인을 빛나게 해줄 거라 말했어요.
그때의 혼란스러움, 술도 마시고 몸도 힘들고 마음도 힘들고 사랑도 해보고 했던 그 모든 게 다 도움이 돼요. 지금 개그맨이 되어 사회생활을 하면서도 예전에 술을 마시면 몸에 안 받던 경험이 있으니까 쉽게 흔들리거나 끌려 다니지 않고 제 사정을 말할 수 있는 거죠. 대학 시절 힘들었던 경험이 없다면 지금 못 그러겠죠.

본인이 생각한 것과 현실이 달라 그 괴리 때문에 힘들었던 거라면, 사실 더 위험한 건 그 분위기에 젖는 것일 텐데요.
굉장히 나태했죠. 새벽 6시까지 술자리에 있다가 두 시간 자고 1교

시 수업 들으러 가고.

새벽까지 술을 마시고도 1교시 수업을 챙겼다면 매우 성실한 거잖아요.

수업을 빠진 적은 없어요. 할 건 해야 하니까. 수업 빠지고 짜장면이랑 술 먹자고 하는 분위기도 있었지만, 전 수업은 절대 빠지지 않았어요. 다 듣고 나서 그 후에 놀았지. 성실해서라기보다는 천성적으로 용기가 없는 사람이에요. 수업을 빼먹으면서까지 일탈할 용기는 없었어요.

하지만 또래 집단에서 같이 놀자는 제안을 뿌리치는 것도 용기가 필요해요.

그럴 수 있었던 게 나와 생각이 맞는 친구 몇이 과에 있었어요. 그냥 수업 듣자고 할 수 있는. 만약 다들 수업 빠지고 놀자고 하는데 나 혼자 거부했으면 민망했겠지만 다행히 그 친구들이 있어서 그렇진 않았어요.

미성년 때 하지 못했던 일탈과 방종을 대학에 들어가 즐기는 게 결코 나쁘다고 볼 수는 없다. 나쁜 건, 일탈조차 자기 주관이 아닌 남의 눈치를 보며 하는 것이다. 또래 집단에 섞이기 위해 그들의 기준에 부합하기 위해 일탈을 하는 것이 어떤 의미가 있을까. 본인은 일탈할 용기가 없다고, 함께 해주는 친구들이 있어 가능하다고 말했지만 아무리 사람들과 섞이더라도 자신이 정한 최소한의 기준을 지키는 신보라의 심지는 흔히 볼 수 있는 게 아니다. 이것은 모범적이라서가 아니라 주체적이라 건강하다.

학교생활도 힘들었지만 신앙생활도 만만치 않았을 거 같아요.

제일 힘든 일이었어요. 지내는 근처에 교회가 있긴 했지만 집 떠나서 처음 가본 교회에 매주 혼자 꼬박꼬박 가는 게 쉽지 않더라고요. 처음 겪는 혼란스러운 감정들 속에서 새벽에 눈 뜨기 싫을 때도 있고, 주일날 교회 가는 게 싫을 때도 있고요.

혼란스러운 감정이라면 어떤 걸까요.

나와는 다른 개성과 재능이 뛰어난 사람들이 있는 것 같고, 그런 거 보면서 신앙이 많이 흔들렸죠. 그런데 그 흔들림도 필요했던 것 같아요. 그때 흔들렸기 때문에 하나님 사랑 떠나서는 내가 힘들구나, 안 되는구나, 뼈저리게 느낄 수 있었고 그래서 여름방학 끝나고 열심히 교회도 나가고 술을 비롯해 끊을 거 다 끊을 수 있었죠. 그런 경험이 있으니 밖에 나와서도 흔들림 없이 신앙을 지킬 수 있고요. 미리 예방주사를 맞았다고 할 수 있을 거 같아요.

어떤 면에서 개그맨이 되고 스타가 된 지금은 그때보다 더 급격한 삶의 변화가 있을 텐데 거기서 스스로를

잘 지키는 것 같나요.

사실 제가 연예인이고 TV에 나오는 사람이긴 하지만 평소에 잘 느낄 수 있는 환경이 아니에요. 가수들은 공연이 끝나면 뒤풀이 파티라도 하지만 우리는 그런 게 없거든요. 녹화 끝나면 바로 작가실 올라가서 다음주 코너 회의 할 때도 있고요. 매일 출근해서 코너 짜고 수요일에 녹화하는 생활을 하다보면 무대 바깥에서 사람들이 절 어떻게 생각하는지 잘 모를 때가 많아요. 가끔 택시 기사님이나 이런 분들이 알아볼 때나 내가 TV 나오는 사람이구나 싶죠.

하지만 〈개콘〉 시청률이 얼마나 높은데요.

평소에 그런 걸 잘 느끼지 못할 환경일뿐더러 내가 그렇게 마음먹지 않으려고 해요. 연예인이다, 〈개콘〉에서 뜨는 스타다, 이런 생각 안 하려고요. 그런 마음을 간직하고 싶어요.

바깥으로부터 부여되는 인기 같은 것에 휩쓸리는 걸 경계하는 건가요.

그런 것도 있어요. 제가 3년 정도 〈개콘〉을 했는데 코너가 아무리 사랑을 받아도 그게 영원하진 않거든요. 시청자는 식상함을 느끼고 또 새로운 코너가 나오고. 그게 당연한 거예요. 그런 변화가 있어서 〈개콘〉이 사랑을 받는 건데, 어떤 특정 코너와 캐릭터의 인기가 내 안에 너무 크게 자리 잡으면 그게 없어졌을 때 인정하고 내려오는 게 힘들어요. 큰 사랑을 받는 건 정말 감사한 일이지만 거기까지여야지 그게 영원할 거란 생각은 전혀 안 하고 있어요. 좋은 것이든 나쁜 것이든 이 또한 지나가리라.

겸손은 미덕일 수 있지만 겸손한 대답이 미덕 있는 대답은 아니다. 닳고 닳은 일종의 모범 답안이기 때문이다. 하여 중요한 건, 그 대답 자체가 아니라 대답을 하는 맥락이다. 신보라의 겸손이 긍정적이라면, 그것이 개그맨이라는 자신의 정체성에 맞닿은 프로페셔널한 직업윤리이기에 그렇다. 드라마 하나가, 영화 하나가 히트해서 주연배우가 얻는 후광에 비해 개그맨이 히트 코너로 얻는 인기의 수명은 너무나 짧다. 그들은 그것이 가치 있어서가 아니라 수명을 지키기 위해 겸양을 배운다. 물론, 모든 개그맨이 그걸 아는 건 아니지만.

혹 스스로를 잘 지키지 못할까봐 불안한 때도 있었나요.

불안한 건 아니지만 연애하던 사람과 이별하고 삶이 너무 많이 바뀌었고, 제 주위 사람도 그냥 교회 다니고 공부하던 친구가 TV 나와서 연예인 하고 있으니 당황했겠죠. 저는 저대로 생활 패턴이 완전히 바뀌니까 겁도 덜컥 나고 더더욱 나를 잃으면 안 된다는 강박관념도 생기고, 친구들은 편하게 만날 수 있던 보라가 연습하고 아이디어 회의한다고 못 만난다고 하고. 그러니까 저도 제 주위 사람도 적응하는 시간이 필요했던 거예요. 전에 제가 〈개

콘〉에 나와도 자신들이 알던 친구 신보라가 더 많이 보였다면, 이제는 한 사람의 개그우먼으로서 이러이러한 캐릭터를 잡았다고 받아들이죠.

인기에 취하진 않더라도 대중을 상대하는 직업이라는 포지션은 받아들인 거군요.

이제는 연예인 신보라로서 대중들의 기대에 부응해야 한다는 책임도 느껴요. 그들이 원하는 나의 모습을 잘 보여줘야 하는 것도 지금의 내겐 중요한 부분이죠.

대중을 대하게 되었다는 것도 큰 변화지만 평범하지 않은 사람들의 커뮤니티에 속하게 된 것도 큰 변화일 거 같아요.

주위에서 저를 많이 도와주셨어요. 내가 적응 못하고 놀랄까봐. 짓궂은 농담 같은 게 친근감의 표현이고 장난인데 나는 아무것도 모르고 들어왔으니까 특별보호대상 같은 그런 배려를 받았어요. 오해하지 않게, 충격 먹고 개그 그만두지 않게. 선배들도 그렇고 동기 중 반장과 부반장도 이건 선배들이 장난으로 하는 거니까 상처받지 말라고 걱정을 많이 해줬어요. 잘 적응할 수 있게.

싫진 않았나요.

사람이 싫은 게 아니라 워낙 막내에다가 처음 보는 문화니까 많

이 놀랐죠. 규율이랑 상관없는 대학생이었는데 선후배 위계질서가 뚜렷한 생활을 하고, 너무 센 농담들도 듣고. 처음에는 그런 농담 하지 마, 왜 그래, 이랬는데 이제는 저게 정말 그냥 농담일 뿐이라는 걸 알고 자연스럽게 그 사람이 어떤 사람인지 이해하게 됐으니까 마음 편히 웃을 수 있어요. 또 규율이라는 것도 왜 필요한지 이해하게 됐고요. 후배 들어오기 전까진 거의 군대처럼 선배를 대해야 하는데, 여긴 너무 개성 강한 사람이 많아서 막내 때는 그렇게 해야 할 거 같아요. 그래야 스타가 되건 뭐가 되건 선배에게 선을 넘지 않으니까요.

인간적으로 싫은 건 아니더라도 '얘네 뭐야, 무서워' 정도의 생각은 할 거 같아요.

처음에는 워낙 신인이고 일단 지켜야 할 예의나 규율 같은 게 있어서 그런 고민을 많이 했어요. 무섭고 그런 게 아니라 선배님들에 비하면 내가 너무 평범한 거예요. 아, 나는 잘못 왔다. 나는 너무 평범하다. 저런 사람들이 개그를 하는데 내가 어떻게 왔지? 그런 생각이 들었는데, 지금 생각해보면 막내라 얼어서 더 그랬던 거 같아요. 그렇다고 지금 제가 그렇게 많이 웃기는 건 아니지만, 여전히 연구동에서는 동료를 웃기기보다는 그들을 보고 웃는 입장이지만, 무대 위에서만큼은 저도 그 못지않게 '돌아이' 기질이 있다고 생각해요.

혹 개그맨으로서 선배나 동료들을 질투했던 적은 없으세요?

그냥 인정을 하게 돼요. 각자마다 자신의 달란트가 있고, 자신이 더 잘 살리는 캐릭터가 있고. 그러니까 내가 잘 소화하지 못하는 캐릭터를 잘해내는 사람을 봤을 땐 질투하기보다는 그냥 대단하다는 생각이 들어요. 제가 노력해도 김원효 선배님처럼 말을 정말 빨리 하는 개그를 하긴 어려울 거고, 아줌마 역할을 정경미 선배님처럼 맛깔나게 하기도 어려울 거예요. 그렇다면 굳이 그것에 집착할 필요는 없어요. 각자 자신의 색깔이 있고 다 똑같은 걸 잘하면 안 되거든요. 다 그런 걸 고려해서 제작진이 뽑는 거예요. 귀여운 캐릭터가 이미 있으면 나중에 아무리 귀여운 사람이 와도 안 뽑아요. 또 노래 잘하는 캐릭터가 있으면 어중간하게 잘하는 사람은 안 뽑고요. 그러니까 굳이 질투할 필요가 없죠.

남이 자신보다 잘하는 분야를 인정한다. 동시에 자신이 잘할 수 있는 것 역시 인정한다. 질투는 없다. 스스로 선배나 동료들 못지않게 '돌아이' 기질이 있다고 말하는 신보라의 자신감은 그래서 자존심보다는 자존감에 가깝다. 남과 자신을 비교하며 괴롭히기보다는 자기 안에서 장점을 찾아내는 것. 그런 태도가 아니었더라면 노래하는 개그맨이라는 신보라만의 정체성이 만들어질 수 있었을까. 요컨대 신보라는 인기도 많고 마음도 곧은 개그맨이 아니라, 마음이 곧아 인기도 많은 개그맨이라 할 수 있을 것이다.

좋은 개그맨이자
좋은 사람이 되고 싶다

경희대학교 신문방송학과 출신. 데뷔 초 신보라에게 '엄친딸'이라는 본인은 많이 민망해 하는 별명을 준 이 배경은, 하지만 좋은 학벌로서가 아니라 개그맨과 전혀 상관없는 배경이라는 점에서 의미를 갖는다. 앞서 의미 있는 방황이라고 했지만 신보라가 개그맨이라는 꿈을 찾고 도전하고 합격하기 전까지, 그의 삶은 개그맨과는 전혀 상관없어 보였다. 타 방송국 공채 개그맨 경력도 있고, 소극장 경험도 많은 이들조차 수없이 미끄러지는, 그래서 개그맨 지망생에겐 서울대 합격이나 다름없다는 KBS 공채 개그맨에 한 번에 합격한 그의 비결은 그래서 궁금하다. 가능성은 테크닉이 아닌 애티튜드의 문제라는 것을 보여주는 그의 합격 비결, 그리고 그 애티튜드가 빚어낸 신보라라는 한 강직한 개인에 대한 이야기.

공채 시험 때는 어떻게 코너를 짰나요.

제가 경험한 걸로 만들 수밖에 없었죠. 공연을 해본 것도 아니니까. 그래서 학교마다 이런 선생님들 꼭 있다고, 쉬는 시간 하나도 없이 진도 나가는 선생님을 비롯해 몇몇 유형별 선생님 흉내를 냈어요. 사실 그냥 나를 가르쳐주시던 학교 선생님들 흉내를 낸 거죠. 그러다 갑자기 끊고 개인기를 시키시더라고요. 그래서 비욘세의 〈데자뷔Deja Vu〉 모창을 했어요. 그게 2차 시험 때인데, 3차 땐 개인기로 샤이니의 종현군 모창을 했구요. 코너는 '개인기의 정석'이라고, 이젠 개인기가 중요한 시대라며 개인기를 가르쳐주는 선생님 역할을 했는데 너무 못했어요.

전국에서 모인 제일 웃긴 사람들 중 골라내는 게 KBS 공채인데 과연 못했는데도 뽑아줬을까요.

퀄리티적으로는 못한 게 맞아요. 개그 짜는 걸 공부했던 분들은 그래도 어떤 코너적인 형식을 가져와서 웃겼는데 나는 그걸 하나도 몰라서 그냥 냅다 했으니까요. 나중에 이상덕 작가님에게 한번 여쭤봤어요. 우리 동기들 중에 정말 개그 잘하는 사람들이 많은데, 저는 왜 뽑힌 거냐고. 그랬더니 정말 뻔뻔하게 기죽지 않고 코너를 하고, 끊고 개인기를 시켜도 '네, 있습니다' 하면서 당당하게 하는 걸 보고 얘는 되겠다 싶었다고 하시더라고요. 못했다고 말했지만 못해서 당당하지 못했던 건 아니에요.

그럼 잘하지도 못하면서 당당할 수 있었던 건 무슨 자신감 때문이었을까요?

우선은 왠지 될 거 같다는 생각이 들었어요. 그리고 뭔가 안 좋은 일, 내가 원하지 않는 일이 생겨도 나중에 돌아봤을 땐 그게 다 도움이 되는 시간이라는 경험을 많이 했었거든요. 그래서 되지 않을까 생각하면서 합격하면 그때 웃으면 되고, 만약 떨어져도 그게 내게 필요한 시간이고 깨달음을 얻고 성장하는 계기가 된다

면 크게 상관없다는 마음으로 시험을 봤어요. 그러니까 당당할 수 있었죠.

앞에서 인용했던 몽테뉴의 말은 차라리 이렇게 바꾸면 어떨까. 조난을 두려워하지 않는 배에 순풍 아닌 바람은 없다고. 당당했기에 합격할 수 있었다는 건 어느 정도 진실이지만 또 어느 정도 결과론이기도 하다. 중요한 건, 합격했다는 사실이 아니라 합격하든 하지 않든 그 모든 걸 성장의 계기로 삼는 마음가짐이다. 만약 그가 첫 시험에서 떨어졌다 해도 그것을 실패라 말할 수 있을까. 분명 더 단단해진 마음과 노련해진 머리로 무엇이든 의미 있는 결과에 이르렀으리라 믿는 건 너무 낙관적인 생각일까.

만약 처음에 떨어졌으면 한 번 더 시도했을까요.
한 번은 더 봤을 거 같아요. 물론 그때 집안 형편이 어려워져서 빨리 일을 해서 돈을 벌어야 하는 상황이라면 좀 달라졌겠지만 변수가 없다면 그랬을 거예요. 이게 내게 행복한 일이라는 확신이 있었으니까요.

그럼 본인이 생각했던 행복이 바로 그 자리에 있던가요.
그런데 좀 다른 거 같아요. 그냥 남을 웃기는 개그우먼만 생각하고 왔는데 '슈퍼스타 KBS'나 '용감한 녀석들' 같은 코너에서 노래를 부르면서 남들이 내 목소리를 좋아해주는 걸 알게 됐고, '생활의 발견' 하면서 나 스스로 내가 연기하는 걸 좋아하는 걸 깨닫고 있어요. 예상했던 행복이 기다리고 있는 게 아니라 오히려 여기서 내가 모르던 내 안의 것들을 찾아가고 있는 거죠.

그러고 보면 미리 치밀하게 계획하는 타입은 아닌 거 같아요.

앞으로의 계획 같은 건 없어요. 무책임한 의미로 계획이 없는 게 아니라 지금 이 순간순간 경험하고 깨닫는 게 많으니까 그냥 그때마다 가슴 뛰는 일들에 최선을 다하자고 생각하는 것뿐이에요.

노래라는 달란트도 그렇게 얻은 건가요.

대학 시절, 헤리티지 메스콰이어 팀을 알게 되고 거기서 찬양하면서 노래를 많이 불렀는데, 당시에 저에겐 노래보다는 찬양이 중요했어요. 그런데 교회와는 다른 장소에서 많은 사람 앞에서 솔로곡을 부르기도 하니까 내 안에서 고민이 많았죠. 내가 왜 노래를 하고 있지? 그러면서도 사람들이 보고 있으니까 노래도 잘하고 싶고. 그런 내 안의 싸움이 있었죠. 그런 과정을 통해 노래 실력이 많이 늘어난 건 사실이에요. 어쨌든 제가 개그맨 공채 시험을 볼 때 모창을 한 건, 제 달란트 중 하나가 노래라는 걸 알고 있었다는 거겠죠. 요즘처럼 이렇게 노래 덕을 많이 볼 줄 알았던 건 아니지만.

실패를 성장의 기회로 여기겠다는 말은, 사실 말로는 쉽다. 그것이 실천하기 어려운 건 그 실패의 과정마다 정말 뒤가 없을 것처럼 최선을 다해야 비로소 성장할 수 있기 때문이다. 신보라가 개그맨이 된 과정을 그림으로 표현한다면 분명 하나의 목표를 향한 군더더기 없는 직선은 아닐지 모른다. 하지만 한순간 한순간 최선을 다한 수많은 점이 이어졌을 때 그 무엇보다 선명한 선이 될 수 있다. 그리고 개그맨이라는 직업 역시 선의 끝이 아니라 또 하나의 점으로서 다음 점을 향해 나아갈 수 있다. 아마 그 모든 선이 다 그어진다면 그것이 신보라라는 한 개인에 대한 온전한 지형도가 될 수 있지 않을까.

그런 면에서 막연히 개그우먼으로서 웃기겠다는 것과는 별개로 지금 사람들에게 줄 수 있는 즐거움이 있겠군요.

보람을 많이 느껴요. 요새는 워낙 SNS가 잘 발달해서 즉각적으로 반응이 오잖아요. 트위터나 홈페이지를 통해서 제 개그와 노래에 대해 좋다고 말씀해주는 분들도 있고, 구체적인 사연도 보내주세요. 어머니가 아주 좋아하신다, 동생이 아픈데 보라 언니를 좋아한다, 이런 이야기를 들으면 힘이 나고 뿌듯하죠. 그리고 이런 걸 보고 제 가족들도 저를 자랑스러워하고 행복해하는 걸 보면 저도 다시 기분이 좋아지고요.

'용감한 녀석들'의 경우 음원을 내고 그 수익을 기부

하겠다고 해서 화제가 됐는데요.

코너에서야 웃기려고 마치 제 단독 결정인 것처럼 말했지만 당연히 저희 멤버와 제작진이 동의한 일이죠. 그 코너가 대중의 사랑을 받았기 때문에 나올 수 있던 음원인 만큼 그렇게 하는 게 맞다고 생각했어요.

앞서 인기에는 연연하지 않더라도 연예인으로서 대중들의 기대에 부응하고 싶다는 이야기를 했는데 이런 음원 수익 기부를 비롯해 이 직업을 통해 좋은 일을 하고 싶은 마음이 있나요.

그럼요. 솔직히 말해 여태까지는 일단 내 이름을 알리고 개그를 보여주고 무대에 적응하고 개그맨이라는 집단에 깊이 소속되는 게 급해서 정신이 없었어요. 하지만 이제 그런 좋은 일을 하고 싶죠. 여유가 더 있으면 좋겠지만 나눔이란 게 여유가 생겨서 하는 건 아니잖아요. 얼마 전 SBS 〈힐링캠프〉에 차인표씨 출연한 걸 보고 정말 감동했어요. 그분이 좋은 일을 하는 것도 하는 거지만 그 눈에 정말 진심이 드러나는 거예요. 힘든 아이들이 사는 곳에 가서 그들이 아픈 걸 직접 보고 연민을 느꼈기에 나올 수 있는 눈빛. 그 눈빛에 감동을 받고 저 역시 진실한 눈빛으로 말하는 사람이 되고 싶다고 생각했어요.

그건 결국 〈개콘〉 바깥의 이야기가 되겠네요.

물론 이런 것도 코너가 인기가 많고 그 덕분에 내가 사람들 눈에 보여야 가능한 거겠죠. 그러니 '용감한 녀석들'을 비롯해 코너 속의 제 캐릭터가 사람들에게 호감을 얻어야 하는 거고요. 다만 제 소망은 더 열심히 잘해서 캐릭터 신보라에 대한 호감이 거기서 그치지 않고 인간 신보라에 대한 호감까지로 이어지면 좋겠어요. 개그우먼으로서도 매력 있는 사람이 되고 싶지만 그냥 신보라라는 사람도 정말 좋다고 말할 수 있는. 당장은 아니고 멀리 봤을 때의 소망이죠.

연예인은 공인이라는, 한국 사회 특유의 잣대를 적용해 개그맨은 바르게 살아야 한다고 말하고 싶진 않다. 마찬가지로 좋은 개그맨과 좋은 사람 사이에 연관성이 있다고도, 있어야 한다고도 말하고 싶지 않다. 남을 웃기는 개그맨으로서의 직업윤리와 한 개인의 도덕적 윤리가 같을 수는 없으므로. 다만, 신보라처럼 직업을 통해 온전히 자아를 실현하고자 하는 개인을 보면 이렇게 말할 수 있을 것 같다. 좋은 개그맨과 좋은 사람이 하나가 된 어떤 개인을 본다는 건, 대중으로서 매우 즐거운 일이라고.

그럼 그렇게 사람들이 사랑할 수 있는 신보라는 어떤 사람이면 좋겠나요.

좀 막연하긴 해요. 우선은 최선을 다하는 사람으로 받아들여지면 좋겠고 나중은 아직 모르겠어요. 결국 앞으로 있을 모든 일들

이 미래의 저를 만들어갈 텐데 그렇다면 그 일들을 열심히 잘해야지 생각을 하는 거죠. 그냥 열심히만 하는 게 아니라 잘하는 사람, 최선을 다하는 게 보이는데 웃기기까지 하다, 그러면 좋겠어요. 그 과정에서 대중이 어떻게 봐주느냐에 따라 제 모습도 달라지겠죠. 사실 아직 전 너무 신인이라서요. 제 이미지가 아직 신인 같지 않나요? 굉장히 감사한 게 〈개콘〉에 겨우 2~3년 있던 것 치고는 이름을 많이 알린 편이에요. 하지만 신인인 건 사실이고 그렇다면 일단은 열심히 겸손하게 주어진 걸 해내는 사람이 되어야죠. 그 모습이 남들에게 보기 좋은 것이길 바라고요.

신보라

열정과 열정이 만나
만들어낸 이 화려한 순간

아마도 모든 개그맨 지망생, 그리고 수많은 예능 분야 종사자들에게 〈개콘〉의 영업 비밀은 무척이나 탐나는 소스일 것이다. 하지만 그들이 정말 이토록 오랜 시간 독보적인 지위를 누릴 수 있는 건, 그 비밀을 남들이 몰라서가 아니라 알아도 따라할 수 없는 종류의 것이라서 아닐까. 개그맨으로서 사는 것에 대해 '설명을 해도 모를 것'이라는 신보라의 말은 과장이 아닐 것이다. 하여 오직 웃기는 것이 삶의 목표고 그것만으로 행복한 사람들에 대한 그의 증언은 흥미롭되, 여전히 불완전한 설명일 것이다.

사람들이 짓궂거나 그런 걸 떠나서 개그맨이라는 직업이 예상과 달리 힘든 건 없었나요.

이렇게 열정적인 공간일 거라고 상상을 못했어요. 개그맨 시험을 준비할 때 누구에게도 말 안 하고 몰래 한 거잖아요. 그러니까 다른 사람들에게 상의하고 응원을 구하는 대신 신고은 선배님이나 김경아 선배님 미니홈피에 들어가서 사진 보며 힘을 얻고 그랬어요. 고3 때 대학 먼저 간 선배들 미니홈피 속 대학 모습 보면서 힘낸 것처럼. 선배님들이 행복해 보이는 사진들, 개그맨들끼리 장난치며 찍은 이런 사진을 보며 그냥 그런 건가 보다 하고 갔어요. 나도 나중에 이분들이랑 장난치고 그래야지, 이러면서. 물

론 아이디어를 짜는 게 힘들겠지만 그게 어느 수준인지 몰랐죠. 아마 제가 지금 어떤 말을 해도 와 닿지 않을 거예요. 머리로는 일주일 동안 열심히 힘들게 짜겠지, 정도로 받아들이겠지만 정말 아이디어가 안 나오면 새벽 두세 시까지 그 공간에서 밥을 시켜 먹고 쪽잠을 자가며 코너 짜고 그렇게 열심히 해도 무대에서 내려왔을 때 속상한 기분을 느끼고. 그런 것들은 아마 이렇게 설명을 해도 어떤 건지 미처 모르실 거예요.

특히 신보라씨는 소극장 무대 경험이나 그런 게 하나도 없는 경우잖아요.

정말 아무것도 몰랐어요. 제일 처음 배운 게, 합격 발표 나고 25기 처음 만나는 자리에서 다들 '니마이('두 쪽'을 뜻하는 일본어. 대본의 두 번째 장에 주연 배우 이름이 적혀 있던 것 때문에 주연 배우라는 뜻으로도 쓰이며 개그에서는 정극 연기를 말하기도 한다)'야, 시바이야? 이러고 있는데 전 정말 전혀 알아듣지 못하겠는 거예요. 그냥 가만히 있다가 '월요일 몇 시까지 출근하세요'라고 해서 알았다고 나왔는데 동기인 (김)영희 언니랑 같이 지하철 타고 가면서 물어봤어요. 니주, 오도시 이런 게 뭐냐고. 언니가 이렇게 설명해주더라고요. "너 〈개콘〉 좋아한다며? '달인'에 보면 류담 선배가 니주, 김병만 선배가 오도시, 노우진 선배가 니도시, 그러니까 니주도 깔고 오도시도 치고 그런 거야." 딱 정확한 뜻은 모르더라도 그렇게 예를 들으니 대충 알겠더라고요. 아, 이제 뭔지 좀 알겠다고. 그렇게 전 기본부터 배웠어요.

특히 그쪽 용어는 일본어가 많으니까요.

전 처음에는 '시바이'가 욕인 줄 알았어요. 그게 일종의 개그를 치는 거고, '니마이'는 그 반대로 '진심이냐', 그런 말인 건데 여기선 정말 일상 언어로 쓰고 있어요. '아, 진짜 아파' 이러면 '니마이?' 묻고 '응, 니마이' 이렇게 답하고.

그 용어들이 중요한 게, 단순히 커뮤니티의 속어가 아니라 개그를 구성하는 요소이기 때문인 거잖아요. 가령 '생활의 발견'에서 김기리씨의 '니주'가 중요한 것처럼.

솔직히 저는 '생활의 발견' 하기 전까지는 협업의 의미를 잘 알지 못했어요. '슈퍼스타 KBS' 같은 코너를 할 때는 스스로 '니주'를 깔고 '오도시'를 치는 패턴만 했기 때문에 잘 몰랐는데 그때야 코너에서 협업이 왜 중요한지 알았죠. 누구 하나 웃음 욕심 안 나는 사람이 어디 있겠어요. 다 웃기고 또 다 웃기고 싶어 하는 사람들만 모여 있는데. 그러니까 (김)기리 오빠가 정말 대단한 거예요. 그렇게 각자의 욕심을 조금씩 줄여가면서 최고의 웃음 포인트를 드리기 위한 방법과 태도를 배웠죠. 코너 나온 모든 사람들이 '오도시'를 친다고 해서 관객들이 웃는 건 아니거든요. 아닐 땐 아니고 웃길 땐 웃기게 흐름을 타야 관객이 웃죠. '용감한 녀석들'에서도 그래요. 어떻게 보면 정태호 선배님이 좀 깔아주시는 게 있거든요. 노래를 하거나 랩을 할 때도 다른 사람이 멘트를 칠 수 있게.

바로 그런 게 앞서 말한 열정이라 할 수 있을 거 같아요. 튀고 싶고 인기를 얻고 싶은 욕망과는 별개의 개그에 대한 열정.

기리 오빠 얘기도 했지만, 잠깐 나오는 사람이라도 코너 회의는 똑같이 해요. 5초, 10초 나와도 일주일 동안 같이 하는 거죠. 그 열정과 동료에 대한 배려는 결국 시청자들에게 웃음을 주겠다는 목적 하나로 이어지는 거예요. 나도 그 무대에 서고 있지만 그래서 선배님들, 동료들, 후배들이 정말정말 자랑스러워요. 제가 여기에 있는 게 자랑스럽고요.

야구에 대한 내 열정은 스피드건에 찍히지 않는다. 메이저리그의 한 투수가 한 이 말은 사실 거의 모든 분야에 유효하다. 많은 이들이 눈에 띄는 활동을 하는 사람이 열정적이라고 생각하지만, 정말 열정적인 사람은 눈에 띄고 띄지 않고를 상관하지 않는다. 오직 최고의 결과를 내기 위한 과정만이 있을 뿐. 욕심 많은 사람끼리 만나면 협업이 어렵지만, 정말 열정 있는 사람들이 만나면 협업이 가능한 건 그 때문이다.

많은 사람들이 개그라는 게 천재적인 사람들이 아이디어 탁탁 내서 후딱 끝내는 과정으로 오해하죠.

물론 일반인들보다는 관찰력이나 그런 건 뛰어나요. 분명히, 아주 천재적으로 뛰어난데 코너를 만드는 건 좀 다르죠. 처음에는 어떤 코너든 아이디어가 잘 나와요. 할 게 많고. 하지만 그게 반년이 지나고 1년 지나면 힘들거든요. 저희 '생활의 발견'이나 '감사합니다' 팀 같은 경우는 제일 늦게까지 남아서 회의하는 코너 중 하나예요. '용감한 녀석들'은 주말에도 만나서 하고. 또 그 과정이 마냥 유쾌한 것도 아니에요. 진짜 우울하게 짤 때도 있고 안 나올 땐 한숨도 쉬고.

그러다 보면 이번 주는 펑크겠다, 라는 생각이 들 때도 있을 텐데요.

언제 그런 느낌 받았냐면, 제가 '슈퍼스타 KBS'를 1년 반 정도 했거든요. 원래 수요일에 녹화를 하면 그래도 그 다음날 목요일 하루 정도는 조금 여유 있고 편하게 아이디어를 생각하는데 코너 끝물일 때는 녹화 다 끝나고 내려왔는데 정말 못할 거 같은 거예요. 그런데 앞서 말한 것처럼 저희는 협업이 잘 정착되어 있어서 코너 같이 하는 선배님들, 담당 작가님, 메인 작가님이 함께 많이 짜주셨죠. 만약 저 혼자 했다면 6개월도 못하고 내렸을 거예요. 바로 'GG'를 쳤겠죠.

그렇게 힘들게 개그를 짜서 그래도 웃어주면 보람이 있을 텐데 항상 그럴 수 있는 건 아니잖아요.

여기 온 사람들은 모두 무대 위에서 웃기는 게 좋아서 온 건데, 정말 대놓고 웃길 수 있는 기회를 줬는데 못 웃기면 그만큼 안타까

운 게 없죠. 그러면 제작진도 웃길 기회를 더는 못주게 되는 거고. 그 사람이 못 살리니까. 인기를 얻느냐 얻지 못하느냐 그런 거랑 별개로 가슴 아픈 일이죠.

본인도 무대 위에서 그런 걸 느꼈을 때가 있나요.

그럼요. 저라고 다 웃겼겠어요? 물론 현장에선 안 웃겨도 화면으로 볼 때 웃긴 것들이 있지만 어쨌든 현장에서는 반응이 그대로 나한테 와요. 특히 '슈퍼스타 KBS'처럼 혼자 하는 코너에서는. 너무 안 웃겼으면 솔직히 마지막에 커튼콜 할 때 무거운 마음으로 올라가게 돼요. 정말 연습한 대로 다 쏟아내고 그게 잘 터지면 기쁜 마음으로 나가서 춤추고 인사를 하지만 대사를 틀리거나 뭔가 삐거덕거리거나 소품이 안 맞으면 무거운 마음이죠. 우선 관객에겐 '감사합니다'라고 말하지만 마음은 속상하고.

그런데 자책도 오래 할 수 없는 직업이잖아요?

그렇죠. '슈퍼스타 KBS' 초창기에 별로 안 웃길 때가 있었어요. 관객들이 웃지 않고 '어~~' 이런 반응을 보였어요. 그런데 한 선배가 자꾸 저를 보고 '어~~' 이러면서 놀리는 거예요, 저만 보면. 그래서 전 처음에 좀 의기소침했는데 그 선배님께서 말씀하셨어요. 이런 거에 상처받으면 안 된다고. '어~~' 이런 소리를 무대에서 들어도 내려와서 그 감정에 매어 있으면 안 된다고. 그 말씀이 정말 고맙더라고요. 계속 하니까 이제는 저도 좀 단단해졌죠. 무

대 위에서 창피를 당한 적도 있고 나 혼자 웃어버릴 때도 있었는데 이젠 일희일비하지 않을 수 있게 됐어요. 아무 감정 없이 기계처럼 한다는 뜻이 아니라 어떤 반응이 와도 털어놓고 다음주 개그를 짜는 데 집중하는 거죠. 다만 제 잘못이나 실수로 생긴 일에 대해서는 당연히 혼나고 스스로를 채찍질해야지만.

개그맨이 정말 힘든 건 이번주에 웃긴 다음에도 바로 다음주를 고민하기 때문인 거 같아요. 가령 김병만씨는 처음부터 3년 동안 할 생각이었다면 '달인'을 그렇게 오래 못했을 거라고 하더라고요.

정말 그래요. 저도 '생활의 발견'으로 1년을 훨씬 넘겼는데 정말 1년 할 수 있을 거라고는 생각도 못했어요. 아직도 기억나는 게, 2011년 4월에 '생활의 발견' 처음 하고 반응이 정말 좋아서 (김)기리 오빠랑 밥 먹으면서 "오빠, 우리가 이걸 연말까지 계속해서 상을 탈 수 있을까?" 이런 얘길 했거든요. 그게 아주 먼 일 같았죠. 올 것 같지 않을 만큼 먼 미래. 그런데 정말 연말에 상도 타고 아직까지 이 코너를 하고 있어요. 만약 처음부터 멀리 보고 했으면 못했을 거예요. 한 주 하고 한 주 짜니까 가능한 일이죠.

요컨대 〈개콘〉 개그맨들은 항상 지금 이 순간만을 산다. 무대 위에서 관객에게 웃음을 줄 때의 희열은 무대에서 내려오는 순간부터 그 웃음을 이어가기 위한 아이디어 연구로 이어진다. 어제의 인기도, 내

일의 영광도 잊고 오직 이 순간 열심히 개그에 몰두했을 때, 역설적으로 인기도 영광도 그들의 것이 됐다. 물론 많은 사람들은 그 말을 알고 있다고, 이해하고 있다고 말할지 모른다. 하지만 정말로 아는 사람은 드물다.

그래서 오래가는 거지만, 한편으로는 소진된다는 기분이 들 때도 있지 않나요.

그건 제작진들이 판단하는 거예요. 정말 관객들이 보기에도 이제 그만 해야 한다는 생각이 들면 지시가 오겠죠. 그 말이 나오기 전까지는 최선을 다해서 짜야 해요. 하기 싫어서 억지로 하는 자리가 아니니까요. 정말 그 시간이 귀하거든요. 잠깐 나와서 노래 한 곡 하는 역할을 겨우 얻었는데 그때 못 웃기면 편집되잖아요. 그럼 당연히 기회가 주어졌을 때 웃길 수 있도록 노력해야죠.

앞으로 채워가야 할
나만의 답안

앞서 신보라라는 한 개인의 여러 결을 확인해보았지만, 결국 그에 대해 사람들이 호기심을 느끼는 건, 그가 잘 웃기는 개그맨이기 때문이다. 그가 가진 열정과 올곧은 태도에 대한 찬사도 결국 그 모든 것이 대중에게 인정받는 결과를 만들어냈기에 의미를 갖는다. 아직 스스로도 신인에 가깝다고 말하는, 자신이 주축이 된 코너는 여태 단 두 개밖에 없는 이 젊은 개그우먼은 어떻게 〈개콘〉의 수많은 천재들 사이에서 자신만의 빛을 낼 수 있었을까. 어쩌면 이것은 다른 개그맨 지망생을 위한 모범 답안이 아닌, 그저 노래와 연기력이라는 재능을 가진 신보라라는 한 개인이기에 가능한 특별 케이스일지 모르겠다. 하지만 정말로 여기서 배울 수 있는 건, 개성 있는 개그맨으로서 온전히 한 사람 몫을 하기 위해서는 모범 답안이 아닌 자기만의 답안을 만들어야 한다는 것이지 않을까.

한동안 '슈퍼스타 KBS'가 〈개콘〉 첫 코너였고 거기서도 가장 먼저 나왔죠. 〈개콘〉을 좋아하던 소녀가 그 프로그램의 오프닝을 맡는다는 건 어떤 의미였나요.

너무 부담스럽기도 했죠. 사실 TV에서 가장 먼저 나와도 실제로 제일 먼저 녹화한 적은 별로 없어요. 보통 거의 맨 끝에 나왔거든요. 그러면 좀 나은데 정말 처음에 나와서 녹화할 때는 확 긴장되더라고요. 그날 소재에 자신이 있으면 좀 나았을 텐데 마침 그런 자신도 부족했고. 최선을 다해서 살려야겠다고 생각해도 확신이 서지 않을 때가 있어요. 그럴 때 정말 두렵고 외롭고. 특히 같은 '슈퍼스타 KBS'라도 팀으로 나오는 분들이 있는데 전 혼자였으니까요. 앞에서 이광섭 선배님이 '슈퍼스타 KBS!'라고 외치면 천막 뒤에서 혼자 기도를 하다가 '첫 번째 참가자입니다!'라고 하면 눈을 뜨고 준비해요. 그 2초 전이 무척 떨려요. 같이 하는 사람이 있으면 '자, 파이팅!' 하고 나가면 될 텐데. 그래서 언젠가는 선배님에게 너무 고독하다고 말한 적도 있어요.

그런 걸 이겨내며 한 사람의 개그맨이 되는 걸 텐데요, 단순히 공채에 합격한 것에 그치지 않고 하나의 정체성으로서 개그맨이 됐다는 느낌을 받을 때가 있나요.

언젠가 송중근 선배님이랑 납세자의 날에 세무서 일일 민원봉사를 하러 갔어요. 거기서 위촉패를 주고 행사를 하는데 고등학교 때 조회를 하던 기억이 나면서 정말 웃긴 거예요. 누구누구 말씀이 있겠습니다, 이런 거. 심지어 발음도 틀리고. 세 번 정도 빵 터질 뻔했어요. 사실 아주 근엄한 자리인데 웃음이 나오려는 나를 보면서 스스로 개그맨 다 됐다 싶었고, 그 얘기를 송중근 선배님에게 했더니 선배님도 나 보고 개그맨 다 됐다고 하시더라고요.

그런 일상에서 개그적인 요소를 발견하는 게 중요한

능력이겠죠.

개그맨을 하고 싶은 사람에게 가장 필요한 게 뭐냐고 묻는다면 저는 관찰력이라고 할 거 같아요. 같이 일하는 개그맨들을 보면 각자 개성을 가지고 있지만 공통적으로 관찰력, 남의 말투나 특징이나 습관을 캐치하는 능력을 가지고 있어요. 어떤 상황의 특징도 잘 잡아내고. 다시 말해서 어떤 것도 허투루 보지 않는 거죠.

예전에 그냥 시청자였을 때는 〈개콘〉에서 어떤 코너들을 특히 좋아했어요?

〈개콘〉이라는 프로그램 자체를 좋아했지만 그중에서도 '사랑의 카운슬러'나 '분장실의 강선생님' 같은 코너가 좋았어요. 강유미 선배님, 안영미 선배님은 연기력도 정말 좋으시니까. 그땐 정말 기대하며 봤어요. 아, 오늘은 어떤 주제로 할까.

방금 말한 선배들의 코너 이후 '생활의 발견'이 관찰과 디테일이 가장 잘 드러나는 코너라고 봐요.

물론 현재의 '생활의 발견'은 많은 변화를 겪었어요. 계속 같은 모습으로 가면 식상해하니까 김준현 선배가 들어와서 말 엇갈리는 개그도 하고 게스트도 오면서 코너 특유의 디테일한 느낌을 많이 살리지 못하고 있는데, 저는 디테일 개그가 정말 재밌어요. 제가 이런 걸 하고 싶다고 짜게 된 게 아니라 김병만 선배님 아이디어로 시작한 건데, 정말 행운아인 거죠. 이걸 내가 표현할 기회를 얻었으니까. 아이디어 짤 때도 재밌어요. 식당에 가도 종업원이 뭐라고 하는지 사람들이 뭘 달라고 하는지 관찰하고. 주위 사람에게 횟집에서 매운탕 시킬 때 그냥 매운탕이라고 하는지 지리라고 하는지도 묻고.

'사랑의 카운슬러'에서 동대문 옷장수 콘셉트의 강유미가 유세윤에게 기장이 긴 바지를 입히고서는 원래 걷어서 입는 거라고 말하는 장면에서 깔깔댔던 시청자라면 송중근과 신보라가 삼겹살집에서 냉동 아닌 생고기를 주문하고 고기 뒤집는 타이밍에 민감해 하는 모습이 무척이나 반가웠을 것이다. 신보라가 말한 것처럼 관찰력은 개그맨 모두가 공유하는 재능일지 모른다. 하지만 '사랑의 카운슬러' 그리고 공중파 문화 프로그램의 말투를 살리면서 패러디하던 신고은, 정경미의 '문화살롱'처럼 그 세밀한 관찰력으로 직조해낸 디테일 개그는 흔치 않다. 과장된 액션보다는 섬세한 합이 중요한 이 개그 방식은 탁월한 연기력과 멤버 간 호흡이 전제되어야 하기 때문이다. '생활의 발견'의 신보라이지만 또한 신보라의 '생활의 발견'이라 말할 수 있는 건 그래서다.

옷가게에서 카드 대신 현금으로 지불하면서 양말 달라고 하고, 가격 흥정할 때 계산기로 숫자 찍는 장면 같은 게 되게 인상적이었어요.

일상 속에서 공감할 수 있는 내용이니까 재밌죠. 그런 걸 생각하

는 게 좋아요. 이걸 하면 사람들이 빵빵 터질 거야. 치과에서 '은색'으로 때워달라고 하는 그런 거. 아말감이라는 표현은 일상에서 잘 안 쓰잖아요.

그런데 중요한 건 이런 디테일 개그는 웃기려 하기보다는 정색하고 할 때 더 크게 터지잖아요.

내려놓아야죠. 웃길 거야, 이러면 안 되는 코너예요. 그냥 내뱉어야지. 물론 이 대사는 자신 있다 싶은 게 있고 기대는 되지만 티를 내면 안 되죠. 뻔뻔하게 해야 해요. 처음에 이 코너를 시험하는 단계일 때는 그 부분에서 세게 쳤다가 오히려 안 터졌어요. 그런 시행착오를 겪으며 자리를 잡아가는 거죠.

애드리브가 있으면 안 되는 코너 같아요.

애드리브는 거의 없어요. 아주 초기에 감자탕 먹는 장면에서 먹다가 뼈가 들어가서 그걸 뱉었는데 거기에 사람들이 좀 웃은 거, 그런 작은 거 빼면 없어요. 대놓고 애드리브를 해서는 호응이 없더라구요. 심지어 홍어는 이 코너에서 처음 먹어본 건데, 자연스러운 연기를 위해서 리허설 때 먹지 말라고 하시더라고요. 그래서 무대 위에서 처음 먹어보고 뱉었는데 그 냄새가 어휴. 그런데 여기서 제가 어떤 반응을 보이면 선배 대사할 때 시선이 제 쪽으로 오니까 참아야죠. 그때 좀 고생했어요.

말하자면 개인기보다는 서로의 합이 중요한 건데 그래서 김기리씨가 커 보여요.

기리 오빠는 정말 없어서는 안 될 존재예요. 그리고 개그 선수들은 기리 오빠 하는 걸 더 좋아하고 더 집중해서 봤어요. 짜장면 배달부로 나오면서 이어폰은 한쪽만 끼고 그런 디테일들. 정말 그걸 보는 맛이 있죠. 타이밍 맞춰 대사를 치고 음식을 놓는 것도 정말 어려운 거고요. 요즘 게스트 위주로 코너가 짜이면서 기리 오빠 역할이 좀 애매해졌는데 진짜 소중한 존재예요.

〈개콘〉 안에서 '니주'를 잘 깔던 개그맨들은 여럿 있었다. 잘생기고 딕션 좋은 이광섭, 유상무, 송병철 등이 미리 설정을 잘 깔아놓으면 '오도시' 파트의 황당함은 배가된다. 그런데 '생활의 발견' 속 김기리는 좀 다르다. 기본적으로 '니주' 파트가 일종의 어시스트 역할이라고 하지만 초기 '생활의 발견'에서 종업원 역할을 하며 송중근과 신보라의 대화 사이에 끼어들고 소품을 순차적으로 딱딱 맞춰 세팅하는 그는 볼 배급부터 어시스트까지 잇는 필드의 사령관 같은 느낌이다. 그리고 그 섬세함이야말로 왜 디테일 개그가 어려운지 방증한다.

어느 순간부터 게스트가 코너의 중심이 되긴 했는데 그래도 작정하고 웃기기보다는 정색하는 연기가 중요하니까 게스트가 잘 적응할 거 같기도 해요.

연기자 분들이 물론 연기를 잘하시는데 아무래도 우리와의 호흡

이 중요하기 때문에 쉽진 않으실 거예요. 특히 뭘 먹으면서 하는 게 대부분인데 입 안에 음식이 잔뜩이라 대사가 안 나올 수 있거든요. 우리는 이미 경험해본 거라 꼭 리허설 때 직접 해보게 해요.

관객 반응과 시청자 반응이 다른 경우가 있죠. '생활의 발견'은 어땠나요.

'용감한 녀석들'과 비교하면 더 쉽게 설명할 수 있을 거 같아요. '용감한 녀석들'은 용감한 발언과 노래로 나뉘는데, 노래의 경우 방송에선 자막이 있어서 쉽게 이해할 수 있는 반면에 무대에선 사람들이 웃다가 가사를 못 들어서 놓치는 경우가 있어요. 그래서 가사 사이에 잠깐 틈을 둬야 하나 고민도 했는데 그러면 노래 특유의 맛이 안 살고 지루해질 거 같아서 그냥 갔어요. 우선 노래가 신나니까 그냥 그 자체로 관객들이 즐기고요. '생활의 발견' 같은 경우는 멀리 있는 관객들이 안 보이는 게 있어요. 뭘 먹거나 닦는 거, 테이블 세팅, 이런 게 소소한 디테일이 중요한데 아무래도 그건 줌으로 당긴 TV 화면이 유리한 게 있죠.

아무리 순발력이 좋고 즉흥적인 사람이라 해도 평소에 생각하지 않으면 대답할 수 없는 질문이 있다. 신보라가 좋은 개그맨이라면, 자신의 코너를 둘러싼 어느 정도 거시적인 맥락에 대해 이미 고민하고 제대로 이해하기 때문일 것이다. TV에서 더 통하는 개그와 무대에서 더 잘 먹히는 개그, 그리고 그 장단점에 대한 고민은 결국 개그의 다양한 결을 볼 수 있게 해준다. 전혀 다른 방식의 두 코너를 소화하는 것보다, 서로 다른 방식이 어떻게 웃음이라는 공통의 목적으로 이어지는지 아는 게 더 중요하다. 개그맨은 언제나 지금을 산다고 했지만, 지금 이곳의 상황에 최선을 다한다는 것이 근시안적이고 일회적인 임기응변은 결코 아닐 것이다. 지금 이곳도 결국은 다른 시간과 공간과의 맥락에서 의미를 갖는다.

두 코너 모두 본인의 대표 코너인데 웃음을 풀어내는 방식은 전혀 달라 보여요.

지금까지는 제가 직접 연기를 하거나 스스로 망가져서 웃음을 주는 방식이었는데 '용감한 녀석들'은 남을 걸고 넘어져서 소위 디스를 하며 웃음을 드리는 거라 처음에는 되게 불편했어요. 또 제가 전형적인 소심한 A형 성격이라서 남 상처 주는 거 싫어하거든요. 첫 회에서 SBS 〈개그투나잇〉을 응원하는 거야 좋은 얘기니까 상관없는데 그 다음에 한가인씨를 걸고 넘어질 때 마음이 많이 불편했어요. 인터넷에서 이슈는 되고 사람들은 좋아해줬지만, 혹시라도 한가인씨가 마음 상하면 어쩌지 싶고.

그걸 하나의 콘셉트로 인정받아야 하는 거겠죠.

윤형빈 선배님도 왕비호 캐릭터로 처음 독설할 때 사람들이 '쟤가 뭔데 스타들한테 독설을 해'라고 하다가 나중에 캐릭터가 확실히 잡히니까 왕비호에게 독설을 들어야 진짜 스타라는 얘기가

나왔잖아요. 진짜 '까달라고' 직접 오기도 했거든요. 그것처럼 저희가 대중에게 좀더 친근해지고 '쟤들은 원래 이렇게 개그를 하는 애들이야. 이런 코너야'라고 받아들여지면 연예인 분들도 덜 기분 나빠하겠죠. 쿨하게 '용감한 녀석들'이 우리 얘길 했으면 우린 뜬 거야, 이렇게 받아들일 수 있으면 좋겠어요. 우리의 숙제죠.

혹 웃음을 위한 소재에 대해 스스로 생각하는 어떤 기준이나 제한선이 있나요.

글쎄요, 저는 아직 개그를 잘 모르니까요. 지금까지는 배우고, 주어진 기회가 있을 때 내 장기를 사용해서 남을 웃기는 정도까지 했고 어떤 철학은 아직 정립되지 않았어요.

그런 고민을 계속 가지고 가야 할 텐데, 그냥 백 퍼센트 개그 프로그램의 시청자일 때가 그립지는 않나요.

아뇨. 제가 하는 일이고 긴장도 하니까 분명 이제는 '웃어보자' 하고 보지는 못해요. 시청자 입장으로 보진 못하죠. 편집이 잘됐을까, 음악이 잘 들려야 하는데, 그런 것들을 체크하며 보고. 하지만 여전히 〈개콘〉을 보는 건 재밌고, 무대 위에 서서 관객을 웃긴 뒤에 또 시청자들이 웃는 걸 피드백 받는 과정이 정말 즐거워서 온전히 시청자인 시절이 그립진 않아요. 지금만의 행복과 즐거움이 있으니까요.

웃음을 만들어내고
웃음을 사랑하는 모든 사람을 응원하며

서수민_KBS 〈개그콘서트〉 PD

지난 2010년부터 〈개그콘서트〉의 PD로 일하고 있는 서수민입니다. 시청자들에게 어떤 웃음을 전해드릴까 수십 명의 개그맨들과 울고 웃고 머리를 맞대고 고민하면서 하루하루를 보내고 있습니다. 고맙게도 지난 3년 동안 〈개콘〉을 통해서 정말 많은 박수와 칭찬을 받았습니다. 지난해 연말에는 2011년에 이어 2년 연속 '시청자가 뽑은 최고의 프로그램상'을 받는 영광을 누리기도 했습니다. 수상 소감에서도 밝혔듯이 그 영광과 기쁨은 밤잠 자지 못하고 늘 여기 KBS 연구동에서 부대끼는, 여전히 무대에서 서기 전 숨도 쉬지 못하고 긴장하고 노력하는 모든 개그맨들과 작가들에게 고스란히 돌아가야 할 것입니다.

〈개그콘서트〉는 1999년 9월 11일에 첫 방송이 나간 이후, 올해로 14년이 된 장수 코미디 프로그램입니다. 그 당시 코미디계는 많이 침

체되어 있었는데, 현재 개그콘서트 EP(총괄프로듀서)이신 박중민 선배님이 뭔가 새로운 형식을 시도해보자는 아이디어를 내어 지금의 콘서트형 공개 코미디 〈개그콘서트〉가 탄생할 수 있었습니다. 그전까지만 해도 공개 녹화는 약속된 객석과 함께하기 때문에 약속한 곳에서 약속된 웃음이 나오는 형태였는 데 반해, 〈개콘〉은 그런 합의 없이 재미있어야만 웃는 객석들 앞에서 마치 시험대에 오르듯이 개그를 한 첫 시도였고, 이것이 관객에게 받아들여진 것입니다. 이것이 시작이었습니다. 짧은 스탠드 업 콩트 형식의 스피디한 코너들로 구성된, 그 안에 음악과 콩트, 쇼와 토크가 어우러진 대한민국 대표 코미디 프로그램, '대한민국을 웃기는 힘' 〈개그콘서트〉!

처음에는 김미화, 전유성을 주축으로 백재현, 김영철, 심현섭 등 메인 멤버 9명이 함께한 '사바나의 아침'이라는 코너가 1년 정도 큰 사랑을 받았습니다. 하지만 심현섭 등 몇 명 개그맨들이 그만두면서 그 후 1년 동안의 암흑기가 있었습니다. 또 방송 시간이 토요일 저녁으로 옮겨가고 버라이어티 프로그램과의 경쟁에서 밀리면서 존폐 위기에 몰리기도 했습니다. 6개월 후 다시 일요일 밤 9시로 옮기고 박준형이라는 큰 카드와 만나면서 제2의 〈개콘〉 시대가 열렸습니다. 이때 박준형, 정종철, 김시백, 김기수 등 〈개콘〉의 원천이라 할 수 있는 개그가 많이 나왔고, 시리즈 개그가 완전히 자리 잡게 되었습니다. 이후 '골목대장 마빡이' 같은 국민적 코너가 탄생하기도 했고, 옹달샘(유세윤, 유상무, 장동민)이라는 신선한 친구들이 활약을 펼치는 데에 더해 강유미, 안

영미의 '분장실의 강선생'도 가세하면서 다시 한 번 〈개콘〉이 신선하고 풋풋한 느낌으로 인기를 끌었습니다. 또 이수근, 김병만이 '달인', '고음불가', '키 컸으면' 같은 또다른 개그의 모델을 보여주면서 〈개콘〉은 명실상부한 대한민국 대표 코미디 프로그램으로 이름을 얻게 되었습니다. 현재 〈개콘〉은 KBS 공채 22기 개그맨들이 주축이 되어 '애정남' '사마귀 유치원' '비상대책위원회' '생활의 발견' '용감한 녀석들' '멘붕스쿨' '꺾기도' 같은 토크 코미디와 풍자와 공감 개그, 전통 개그 등 다양한 코너를 선보였고 또 여전히 도전하고 있는 중입니다.

이렇게 오랫동안 부침을 겪기도 하고 변화하는 모습을 보이기 위해 애써왔던 저희 〈개콘〉의 개그맨들을 대표하여 여기 다섯 명의 개그맨들 이야기를 한데 모은 책을 선보이게 되었습니다. 늘 브라운관에서 갸루상으로, 큰형님으로, 본부장으로, 애정남으로, 노래하는 용감한 녀석으로 인사하던 이들이 분장을 지운 민낯으로 자신의 어제와 오늘을 솔직하게 털어놓은 책입니다. 하루도 빼놓지 않고 이들과 만나고 생활하는 저로서도 새롭게 알게 된 이야기가 많습니다. 소박하지만 건강한 웃음을 드리기 위해 자신의 모든 것을 불태우는 개그맨들의 진심과 노력을 조금이라도 알릴 수 있는 기회가 되었으면 합니다.

이 책에 실린 개그맨들이 사실은 매우 수줍고 소심한 사람들인데 그런 탓인지 인터뷰에서 자기 자랑은 충분히 못했더군요. 그들을 대신해서 제가 여기 그동안 보고 느낀 점을 솔직하게 덧붙이려고 합니다. 〈개콘〉의 연출자이자 이들을 가장 가까이에서 지켜보는 사람으로서, 때로는 잔소리꾼이지만 사실은 좋은 친구이자 선배, 누나 언니가 되고 싶은 사람으로서 자신 있게 이들을 소개합니다. 아마 박성호, 김준호, 김원효, 최효종 그리고 신보라까지 이 다섯 명을 더욱 좋아하게 되실 거라 생각합니다.

우선 〈개콘〉의 맏형 박성호. 그는 〈개콘〉의 장인입니다. 〈개콘〉만을 했고 또 〈개콘〉에 가장 어울리는 인물이기도 합니다. 〈개콘〉과 함께 커오면서 가장 개그적으로 생각하고 행동하는 표본이라고 하겠습니다.

요즘 박성호를 보면서 저 스스로도 많이 배웁니다. 그는 소위 〈개콘〉에 있는 여러 파波 중 일명 '나 홀로 개그파'인데, 본인의 개그 스타일이나 성격도 그렇습니다. 다른 개그맨들과 섞여서 합을 맞추는 콩트보다는 혼자서 마이크만 있으면 남을 웃길 수 있는 토크 위주의 개그를 하는 게 특징입니다. MT 가서도 어울려서 놀기보다는, 혼자 앉아서 남을 관찰하여 아이디어를 얻고 그걸 개그에 반영하고, 또 그게 먹힙니다. 이런 식으로 꾸준하게 자기만의 색깔을 가지고 지금까지 올 수 있었던 것입니다. 생각해보면 박성호는 13년 전과 지금의 모습이 같습니다. 아이디어가 떠오르면 언제든 PD에게 검사 맞고 통과되면 그걸 무대 위에서 하고, 또 그때그때 가장 화제가 되는 개그를 터뜨리기도 합니다. 사실 갸루상 같은 캐릭터는 신인급에게서 나올 만한 아이디어이고 연기라고 할 수 있어요. 나이든 고참 개그맨은 괜히 무게 잡고, 오케스트라처럼 지휘자 같은 역할을 하려고 들기 마련인데 박성호는 그렇지 않습니다. 선배로서의 권위를 내세우지 않고 아이처럼 진짜 신인 때처럼 웃긴 게 없을까, 그런 마음을 늘 가지고 있는 친구입니다. 한마디로 하면 박성호는 어, 웃기다 하는 감이 오면 바로 거기서 개그를 시작하는 천재형입니다. 아무런 망설임 없이! 그런 마음이 저는 늘 부럽고 존경스럽습니다.

아울러 개콘에서 제가 존경하고 있는 연기자 김준호. 그 역시 〈개콘〉의 장인이자, 대한민국 콩트연기 달인, 〈개콘〉 개그맨들의 영원한 멘토입니다.

김준호 역시 〈개콘〉을 처음부터 지켜오고 있습니다. 물론 중간에 유혹도 있었고, 지우고 싶어 하는 과거(?)도 있긴 하지만 13년 전부터 지금까지 그는 굉장히 많은 코너를 해왔습니다. 특히 그는 개그를 만들 때 본인만 돋보이도록 짜지 않습니다. 많은 개그맨들의 캐릭터가 어우러져 하나의 스토리 속에 잘 녹아들 수 있도록, 그야말로 많은 개그맨들과 함께 살 수 있는 '집'과 같은 코너를 만드는데요, 그래서 김준호는 〈개콘〉 안에서 탁월하게 드러나지 않아서 2인자다, 강하지 않다라고 섣불리 평을 하는 사람도 많습니다. 하지만 저는 〈개콘〉이 흔들리지 않고 지금까지 오는 데 가장 큰 공헌을 한 개그맨을 뽑으라고 한다면 망설임 없이 '김준호'라고 하겠습니다. 〈개콘〉의 몸통에 해당하는 '콩트 코미디'를 계속 지켜오고 있기 때문입니다. 많은 후배 동료 개그맨들을 아우르는 '감수성' 같은 코너를 하는 데 힘썼고, 그 안에서 후배들이 그의 개그를 보면서 클 수 있었습니다. 이제 김준호는 개그계의 제리 맥과이어를 꿈꾸는 개그엔터테인먼트회사 '코코'의 CEO이기도 합니다. 그가 발전하는 길을 따라 대한민국의 코미디도 발전할 것을 믿습니다. 그래서 계속 응원하고 싶습니다.

듬직하게 제 몫을 하고 있는 김원효. 그는 처음부터 될 성싶은 떡잎이었습니다. 〈개그사냥〉이라는 프로그램에서 처음 봤을 때부터 '어, 얘 괜찮다'는 느낌을 한 번에 받았습니다. 키도 크고 멀끔하고 무엇보다 연기에서 독특한 자신만의 색깔을 가진 연기자였습니다.

사실 처음에는 불안정한 느낌도 없지는 않았습니다. 솔직히 말하면 '9시쯤 뉴스'를 했을 때만 해도 연기가 늘 불안했어요. 하지만 '비상대책위원회'를 하면서 김원효는 날개를 달았습니다. 〈개콘〉 공개녹화 때 연출석에 앉아서 보는데, 연기자가 신들린 것 같다라는 느낌을 '비상대책위원회'를 하는 김원효를 보며 처음 가질 수 있었습니다. 그렇게 원효의 초반 연기는 불안감을 느끼게 합니다. 하지만 처음부터 뚜렷하게 한 목소리만 내는 연기자는 발전이 없다고 한다면 김원효는 그 반대의 예라고 할 수 있습니다. 기다려주면 됩니다. 불안하게 다양한 목소리를 배역 안에서 내보면서 그는 자기만의 자리를 스스로 찾아갑니다. 그리고 그걸 찾았을 때는 어느 누구도 대신할 수 없는 자신만의 캐릭터와 연기를 펼칩니다. 그렇게 매일 고민하고 변화하는 김원효에 저는 늘 많은 기대를 겁니다. 스펀지 같은 두뇌와 럭비공 같은 의외성, 그리고 오래 끓인 사골국 같은 진득함이 있기에 제가 보장합니다. 아마 김준호를 능가하는 최고의 코미디 연기자가 될 수 있을 것이라고…….

최효종은, 정말 솔직히 고백하자면, 이렇게 잘될지 몰랐습니다. 〈개그사냥〉을 연출하면서 최효종을 처음 봤는데, 김원효와는 달리 이 친구는 안 된다, 하면서 잘랐었습니다. 우선 연기가 너무 불안했어요. 눈빛도 계속 흔들리고……. 그런데 나중에 알고 보니 아이디어가 정말 뛰어난 개그맨이었습니다. 사물을 볼 때 판단하는 기준이나 시각 자체가 천재성을 가지고 있다고 할까. 근데 그게 왜 당시에는 제 눈에 안 보였는지 모르겠습니다.

최효종은 말하자면 〈개콘〉의 폭주기관차예요. 자신에게 감이 오면 막 달려 나가는, 기특한 개그맨입니다. 본인의 그 맛을 안 버리면, 10년 후에 큰 걸 하나 하겠구나 하는 기대가 돼요. 그에게는 누구보다 뛰어난, 사물을 냉철하면서도 직설적으로 보는 시각이 있습니다. 그런 시각, 그 느낌을 버리지 않고 남들과 타협하지 않고 잘 가져갔으면 하는 게 제 바람입니다. 자신만의 색깔을 절대 버리지 않으면서 말이죠. 무엇보다 주변의 눈치를 안 보고 자신의 말을 정돈해서 하는 능력을 갖추었기 때문에 여러 경험을 통해 숙련되면 지금 이 땅에 없는 시사 코미디의 중심에 설 수 있을 거라고 믿습니다.

마지막으로 신보라. 〈승승장구〉에 출연해서 신보라를 '넝쿨째 들어온 당신'이라고 얘기도 했지만, 정말이지 어디서 이런 보물이 내게로 왔나 싶을 정도로 복덩어리입니다. (개그맨 치고는) 예쁘고 성실하고 노래 잘하고 연기 잘하고 성격 좋고, 심지어 '똘끼'까지 있습니다. 처음부터 될 만한 사람이었고, 예상대로 잘됐습니다.

신보라를 처음 봤을 때부터 정말 하늘에서 내려준 개그우먼이구나, 라는 생각이 들어서 참 잘 만들어주고 싶은 부담이 있었습니다. 노래를 가수보다 잘하는 개그맨. 전 진심으로 보라의 노래를 듣고 가슴이 설레어본 적 있습니다. 보이스 컬러가 정말 훌륭한 가수인데, 보라는 〈개콘〉에서 개그를 하고 있습니다. 보라는 그렇게 자기 길에 대한 고집이 분명하고, 그 고집이 서면 그 길만 갑니다. 그런 신보라의 의지에 불타는 눈은 그대로 제게 부담이었습니다. 이 바닥에 없던 캐릭터이기에, 이 원석과도 같은 아이가 잘 뻗어 나갈 수 있도록 내가 도움이 되어야 할 텐데……. 그렇게 신보라는 제게 코미디 연출가로서의 의무감이 들게 하는 연기자입니다. 신보라라는 브랜드가 커가면서 새로운 영역이 생겨나고 있다고 저는 믿고 있습니다.

〈개그콘서트〉의 모토는 '4인용 밥상'입니다. 할머니, 할아버지, 엄마, 아빠 그리고 아이들 등 온 가족이 재미있게 볼 수 있는 코미디를 추구합니다. 〈개콘〉을 만들면서 항상 명심하는 것은 '웃음에 욕심 내지 말자'랍니다. 덜 웃기더라도 무리하지 않는, 4인용 밥상에 모두가 둘러앉아 맛있게 즐길 수 있는, 그렇게 책임감 있는 개그를 만들도록 하겠습니다.

무엇보다 여러분이 저희와 함께 그저 크게 웃어주신다면, 그리고 조금이라도 행복을 느끼실 수 있다면 그것으로 충분합니다. 이 책의 제목, '웃음만이 우리를 구원하리라'처럼, 이 각박하고 힘든 세상에 한 조각 웃음이야말로 우리 모두를 살게 하는 힘이 될 거라고 믿습니다. 그렇게 이 다섯 명의 개그맨들과 2013년의 〈개그콘서트〉는 매일 매일 대한민국 코미디의 역사를 다시 써내려간다는 생각으로 새로운 도전을 해나갈 것을 약속합니다.

대한민국을 웃기는 힘, 개그콘서트! 많은 응원 부탁드립니다.

국립중앙도서관 출판시도서목록(CIP)

웃음만이 우리를 구원하리라 : 〈개그콘서트〉 대표 개그맨 5인의
민낯토크 / 지은이: 박성호, 김준호, 김원효, 최효종, 신보라 ; 인
터뷰 · 글: 위근우. -- 고양 : 예담출판사, 2013
p. ; cm

ISBN 978-89-5913-720-6 03810 : \13000

개그맨[gag man]

689.04-KDC5
792-DDC21 CIP2013000506

〈개그콘서트〉 대표 개그맨 5인의 민낯 토크

웃음만이 우리를 구원하리라

초판 1쇄 인쇄 2013년 2월 1일 초판 1쇄 발행 2013년 2월 10일

지은이 박성호, 김준호, 김원효, 최효종, 신보라 인터뷰·글 위근우
기획 안세민
펴낸이 연준혁

출판 7분사 편집장 김은주
편집 최유연 최은하 디자인 강경신

제작 이재승

펴낸곳 (주)위즈덤하우스 출판등록 2000년 5월 23일 제13-1071호
주소 경기도 고양시 일산동구 장항동 846번지 센트럴프라자 6층
전화 031)936-4000 팩스 031)903-3893 홈페이지 www.wisdomhouse.co.kr
종이 월드페이퍼 인쇄·제본 현문 후가공 이지앤비

값 13,000원
ISBN 978-89-5913-720-6 03810